스즈미야 하루히의 분열

스즈미야 하루히 시리즈

어이, 하루히.

너 복장이

대체

그게 뭐냐.

"저는 조금 피곤합니다."

중얼거렸다.

코이즈미가 감개무량한 말투로

"정말 정신없는 봄방학이었네요."

나는 처음에는 거기에 뭐가 있는지 이해가 안 갔다.

얍

스타트!
타니가와 나가루 & 이토 노이지
스즈미야 하루히의 분열

스즈미야 하루히의 분열

타니가와 나가루 | 지음

이덕주 | 옮김

CONTENTS

프롤로그

계절 변화를 무엇으로 실감하게 되는가 하는 문제는 사람마다 모두 다르겠지만 내게는 요 반년 동안 집에서 키우고 있는 얼룩 고양이 샤미센의 동향이 가장 파악하기 쉬운 대상이었다.

샤미센이 밤중에 내 침대에 파고들지 않게 된 덕에 나는 사계 가운데 최고 평가를 해도 좋을 몇 달의 기간이 이 지역에 찾아왔다는 것을 알게 되었는데, 고양이보다 더욱 계절에 민감한 것은 감탄이 나올 정도로 정확하게 환경 변화에 대처하는 식물들일 것이란 생각을 했다. 곳곳에 만개한 벚꽃들이 마치 모두 사전에 회의라도 한 게 아닐까 싶을 정도로 정확한 스케줄에 따라 흩어지는 4월 초의 하늘은 크레용으로 꼼꼼히 칠한 것처럼 파랬고, 태양은 뒤이어 찾아올 여름을 위한 준비 운동을 하는지 밝은 햇살을 지표에 퍼붓고 있었지만 그래도 산에서 불어오는 바람은 아직은 서늘해 내 현재 위치가 그에 맞는 표고에 있다는 것을 가르쳐주었다.

딱히 할 일도 없어 멍하니 하늘을 바라보고 있던 내 입에서 말하나 마나 아무 상관도 없는 단어가 흘러나온 것은 여기가 한가했기 때문일 뿐 다른 이유는 없을 것이다.

"봄이구나…."

그래서 달리 누군가가 반응을 해주길 바란 건 아니었는데 그런 분위기를 제대로 파악하면서도 의식적으로 억지로 끼어드는 임시 이웃이 있었다.

"의심할 것도 없이 봄이군요. 그리고 학생들에게 새로운 1년의 시작입니다. 달력상으로도, 연도상으로도요. 그리고 제 심정적으로도 그렇습니다."

쓸데없이 상쾌한 말투는 뭐 봄과 가을하고는 비슷하다고 생각해 줄 수도 있겠다. 여름은 후텁지근하기나 하고, 겨울도 속삭이는 목소리가 들릴 정도로 가까이에 있고 싶은 인물 넘버원은 아사히나 선배 정도니까.

내가 재빨리 건성에 흘려듣기 모드로 이행하고 있는 것을 느꼈나 보다.

"고등학생이 되어 두 번째 봄을 맞이하게 된 겁니다만 개인적인 의견을 말하자면 이게 '드디어'라고 해야 할지, 아니면 '벌써'라고 해야 할지 조금 판단이 힘들군요."

고민할 게 뭐가 있어. 영어로 표현한다면 둘 다 yet이지.

지나간 시간에 일어난 일은 일일이 다 기억하지 않기 때문에 돌이켜보면 대부분은 일찍 끝난 것처럼 느껴지고, 앞으로 일어날 일은 알 길이 없으니 이른 것도 느린 것도 아니고, 지금 하고 있는 일은 내용에 따라 주로 즐거운가 아닌가로 빠른지 늦은지를 나름대로 판단하면 되는 거다. 조금은 시계 생각도 해보라고. 그 녀석들은 군말 없이 똑같은 초를 똑같이 째깍거리고 있단 말이다. 가끔은 끈 기억도 없는데 알람이 꺼져 있어 벽에 던져버리고 싶은 충동을 느끼기는 하지만. 월요일 아침에는 더더욱 말이다.

"정말 맞는 말입니다. 시계 바늘은 우리에게 객관이란 게 무엇인지 가르쳐주는 몇 안 되는 것 중 하나지요. 하지만 시간을 주관적으로만 느끼는 인간에게 그것은 지침 하나에 불과한 것이기도 합니다. 중요한 것은 그 일정 시간 내에 자신이 무엇을 생각하고 무엇을 실행했는가예요."

"이런, 이런."

나는 천천히 모양을 바꾸려던 구름 관측을 중단하고 옆으로 고개를 돌렸다.

여전한 미소가 그곳에 있어 그 소유자인 코이즈미 이츠키의 존재를 나타내주고 있었는데, 그것은 비행기구름과 비교할 것도 없이 눈에 보양도, 독도 되지 않는 일상의 풍경에 불과했고, 그런 것을 봐봤자 뭐 하나 얻을 게 없다고 판단한 나는 고개를 정면으로 돌렸다.

하지만,

"내 개인 의견을 말해두자면 말이야."

안뜰의 광경을 한껏 망막에 투사하며 귀를 기울이는 기척을 풍기는 코이즈미에게 말했다.

"역시 드디어 왔구나 하는 느낌이 든다."

그곳에 모인 신입생들의 새 교복을 눈으로 좇으며 나는 뇌리에 녹화된 그리운 영상이 재생되는 것을 느꼈다.

그리고 이렇게 생각했다.

1년 전의 2학년들은 1년 전의 우리를 이런 느낌으로 보고 있었을까—하고 말이다.

내가 이 고등학교에 입학한 것은 학구제라는 제도의 짓인데, 거기에서 스즈미야 하루히라는 미확인 이동 물체와 만났다는 인식을 할 틈도 없이, 전파적이고 엉뚱한 자기 소개를 듣고 이 녀석은 뭐냐고 생각하는 사이 어물쩍 하다보니 하루히 시공에 끌려들어가게 되었고, 나아가 SOS단이라 칭하는 수수께끼의 조직의 일원이 된 결과, 마침내 진짜 우주인, 미래에서 온 사람, 초능력자 같은 존재와 해후하게 되었다. 그것만 본다면 그나마 낫겠지만 각각이 가져오는 우주인, 미래에서 온 사람, 초능력자다운 이벤트에 강제 참여하게 되는가 싶더니 그런 한편으로 하루히가 갑자기 생각해내는 도락에까지 함께해야 하는 이거 정말이지, 이 1년 사이에 내 경험치는 천정부지라 아니할 수 없다. 웬만한 중간 보스라면 한 손으로 쓰러뜨릴 수 있지 않을까 하는 생각이 들 정도로 말이다.

"습관이란 참 대단한 거야."

등교시의 지긋지긋할 정도로 기나긴 언덕길에도 완전히 익숙해져버렸고, 익숙해짐에 따라 기상시간이 늦어져 이제는 아슬아슬한 시간까지 침대와 동일화를 꾀하고 있는 나였지만, 학교에 익숙해진다는 의미에서는 나뿐만 아니라 하루히도 폭포를 다 오른 잉어가 용이 된 것 같은 변화를 이루고 있었다.

현시점에서의 하루히를 사진으로 찍어 딱 1년 전의 하루히에게 보여주고 싶다. 너는 내년에 이렇게 될 거라고 예언과도 같은 말을 같이 해주면서 말이다. 뭐 만약에 그럴 수 있다 하더라도 난 역시 그렇게 하지는 않겠지만.

"저도 같은 의견입니다."

코이즈미는 눈을 반쯤 감듯 가늘게 뜨고는 살짝 입꼬리를 치켜올리고 팔과 다리를 꼬았다.

"아아, 습관에 관해서요. 지구상의 모든 곳에서 생활하고 있다는 점에서도 알 수 있습니다만, 원래 인간은 적응력이 뛰어난 생물이에요. 대개의 환경에 적응할 수 있으니까요. 하지만 그것도 일장일단이 있다는 생각을 최근 들어 하고 있습니다. 하나의 상태에 익숙해지면 갑자기 일어나는 돌발적인 사태에 따라가지 못하게 되니까 말이에요."

무슨 소리를 하는 거냐? 하루히 얘기를 하는 거라면 돌발적이지 않은 편이 드물잖아.

"네, 그건 그렇습니다만…."

코이즈미는 녀석답지 않게 말을 흐렸다. 무슨 말을 하고 싶냐고 물어보지 않아도 알아서 지껄이는 녀석이니 괜히 캐물었다가 또 복잡한 얘기를 듣게 되는 건 사양이다.

뭔가 말하고 싶어하는 코이즈미의 시선을 자르듯 나는 말없이 고개를 돌려 녀석의 반대편으로 시선을 움직였다.

"……."

말이 없는 것으로 치면 거의 신체(주1) 수준으로 말이 없는 작은 몸집의 세일러복 소녀가 미풍에 산들산들 머리카락을 흩날리고 있었다.

말할 것도 없이 다들 알고 계시는 나가토 유키, SOS단이 자랑하는 신비로운 우주적 비밀 병기―라기보다 지금은 문예부 부장이라는 게 더 걸맞은 직함이겠지. 나와 코이즈미와 마찬가지로 나가토도 학습 책상과 의자를 안뜰로 가져왔지만 우리들과 몇 미터 떨어진 위치에서 묵묵히 독서를 하고 있었다. 철학자와 화가와 음악가

주1) 신체 : 神體. 신령이 머문다고 여겨지는 참배 대상물.

가 한 무리를 이루고 있는 것 같은 제목의 그 책은 여느 때와 마찬가지로 콘크리트 블록처럼 두툼했다.

나는 안뜰에서 동아리방 건물을 올려다보았다. 조금 전 동아리방으로 달려간 하루히와 그 하루히에게 끌려간 아사히나 선배는 아직 돌아오지 않는다. 이대로 오늘 하루 내내 돌아오지 않을 기세이고 그러는 편이 누구에게도 행복한 일이겠지만 그렇게 되지는 않을 거다.

자.

상황 설명이 늦었군. 단적으로 말하겠다. 새 학년, 새 학기가 시작된 지 며칠이 지난 지금은 방과 후이다. 이날 우리는 안뜰로 책상과 의자를 가지고 나와 한쪽 구석을 차지하고 있는 중이다. 다른 2, 3학년들도 우리와 비슷한 행동을 하고 있는데 그렇다고 모두 다 그런 건 아니다.

그중에는 컴퓨터 연구부 녀석들의 모습도 보인다. 긴 탁자에 컴퓨터 몇 대를 진열해놓고 화면에 CG로 보이는 뭔가를 틀어놓은 것 같다. 옛날에 보았던 우주 함대 SLG(주2)가 아니라 묘하게 파스텔조로 디자인한 점술 소프트웨어 같아 보인다. 컴퓨터 연구부 부장, 타협했구나. 3학년으로 무사히 진급한 듯 보이는 부장이 있다는 것은 확인했지만 지금도 부장직을 차지하고 있는지는 모르겠다. 아무래도 좋은 일이긴 하지만 나중에 나가토한테 물어보기나 해야지.

다른 곳으로 시선을 옮기자 곳곳에 정체를 알 수 없는 그룹이 우글대고 있었다. 그중에는 듣도 보도 못한 요상한 동호회니 연구부의 이름이 있었고 그걸 발견한 나는 더욱 내 알 바 아니다 상태가 되었다. 원래 이런 행사에 우리가 끼어 있을 이유는 전혀 없는 것이

주2) SLG : 시뮬레이션 게임.

다.

그나마 이유가 있는 건 사실 나가토뿐이다.

나는 다시 한번 도자기같이 말이 없는 독서광 소녀를 바라보았다.

전체적으로 떨어진 위치에 멀뚱히 자리를 잡고 앉아 있는 나가토의 책상 앞에는 '문예부'라고 필적도 선명한 명조체로 쓰인, 반으로 접은 종이가 스카치테이프로 붙어 있었다. 변덕스러운 봄바람에 종이가 흔들릴 때마다 미용실과는 인연이 없어 보이는 나가토의 커트머리도 함께 흔들리고 있었고, 본인은 바깥 세계와 격리되기를 바라는 듯한 조용한 분위기 속에서 책에서 시선을 들지 않았다.

이제 알았겠지.

문화 계열 동아리—특히 약소한 동아리—의 임시 가입 신청 접수 겸 활동 설명회.

현재 이 안뜰에서 진행 중인 것은 그러한 행사였다. 운동부는 각각 체육관과 운동장에서 접수를 받고 있고, 모집 활동을 안 해도 알아서 사람들이 모이는 합주부와 미술부도 각자 자기들의 교실에 진을 치고 있다. 여기에 있는 것은 선전을 하지 않으면 존재와 활동 내용이 불명확한 연구부 이하 동호회 이상의 주류였다.

아, 말할 필요도 없을 것 같아서 깜빡했는데, SOS단의 인원과 그 관계자는 다행히 모두 무난히 진급에 성공했다. 나와 하루히와 나가토와 코이즈미는 2학년이 되었고 아사히나 선배는 3학년이 되었다. 1년치의 추억이 배어 있는 1학년 5반 교실과 작별하는 데에 약간 향수를 느끼지 않았다고는 할 수 없었지만, 2학년이 되었다고 해서 크게 달라질 것도 없는 일이고, 참고로 나는 다시 하루히와 같은 반이 되었고, 개학식에서 새로운 2학년들과 인사를 할 때 내 뒷자리에 자리를 잡고 앉은 것은 다름 아닌 스즈미야 하루히의 오만불손하면서도 복잡함이 섞인, 장기인 오리 주둥이를 흉내낸 것 같은 입이었다.

"이게 뭐야?"

하루히는 새 반 친구들을 핥듯이 쳐다본 뒤 그렇게 말씀하시었다.

"1학년 때와 거의 얼굴에 변화가 없잖아. 좀 더 대담하게 뒤섞어 줄 줄 알았는데."

기뻐하든지 불평을 늘어놓든지 하나만 하라고 말하고 싶었지만, 이때만큼은 왠지 하루히의 말에 동의하고 싶었다.

왜냐하면 나와 하루히는 2학년 5반에 편입되었고 어찌 된 일인지 타니구치와 쿠니키다도 함께였는데다 담임은 학생을 배려하는 것으로 잘 알려진 오카베 주임이었던 것이다.

눈에는 익어도 이름은 모르는 녀석도 섞여 있기는 했지만 구성 요소의 대부분은 구 1학년 5반을 그대로 이어받고 있었다. 이 시기에 일찍부터 이과를 중시하기로 결정한 녀석들을 모으면 딱 한 반이 되는지 8반이 그 녀석들을 받아들이는 대신 그때까지 있던 8반은 해체되어 다른 일곱 반에 갈가리 찢겨들어갔다. 그리고 극소수의 몇 명이 무의미하게 여기에서 저기로, 저기에서 여기로 이동이 되었다.

담임 오카베가 성실하게 학생 모두에게 자기소개를 시킨 것은 그 소수들에 대한 배려였는지도 모르겠다.

물론 나는 반 편성에 약간의 의문을 가졌으므로 의혹에 사로잡힌

나머지, 사태의 이면에서 암약을 했을 법한 인물에게 질문을 던져 보았다.

"네가 한 짓이냐?"

결과적으로 얻은 답 가운데,

"아니다"라고 나가토는 단조로운 목소리로 말을 한 뒤, "우연"이라는 확답까지 받았고, "아무 짓도 안 했습니다. 학교 당국의 의향이겠지요. 적어도 '기관'은 이 건에는 노터치를 하기로 했답니다"라고 쓴웃음을 지으며 단언한 것은 코이즈미였다.

"우연일 겁니다."

아무래도 진짜인가보다.

우연을 필연으로 바꿔버리는 여인의 이름을 딱 하나 알고 있기는 하지만 나는 더 이상 투덜대지 않았다.

그러고 보니 아사히나 선배와 츠루야 선배도 또 같은 반이 되었을까? 그랬다면 그건 츠루야가에서 뭔가 손을 썼을 것 같았지만 그것도 참견할 일이 아니다. 교실과 학급은 다르다 해도 어차피 방과후가 되면 모두 다 모이는 장소는 똑같으니까 말이다.

내가 신경을 쓰고 있는 건—그리고 신경을 써야 할 것은 다른 것이다. 어쩌면 지금 내가 보고 있는 신입생 중에 있을지도 모른다.

우주인 친구라면 생겼다. 미래에서 온 선배도 얻었다. 요 1년 사이에 가장 대화를 많이 한 사내가 초능력자였다는 것도 인정하지 않을 수 없다.

하지만.

그날 그때, 히가시 중학 출신 이외의 5반 학생을 깜짝 놀라게 한 하루히의 자기소개, 그 화제가 되었던 문구 가운데 아직 등장하지 않은 직함이 있다는 것을 잊어서는 안 된다.

이세계에서 온 사람.

으음, 그런 게 있길 바라는 건 아니지만 빠져 있다 싶은 것도 그것들이다. 그리고 우리는 막힘없이 진급했고 1학년 자리가 비어 있다….

"이런, 이런."

나는 결린 어깨를 풀 듯이 고개를 돌리며 새로운 1학년을 감시하는 임무를 시작했다.

유망해 보이는 녀석을 발견하면 바로 확보—그게 단장님의 명령이었으니까. 그런데 하루히가 말하는 유망한 녀석이란 대체 얼마나 알기 쉬운 형태를 취하고 있을까.

참고로 말해두겠다. 2학년 5반의 첫 수업 자기소개 때 스즈미야 하루히는 1년 전과 같은 말을 반복하지 않았다. 대신 시원스러울 정도로 똑똑한 목소리로,

"SOS단 단장 스즈미야 하루히. 이상!"

그 말만을 남긴 채 뻔뻔해 보이는 미소를 지으며 내 머리카락이 흩날릴 정도로 기세 좋게 자리에 앉았다.

그걸로 충분하다는 듯이.

그리고 뭐, 반 녀석들에게는 그것만으로도 충분했다. 스즈미야 하루히와 SOS단의 이름을 모르는 인간은 이미 그 자리에 없었기 때문이다.

있다면—,

나는 작년까지는 3학년들이 사용했던 학교 상징색이 옆에 들어간 실내화 차림으로 안뜰을 활보하고 있는 다리들을 멍하니 보며

생각했다.

이 녀석들 중에만 있을 것이다.

벚꽃이 어린잎을 피우는 시기에 접어든 왕벚나무 옆에서 나와 코이즈미, 조금 떨어진 곳에서 나가토 이렇게 세 명이 할 일 없이 시간을 보내고 있는데 이집트를 탈출하는 모세처럼 우글대는 학생들을 가를 것도 없이 이곳으로 향하는 사람이 눈에 들어왔다.

눈에 익은 얼굴의 남자애로, 내가 이곳에 할 일 없이 있게 된 원흉이라 할 수 있는 인물이었다. 시원스레 교복 재킷 자락을 펄럭이며 드문드문 떨어지는 벚꽃잎 속을 걸어오는 모습은 완전히 자리를 잡은 사이비 권력 페이스다. 나까지 싸구려 연극의 배경 속에 있는 기분이 드네.

"오랜만이군."

학생회장은 우리들 앞에 멈춰 서선 멋진 목소리로 그렇게 말했다. 아쉽지만 나는 그렇게 오랜만인 것도 아닌데. 개학식의 전교 조회 시간에 기나긴 훈시를 늘어놓던 얼굴을 그리 쉽게 잊을 수는 없는 법이다.

"그건 그렇고."

시나리오의 지문에 쓰여 있기라도 한 듯한 동작으로 처지지도 않은 안경을 꾹 치켜올린 뒤 신자들 집단에 불만을 품고 있는 교주와 같은 얼굴을 한다.

"단장은 어디 있지? 한두 개, 혹은 그 이상의 클레임을 걸려고 일부러 왔는데 너희들의 수령이 보이지 않는군."

글쎄 어디에 있을까요? 난 그 녀석의 비서도, 매니저도 아니라 바쁜 동급생이 어디 있는지를 분 단위로 파악하고 있지는 않습니다만.

"할 수 없군. 그럼 자네에게 물어보지. 자네들은 여기에서 뭘 하고 있는 건가?"

가만히 있으면 코이즈미가 대답해주지 않을까 기다렸는데, SOS단 최고의 상냥해 보이는 봄볕에 넋이 나갔는지 미소만 짓고 있었기에,

"보면 모르십니까?"

내던지듯 대답한 나를 회장 각하는 철면피 같은 표정으로 내려다보았다.

"물론 딱 보면 알겠다. 여기가 어디이고 자네들이 누구인가를 생각하면 고민할 것도 없이 나올 답이지. 내가 물은 건 내 예상을 뛰어넘은 계획을 꾸미고 있는 건 아닌가 조금이나마 의심했기 때문이었다. 그래, 아닌가. 그렇다면 내가 할 말도 이미 알고 있겠지?"

그것이야말로 이쪽이 의심했던 것과 글자 하나 다르지 않을 거다. 차라리 하루히가 있을 때에 왔다면 더 얘기가 빨리 진행됐을 텐데…. 아니, 잠깐만. 왜 회장은 하루히도 없는데 은근 무례한 자세를 유지하고 있는 거지? 현 학생회장은 코이즈미에 의해 강제로 선출된 '기관'의 괴뢰 정권이 아니었나?

아니면 그거냐? 주위의 눈을 고려한 자세인가. 하지만 우리들이 있는 곳은 안뜰 외곽이라 엿들으려 맘먹지 않는 한, 대화가 들릴 걱정은 없을 거고, 몇 미터 옆에 앉아 있는 나가토의 귀에는 들리기야 하겠지만 나가토의 귀에 들어가서 곤란한 이야기란 CIA나 NORAD⁽주3⁾의 상부나 알 법한 정보밖에 없을 거다.

주3) NORAD : North American Aerospace Defense Command의 약자. 북미 항공 우주 방위군.

그럴 마음도 없으면서 나와 눈싸움을 하고 있던 회장 전하는 문득 입술을 일그러트리더니 바로 옆으로 시선을 돌려 멋진 허스키 보이스로 말했다.

"여긴 이제 됐다. 문화부 쪽은 대충 둘러봤으니까 키미도리, 자네는 먼저 운동장으로 가 있게. 나도 곧 가겠다."

"네."

그 짧은 말을 듣고 나는 비로소 그곳에 있던 인물을 인식하고는 하마터면 나올 뻔한 웩 소리를 꾹 삼킨 뒤 뻔한 말을 내뱉었다.

"…키미도리 선배?"

"네."

그녀는 공손이 대답한 뒤 우아하게 인사를 했다.

목소리를 들을 때까지 그녀의 모습은 전혀 시야에 들어오지 않았다. 그 사실에 나는 경악을 감추지 못했다. 마치 회장의 그림자에 동화했다가 목소리를 냄과 동시에 실체화라도 한 듯 갑자기 출현한 인상을 받았다.

SOS단 의뢰인 제1호로 컴퓨터 연구부 부장의 전 애인이자 지금은 학생회 서기직에 있는 키미도리 에미리 선배는 그림으로 그린 듯한 귀부인처럼 미소 지으며 고개를 숙였다. 멍하니 넋이 나간 채 나도 덩달아 고개를 숙였다.

…아. 회장의 거만한 포즈는 이것 때문이었구나. 키미도리 씨에게는 본성을 숨기고 있다 이건가. 그럴 필요 없을 것 같은데.

그런데 회장과 서기가 한 세트처럼 등장하는 건 대체 어디서 온 풍습일까. 조금은 회계나 부회장에게도 스포트라이트를 보내주지 그래.

"바란다면 그렇게 하지." 회장은 다시 안경을 눌렀다. "단 우리 회계가 말을 하고 싶어하는 건 거기 있는 문예부 부장에 대해서인데."

그 점에 대해서는 나도 코이즈미를 통해 잠깐 얘기를 들었다. 전년도, 봄방학 전에 있었던 학생회 주최 각 클럽 예산 분배 회의에 얽힌 일이다. 부원 한 명이라고는 해도 문예부는 엄연한 클럽이라 그 대표자 또한 회합에 출석을 했다. 그게 누구냐 하면 당연히 하루히가 아니라 나가토 유키였다. 하루히는 마지막까지 대신가거나 나가토를 따라가거나 아무튼 그 자리에 가고 싶어했지만 문예부실을 불법 점거하고 있는 주모자가 그런 곳에 나가봤자 괜히 긁어 부스럼만 만들 뿐이고 최악의 경우 난투극이 벌어질 수도 있었다.

못마땅해하면서도 나와 코이즈미의 간언을 받아들인 하루히는 적국에 인질을 보내는 전국시대 무장 같은 얼굴로 소리 없이 걸어가는 나가토의 뒷모습을 바라보았다.

그리고 한 시간쯤 지나 돌아온 나가토는 부원이 최저 인원수밖에 없는, 휴면 상태나 마찬가지인 동아리치고는 파격적인 부비를 뜯어내온 것이다.

대체 어떤 마법을 쓴 건지, 무슨 일이 일어났는지는 아무도 알지 못했다는 소문이었다. 나가토는 회의실 탁자에 조용히 앉은 채로 일언반구도 하지 않고 그저 학생회 회계의 눈을 가만히 쳐다보기만 했다고 했다. 매년 분규로 인해 장시간으로 이어지는 것이 일반적인 예산 분배회의인데 예외적으로 온화하게 진행되어 아무 문제없이 끝났다는 얘기를 들었다.

회장은 자신의 공을 자랑하듯,

"그래봤자 회의란 명목뿐 거의 대부분은 나와 키미도리가 작성한 예산안에 따랐지. 그런데 예상은 했었지만 문예부만이 예외적이었다. 아아, 새삼스레 말하지는 않겠어. 예산에 따른 활동을 해준다면 나도 뭐라 하지 않겠다. 그러지 않는다면 말을 하겠지. 이미 끝난 일이야."

회장의 말을 얌전히 듣고 있던 키미도리 선배가 갑자기,

"그럼 회장, 전 이만."

"수고했다, 키미도리."

키미도리 선배는 다시 우리들에게 인사를 하고 새싹 같은 미소를 던진 뒤 운동장 쪽으로 사라졌다. 희미하게 백합같은 향기를 남긴 채. 그동안 나가토와 키미도리 선배 사이에 시선 교환은 조금도 없었다. 역시 비슷한 무리라 언어에 의존하지 않는 대화 방법을 습득했는지도 모를 일이다. 나가토가 책에서 조금도 고개를 들지 않은 탓도 있으려나.

"그럼 주제로 들어갈까 하는데."

회장은 안경을 벗어 손가락에 걸고 대롱대롱 흔들었다.

"그 여자가 없는데 얘기해봤자 답이 안 나오지. 언제 돌아오나?"

곧 올 겁니다. 아사히나 선배의 의상을 바꾸는 데 그리 시간이 걸리지는 않을 거다.

"좋아. 기다리도록 하지."

그런데 이 회장 참 자세 나오네. 마치 3년 전부터 회장을 맡았던 것 같은 분위기잖아.

"내가 생각해도 그래. 학생회 일은 귀찮기만 할 거라고 생각했는데 말이지…"

회장은 능글맞게 웃으며 마침내 정체의 한 단면을 철면피 틈으로 슬쩍 보였다.

"해보니까 이게 의외로 재미있더군. 교사들과 집행부 녀석들을 상대로 회장을 연기하면 말이지."

한 손으로 뺨을 찰싹 때린다.

"뭐가 진짜 나였는지 가끔 잊어버릴 것 같아. 완전히 다른 인격이 되는 것도 나쁘지는 않은걸."

"페르소나를 쓰고 있는 거야 상관 없습니다만."

드디어 코이즈미가 무겁게 입을 열었다.

"얼굴의 가면에 본체를 빼앗기지는 말아주십시오. 미라 도굴꾼이 미라가 되거나 고양이 가면을 쓴 얼굴이 그대로 고양이가 되어버리는 일이 왕왕 일어나니 말입니다."

"미궁에 남겨진 도굴꾼은 미라가 되지 않아. 그저 시체가 될 뿐이지. 그리고 고양이의 수명은 인간보다 짧다."

회장은 독수리와 같은 미소를 지으며 안경알을 옷자락으로 닦고 나서 다시 코에 걸쳤다.

"걱정하지 마라, 코이즈미. 나는 잘 하고 있어. 단―"

안경을 쓴 회장은 본인도 어느 게 자기 본 모습인지 알 수 없다는 말이 이해가 갈 정도로 완벽한 학생회장으로 변신했다.

"그 뇌 내 꽃밭 여인의 목줄을 매두는 건 너희 역할이다."

회장이 시선을 돌린 곳, 동아리 건물 출입구에서 나타난 것은 봄이 온 것을 확신하고 기쁨에 들뜬 숲의 동물 같은 우리 단장과 봄의 요정이 따뜻한 햇살과 함께 실체화한 듯한 SOS단 전속 메이드였다.

하루히는 한 손에 종이 상자, 다른 한 손에 아사히나 선배를 안고 만면에 미소를 짓고 있었는데 회장의 모습을 발견하자마자—정말 너무 알기 쉽군—매섭게 눈썹을 치켜올렸다.

"잠깐 잠깐!"

성큼성큼 걸어오는 하루히에게 팔을 잡힌 바람에 아사히나 선배가 버둥거리는데도 신경 쓰지 않는다.

"아하, 역시. 생각했던 대로야. 내가 없는 틈을 노려 온 거로군. 하지만 아쉽게 됐어. 우리는 학생회에 흠 잡힐 짓은 아무것도 안 했거든!"

아니…, 그건 글쎄다. 너는 대체 안뜰에서 뭘 할 생각인거냐.

"아…, 회장님."

올새처럼 눈을 깜빡거리는 아사히나 선배가 메이드 복장인 건 좋다. 그건 공터에 고양이 풀이 나 있는 것처럼 친숙한 평소의 광경이니까.

"어이, 하루히. 너"라고 말하는 나. "복장이 그게 뭐냐?"

그건 나도 처음 보는 건데. 대체 언제 준비한 거야?

그리고 하루히는 거만하게 가슴을 쭉 폈다.

"뭐 불만 있어? 차이나드레스가 뭐가 문젠데?"

그 말씀 그대로 하루히는 슬릿 사이로 쭉 뻗은 다리가 눈부시고 반짝이 승룡 자수가 화려하게 새겨진 스칼렛 레드 롱 드레스를 입고 있었다. 게다가 민소매다.

등장과 동시에 고함을 질러댔으니 이미 안뜰에 모여 있던 학생들의 시선을 한몸에 받고 있는 상태였다. 그와 마찬가지로 메이드 아사히나 선배도 군중들의 시선을 받게 되었고, 부끄러운 듯 꾸물대는 모습은 가능하다면 내 눈 전용으로 독과점을 하고 싶은 마음이다. 독과점 금지법 따위야 내 알 바 아니라고.

"파티장에서라면야 아무 문제 없겠지만 여긴 학교이고 여러 신입생들 앞이라고. 조금은 장소를 가릴 줄도 알아라."

상식적으로 타이르는 내게,

"충분히 가리고 있잖아. 그래서 이걸로 한 거라고. 사실은 바니걸이 좋지 않을까 생각했는데 또 시끄러워질 것 같아서 차이나드레스로 한 내 배려를 감사히 여겨야지!"

그렇게 말한 뒤 하루히는 도전적으로 회장을 향해 손가락을 쳐들려다가 두 손이 막혀 있는 것을 깨달았다. 아사히나 선배를 놔주고 상자를 내 책상에 올려놓은 뒤 다시 손가락을 쳐들고,

"감사히 여겨야지!"

다시 말한다.

하지만 회장도 만만찮은 상대인지라.

"그런 배려는 배려라 할 수 없지. 당연히 학내의 풍기 단속을 맡고 있는 학생회장으로 의연히 받아들일 수는 없다. 그런데 오십보백보라는 말을 들어본 적이 없나? 혹은 유유상종이란 말은?"

"그게 뭐? 도토리 키재기란 말을 하고 싶은 거야?"

"아니. 나는 미래에 대한 희망에 가득 차 우리 학교에 온 젊은이들에게 괜한 혼란을 주고 싶지 않을 뿐이다. 그중에서도 순진한 남학생들을 자극하는 것은 허락하기 힘들군."

"자극이라니 뭐야? 아우, 배 아파. 알겠어? 교복에도 체육복에도 자극을 받는 녀석들은 다 자극을 받는 법이야. 너 우리한테 알몸으

로 수업을 받게 할 생각인 거 아냐?"

궤변에도 정도가 있는 법이다. 역시 회장도 "얘기가 안되는군" 이라 내뱉었다.

"뭐, 어때. 학생들의 자주성을 중시해달라고. 방과 후에 우리가 입고 싶은 옷 정도는 직접 고르겠어. 이걸 입고 등하교를 하겠다는 것도 아닌데 괜찮잖아? 그렇지, 미쿠루?"

"어, 아, 네. 이걸로 하교를 하는 건, 저어⋯."

아사히나 선배는 자그맣게 고개를 젓고 차이나드레스를 입은 하루히를 눈부시다는 듯이 보며 부러운 듯이 한숨을 쉬었다. 입고 싶은 건가?

뭐, 아사히나 선배와 나란히 바니걸 차림으로 교문에서 전단지를 뿌려대던 작년에 비한다면 지네 수준의 진보라 할 수 있겠다. 피부의 노출 범위가 훨씬 좁으니까 말이다. 하지만 신입생을 상대로 한 행사에서 2학년과 3학년이 코스튬 플레이를 하는 건 좀 아닌 것 같은데. 게다가 아무 의미도 없어 보인다면 더더욱 말이다.

"의미야 다 있지. 봐, 지금도 엄청 눈에 띄잖아."

그러니까 눈에 띄어봤자 의미가 없다는 소리라고.

하루히는 뚫어져라 나를 보았고, 내가 고래가 부상하는 것을 느낀 크릴 새우의 심정을 느끼고 있으려니 묵묵히 독서를 하고 있는 나가토의 등 뒤를 바라보았다.

"쿈, 너 잊은 거 아니니? 2초 줄 게 생각해봐."

으음.

"타임아웃"

하루히는 내게 0.5초의 시간밖에 주지 않은 채로 종료 선언을 하고는 얼굴 앞에 손가락을 쳐들고 흔들더니 그 손을 냉동처리라도 한 듯 부동자세를 취한 나가토의 어깨에 올려놓았다.

"우리는 유키를 도우러 온 거야. 절대로 SOS단의 신입단원 권유를 위해 온 게 아니라고. 그 점을 확실하게 이해하고 있어!"

하루히는 회장을 향해 말했다. 그 말을 들은 나가토 본인은 조용히 페이지만을 넘기고 있을 뿐이다.

"흐음."

여기에서 당황하지 않는 것이 현 회장의 특성이다. 안경테를 검지로 만진 뒤,

"스즈미야, 그러니까 자네는 문예부에 적을 두고 있지 않음에도 문예부 부원 모집을 자진해서 도와주고 있다는 말인가?"

알기 쉽게 요약해주니 감사하다.

"그래."

하루히는 한껏 가슴을 젖힌 뒤 나와 코이즈미가 있는 책상을 가리켰다.

"자, 둘 다 책상 앞에 얌전히 앉아만 있지 아무것도 안 하고 있잖아. SOS단이라고 쓴 종이도 안 붙어 있고 봄 잠이 새벽을 깨우지 않는 바람에 쿈은 늘 멍청한 얼굴이고."

마지막 문장은 필요 없잖아.

"호오."

회장은 고개를 당기며 괜히 안경을 빛냈다.

"그럼 스즈미야, 자네가 가져온 그 상자에 들어 있는 플래카드로 보이는 물건은 뭔가?"

"플래카드지."

하루히는 상자 밖으로 삐죽 나와 있는 막대를 쥐고 있는 힘껏 잡아 뺐다.

하얀 페인트가 칠해진 나무막대 끝에 새하얗게 칠한 베니어판이 두 장 붙어 있었고, 거기에는 하루히의 손에 의해 '문예부'라 쓰여 있었다. 적당히 자른 나무에 페인트를 칠하는 등의 잡일이 내게 돌아온 것은 말할 필요도 없는 일이다.

"자, 문예부잖아. 미쿠루한테 이걸 들게 할 거야. 그냥 두면 유키는 적극적으로 확실한 부 홍보를 하지 않을 테니까."

이건 맞는 말이다. 클럽 소개 시간은 1학년 시간표에 들어가 있어 며칠 전에 가졌다고 한다. '한다'는 건 거기에 SOS단이 개입할 여지가 없어 호출을 받을 이유도 없었기에 소집을 받은 것은 문예부 부장 나가토뿐이었다. 강당에 모인 신입생들이 주저앉아 있는 앞에서 단상에 오른 나가토는 할당된 시간을 모두 써서 세계 각지의 주요 도시의 기온을 읽는 듯한 담담한 뉴스 캐스터 말투로 '대뇌 생리학적 견지에서 읽을 수 있는 언어의 불완전성과 대화자간에 있어서의 의사 전달'이라는 테마의 논문을 발표했고, 문예부의 문자도 꺼내지 않은 것은 물론, 그 이전에 서설이 끝날 즈음 1학년의 반은 수마에 사로잡혔거나 말거나, 그 최면술과 같은 설법 시간 내내 문예부에 들어오려고 생각했던 사람이 있다 하더라도 확실히 기피하고 싶어지는 권태로움이 강당을 지배했다고 한다. 나가토 유키, 무서운 존재다.

하지만 나가토는 전혀 신경 쓰지 않았다. 오늘도 방치해두면 동아리방에 틀어박혀 독서만 계속 하고 있었을 것이다. 내버려두지 않은 건 하루히였다.

신입부원 모집 이벤트라는 재미있는 사건을 하루히의 가마 부근에 나 있는, 눈에 보이지 않는 센서가 무시하고 넘어갈 리가 없다.

하지만 잠깐만. 다시 말하지만 SOS단은 정식으로는 비인가이고 지금도 비밀결사나 다름 없는 학내 비합법 조직이다. 공식적으로 단원 모집을 할 수 있을 리가 없다.

이전의 하루히라면 당당하게 했을지 몰라도 올해부터는 학생회장의 눈이 번쩍번쩍 빛나고 있다. 그럼 어떻게 하면 이날을 즐겁게 놀 수 있을까.

이리하여 하루히의 머리 위에서 레지스터가 요란하게 울려댔고, 우리는 급거 문예부 자원봉사자가 되어 천금과 같은 봄날 꽃샘추위가 지나간 무렵, 오늘이라는 이날을 안뜰에서 멍하니 지내고 있다. ―는 것이 표면상의 이야기이고 당연하지만 이면도 갖고 있다.

그것은 학생회장도 쉽게 계산할 수 있는 사태였나보다.

"그 플래카드, 뒷면도 보여주실까?"

"좋아."

하루히는 기분 나쁘게 웃고는 손목을 돌렸다. '문예부' 뒷면은― 물론 양쪽 모두 '문예부'다. SOS단이라고 쓰여 있을 리가 없다.

"준비 만반이라 이건가. 뭐, 좋아. 네 말은 일단 이론에 맞다고는 할 수 있지."

회장은 안경테를 누르며 말했다.

"타협은 성격에 맞지 않지만 자칫 소동을 일으키는 것보다는 훨씬 낫다 할 수 있겠지. 다른 부에 피해가 가지 않도록 얌전히 조용하게 일몰 때까지 거기 서 있도록. 나는 시찰로 바빠서. 억지권유나 가입 강요는 엄금이다."

그건 운동부원에게 할 말이지. 별 볼일 없는 현립 고등학교라 어디나 유망한 부원이 부족한 실정이다.

"당연하지. 그렇게 할 것이다. 마지막으로 묻겠다. 문예부 부원을 모집하는 것은 좋다. 그런데 부원이 모이면 어떻게 할 거지? 장소를 넘겨줄 건가?"

"네가 무슨 상관이야."

상급생에게 반말을 쓰는 건 2학년이 되어도 변함없는 하루히였다. 고개를 돌린 하루히에게,

"흐음. 할 말은 그것뿐이다. 그럼 또 보지."

회장 예하는 하루히의 차이나드레스와 아사히나 선배의 메이드복을 필름에 박을 듯한 눈빛으로 잠시 지켜본 뒤 천천히 키미도리선배의 뒤를 따라갔다.

뭘 하러 온 거지? 하루히한테 하지 말라고 계속 말을 해대는 건 반대로 '하라'고 하는 거나 마찬가지라고. 봐라, 하루히 녀석 벌써 너무 기분 좋아 폭소라도 터트릴 것 같은 얼굴이잖아.

"잘됐군. 이 정도야 껌이지, 껌."

회장이 사라지기를 기다리고 있던 하루히는 들고 있던 플래카드를 바닥에 꽂고 판자에 붙여둔 베니어판을 잡아 뜯었다. 이 공작에 가담한 나는 놀라지 않았다. 가엾은 '문예부' 글자는 단순한 나무 조각으로 바뀌었고 이중으로 된 판자 안쪽에서 나온 글자는 의심할 바도 없는—.

SOS단.

작년 5월—그게 며칠이었더라—에 결성된 '세계를 오지게 들썩이게 만들기 위한 스즈미야 하루히의 단체'는 여전히 명칭을 변경

하지 않고 건승 중인가보다.

하루히가 가져온 상자 안에는 직접 만든 플래카드만 들어 있는
게 아니었다.

플래카드를 아사히나 선배에게 떠넘긴 하루히는 차이나드레스
자락을 펄럭이며 마술사 보조라도 되는 양 차례로 물건을 끄집어냈
다.

일단 액정 모니터, 뒤이어 DVD 재생기, 각종 코드와 케이블에
어댑터들, 그리고 마지막으로 매점에서 입수한 새하얀 공책과 필기
도구.

"자, 설치들 하라고."

하루히는 나를 재촉했다.

"이거 제대로 보이도록 해야 해."

안뜰에 콘센트는 없지만 전원 확보 교섭은 사전에 하루히가 다
마쳐놨다. 여기에서 반항해봤자 헛되기만 한데다 무익하기만 할 뿐
이다. 나는 시키는 대로 케이블을 들고 컴퓨터 연구부 부스로 향했
다.

"죄송한데 전기 좀 빌릴 수 있을까요?"

"그럼."

대답한 건 부장이었다. 아무래도 아직까지 부장직을 맡고 있는지
가슴팍에 단 입관증처럼 생긴 수제 스태프 배지에 그렇게 쓰여 있
었다.

"아직 하급생들이 못 미더워서"라고 자랑스러운 듯이 말했다.

"1학기 동안은 부장을 맡기로 했어. 일단 부장 후보는 생각해놨

지. 지금부터 천천히 키워서—."

말이 길어질 것 같으면 다음 기회에 해줬으면 좋겠군. 이거 보아하니 다른 부원은 어서 빨리 은퇴해주길 바라고 있는지도 모르겠다.

"아, 사실은 말이지."

부장은 약간 목소리를 낮추고 손등으로 입가를 가린 뒤 빠르게 말했다.

"나가토 씨한테 양쪽 부에 다 속하면서 부장도 맡아주길 바라고 있어. 내가 본 중에 세계 최강으로 컴퓨터와 궁합이 잘 맞는 인재거든. 어떤 트러블이나 버그나 시스템 에러도 나가토 씨가 스위치를 켜기만 하면 마법처럼 사라진단 말이지. 가끔 왔을 때 만져주는 게 전부인데 매번 놀라움의 연속이야. 그녀 전용의 수제 컴퓨터가 있는데 순식간에 컴퓨터 제조회사가 파랗게 질릴 만한 오리지널 신형 OS 개발에 성공했지 뭐야. 그런데 아무리 소스를 봐도 도통 미지의 모드라 그녀말고는 아무도 다루지를 못 해. 모든 하드웨어와 소프트웨어를 완벽하게 작동하게 만드는 경이로운 컴퓨터블 스펙인데 대체 어떤 구조인지—."

그렇게 주야장창 내게 말해봤자 그런 게 바로 나가토라고 밖에 달리 할 말이 없다. 개인적인 의뢰라면 본인에게 직접 하기 바란다. 아마 가르쳐줄걸. 단, 지구인은 도통 이해할 수 없을 것 같단 느낌이 든다만.

나는 케이블 끝을 대롱대롱 흔들었다. 그 신호를 제대로 알아차린 3학년이자 아직까지 현역인 부장은 흔쾌히 연장 코드 소켓을 빌려주었다. 하루히의 컴퓨터 연구부 SOS단 제2지부화는 착실히 진행되고 있는 것 같아 기쁘다. 어딘가에서 브레이크를 걸어주지 않으면 지구의 전 대륙이 사막화하는 것보다 먼저 전 인류 SOS 단원화가 이루어질지도 모르겠다. 아무리 그래도 호모 사피엔스는 그렇게까지 바보는 아닐 거라 믿고 싶은 마음이다.

내가 소켓에 플러그를 꽂고 감아둔 케이블을 풀며 돌아오자 하루히는 프리스비를 잡아들고 온 개를 환영하는 주인같은 얼굴로 맞이했다.

빙글거리는 건 좋은 거지. 특히 코이즈미에게는—그렇게 생각하며 시선을 돌리자 자칭 에스퍼 소년은 그리 기뻐 보이지 않았다. 책상에 팔꿈치를 괴고 손가락을 꼬아 입가를 가리듯 턱을 받쳐든 그 반응, 무슨 꿍꿍이가 있는 거지? 은근슬쩍 곁눈으로 나가토를 보고 있는 것 같은 모습도 마음에 걸린다.

뭐야? SOS단에 속한 녀석들은 차례로 정서가 불안정해진다는 법칙이라도 있는 거냐? 이번에는 코이즈미 차례냐? 제발 좀 봐줘라. 나가토와 아사히나 선배라면 몰라도 너만은 자신을 잃지 않을 거라 확신했는데 말이야.

코이즈미는 의심에 찬 내 시선을 알아차렸는지 천천히 시선을 내쪽으로 돌리고 눈을 가늘게 떴다. 안심시키려는 듯이 미소를 짓는 것 같아 보였지만 어딘지 모르게 가식적인 분위기가 느껴진다.

이과로 9반에 속했던 이 녀석은 그대로 곤돌라를 타듯 반 친구들과 모두 함께 2학년 9반이 되었으니 마음에 안 드는 녀석이 끼어들거나 하진 않았을 거다.

하루히는 평소처럼 기운이 넘치고 있으니 코이즈미가 고민할 사태가 벌어졌다고도 보기 힘들다. '기관'이나 되는 곳의 상사가 아르

바이트비를 깎겠다는 소리라도 한 걸까. 그럼 잘됐네. 네가 한가한 건 내가 한가한 것 이상으로 기뻐해야 할 일인 것 같거든. 아니면 새 학기가 시작되자마자 새로운 1학년 여자애들이 신발장에 사랑스러운 봉투를 넣어놓아 고민하고 있는 거라면 내가 동정할 여지는 샤미센의 빠진 털만큼 필요도 없는 것이 될 거다. 코이즈미는 가만히 서 있기만 해도 말할 필요도 없이 이성의 눈을 끌 만한 외모를 하루히와 같은 수준으로 소지한 인간이니까 말이다.

"쿈, 어서 이 TV가 나오도록 해봐."

미스 차이나 선수권 최우수상 수상자 같은 하루히가 플래카드를 휘두르며 미소로 명령했고, 순순히 따르는 나를 도와 코이즈미도 일어나 다가왔다. DVD 재생기와 액정 모니터를 연결하는 코드를 이것저것 만지는 가운데 코이즈미는 언뜻 보면 평범한 미소를 짓고 있었지만 내가 보기에는 기묘한 인상을 주고 있었다.

왜 또 흘낏거리며 나한테 미묘한 시선을 보내는 거냐. 아쉽지만 나는 나가토와 아사히나 선배의 눈짓은 접수해도 남자가 쳐다보는 의도를 이해할 만한 스킬은 없다.

AV 기기를 제대로 연결한 뒤 내가 설렁설렁 종료 보고를 하자 하루히는 어군을 발견한 어부처럼 잘했다는 듯 고개를 끄덕인 뒤,

"자, 그럼."

상자를 뒤져 디스크를 한 장 꺼냈다. 싫다는 듯 입을 벌린 중고 플레이어에 던져넣고 자기 집 초인종을 누르듯 편하게 플레이 버튼에 검지를 갖다댔다.

그러자 액정 모니터에 수상쩍은 영상이 떴고 어디선가 들어본 듯한 음악이 스피커를 통해 비가 새듯 스며나왔다.

아사히나 선배가 몸을 움찔 떨며,

"아….."

애절한 한숨을 토해내고 조심스레 화면에서 시선을 돌렸다. 그 청순한 동작에 즉시 남자의 본능이 일깨워졌다.

"하루히, 너무 소리 크게 하지 마라. 회장이 듣고 돌아올지도 몰라."

"무슨 상관이야. 나는 그런 녀석은 조금도 신경 안 쓴다고."

좀 써라.

"뭐하면 여기에서 공개 토론회를 열어도 돼."

그건 하지 말고.

"아, 정말 시끄럽네, 바보 콘."

하루히는 눈과 입을 정삼각형으로 만드는 재주도 좋은 표정을 지었다.

"너랑 코이즈미는 여기에서 기다리고만 있으면 돼. 나머지는 나랑 미쿠루가 알아서 할 테니까."

아사히나 선배의 허리에 팔을 두르고 힘껏 잡아당기며 능글맞게 웃는다.

"꺄악."

아사히나 선배는 주춤 뒤로 빼는 자세.

하루히는 메이드 차림의 새로운 3학년에게 뺨을 비벼대며 나를 매섭게 노려보았다.

"알겠어? 재미있어 보이는 녀석이 접근하면 확보해서 이름하고 반을 적은 뒤 공개해. 그리고 우리는 영화 연구부가 아니니까 그쪽으로 지원하는 녀석은 쫓아버리고. 알았지?"

일방적으로 말한 뒤 하루히는 에스코트를 빙자해 아사히나 선배를 힘껏 잡아 끌며 안뜰 순례의 여행을 떠났다.

"이런, 이런."

내가 어깨를 치켜올린 뒤 SOS단의 플래카드를 바닥에서 뽑아 의자 뒤에 숨기고는 모니터가 해상도의 한계를 쓸데없이 다 바쳐가며 보여주고 있는 것을 쳐다보았다.

즉「나가토 유키의 역습 Episode 00 예고편」이라는, 전력과 기기와 디지털 데이터를 필요도 없이 낭비한 걸로 밖에 보이지 않는 단편 영상을 말이다.

새 학년 새 학기 전에는 봄방학이라는 길지 않은 휴가 기간이 있었는데 그동안 하루히가 신년이 찾아오는 것을 그냥 앉아서 기다리고만 있을 리는 당연히 만무했다.

아마 구기 대회와 사카나카의 개 사건이 끝난 뒤로 차근차근 계획을 짰을 거다. 여름이나 겨울에 비해 과제가 적은 봄방학이야말로 빈둥거리며 보내기에 안성맞춤인 기간인데, SOS단 단원은 거의 매일같이 소환되어 하루히가 즉흥적으로 생각해낸 듯 가리키는 장소로 토마호크 미사일처럼 순항하게 되었다.

참 많은 곳을 갔지. 앤티크 숍 순례와 벼룩시장 조사, 갔다 오는 길에 사카나카네 집을 찾아가 루소가 괜찮은지 살펴보기도 하고 츠루야가의 광대한 정원에서 개최된 대형 꽃놀이에 초대되기도 하고. 아아, 그건 재미있었어. 츠루야 선배가 손가락을 딱 튕긴 것만으로도 안채에서 산더미 같은 연회 요리가 속속 나왔을 때는 조금 놀랐지만.

아무튼 하루히는 자기를 부른 곳에는 반드시 가고, 부르지 않은 곳에도 쳐들어가 초봄의 대기를 힘껏 빨아들이며 우리를 동분서주하게 만들었다. 왜 도중에 숨이 안 차는지 신기하지 않을 수가 없다.

그런 가운데 특히 하루히가 열의를 쏟은 것은 작년 문화제에서 상영한 「아사히나 미쿠루의 모험 Episode 00」의 속편이었다. 부제인 줄 알았던 게 진짜 제목이었다는 사실에도 놀랐지만, 내년 문화제를 위한 활동을 2학년이 되기도 전부터 준비하는 성급한 계획을 세울 줄은 생각도 못 했다.

이렇게 다시 메가폰을 잡은 하루히는 새로 조달한 완장을 장착하고 동아리방 구석에 잠들어 있던 비디오카메라를 내게 떠넘기자마자 서서히 아사히나 선배를 벗기기 시작했다. 나와 코이즈미는 즉시 우향우.

타이틀 롤을 장식한 인물은 나가토 유키였지만 주인공은 계속해서 아사히나 미쿠루 선배가 맡게 되었는데(주인공은 코이즈미 이츠키 아니었나?), 미쿠루의 정체는 미래에서 온 싸우는 웨이트리스니까 아사히나 선배가 다시 그 성희롱적인 의상을 걸치게 되는 것은 하루히 감독에게는 이젠 거의 필연적인 흐름이었다. 그리고 교복에 뾰족 고깔모자와 검은 망토를 장착한 나가토는 별 모양이 달린 지휘봉을 들었고 코이즈미는 반사판을 들게 되었다.

하지만 왜 '예고편'인지. 봄방학인데 우리를 동아리방에 집합시킨 하루히는 그 이유에 대해 이렇게 말했다.

"너 예고편에 속아본 적 없어?"

무슨 사기행위냐고 반문하는 내게 하루히는,

"영화 예고편 말이야. TV나 극장에서 다른 영화 나오기 직전에 틀잖아? 그걸 보고 와, 재밌겠다 생각하지 않냐. 그리고 그 재미있어 보이는 영화를 가슴 설레며 보러 갔더니 진짜 핵폭탄인 거지. 예를 들면 말이야."

예를 들 것까지도 없는데 하루히는 나도 알고 있는 옛날 외국 영화 제목을 입에 올렸다.

"이 영화는 예고만 보면 끝내주게 재미있고 웃길 것 같은 영화였다고. 실제로 광고만 보고 나는 몇 번을 웃었으니까. 그러니까 개봉하자마자 신이 나서 보러 갔지."

하루히는 오버액션을 하듯 고개를 저었다.

"정말 하나도 재미없더라. 그러니까 그 영화 속에서 재미있었던 장면을 전부 뽑아서 이은 게 바로 그 예고편이었던 거야. 재미있는 부분만 영화 시작 전부터 알고 있었고, 거기다가 재미있는 장면이 그거밖에 없었던 거지. 어떻게 생각해?"

나한테 묻지 마라. 그런 불편은 배급사에 전화라도 해서 따지라고. 아마 예고편 담당 부서가 있어서 거기 직원이 우수했던 거겠지.

"아무리 선전을 위해서라고 해도 좋은 부분을 전부 다 꺼내 편집을 하는 건 아니다 싶었어. 그러니까 콘!"

하루히는 예의 반짝반짝 빛나는 하늘의 은하수를 가둬 놓은 듯한 눈동자로 말했다.

"먼저 예고편만 만들고 본편은 그 다음에 생각하는 거야! 예고용 단편 영화라면 얼마든지 재미있게 만들 수 있어. 핵심 장면도 필요 없고 볼거리만 준비하면 되니까. 그렇게 된 거야."

그렇게 돼서 본편도 존재하지 않는데 그 예고편을 만들게 된 것이다. 하루히도 두 번째 작품을 어떤 이야기로 풀어갈지 생각하지 않은 것이다. 어쨌든 하루히는 그 영상을 가입 권유 미끼 중 하나로 쓸 생각이었다. 그러나 제일 중요한 본편이 없다. 어떻게 하지. 으음, 그래, 그럼 예고편을 찍자!

정말 단순무식한 사고회로가 아닐 수 없다. 아직도 「아사히나 미쿠루의 모험 Episode 00」을 DVD로 구워 팔겠다는 야망을 버리지 않은 것 같다. 전 작품의 다이제스트판이라도 편집해서 틀면 될 걸 잠깐이라도 보여주는 건 손해라고 생각하나보다. 아니면 보고 싶으면 입단을 하라고 할 생각일까. 그런 건 다 봐봤자 두통만 날 뿐이라고. 아사히나 선배 캐릭터는 120점이지만….

나는 굳이 야외까지 가져온 모니터를 흘낏 쳐다보며 아까 앉아 있던 의자에 다시 자리를 잡았다. 화면이 내키지 않는다는 듯이 상영하고 있는 것은 패러디라 표현하면 듣기야 좋지만 결국 여러 곳에서 슬쩍 해 온 장면의 연속이었다.

형광등처럼 흐릿하게 빛나는 막대기를 쥔 이츠키에게 유키가 진짜 뜬금없이 "나는 네 엄마다"고 말하질 않나, 갑자기 유키가 안경을 쓰고 있는 장면에서도 일반인이지만 벗으면 느닷없이 코스튬 체인지를 해서 하늘을 날지 않나, 검은 관을 질질 끌며 황야를 걸어가지 않나, 그러다 소재가 다 떨어졌는지 샤미센과 미쿠루의 인격이 갑자기 바뀌어 아사히나 선배는 내내 "냐, 냐옹"을 연발하지 않나, 그 샤미센의 목소리는 하루히가 녹음했지만 물론 입의 움직임이 대사와 전혀 맞지 않는다거나, 아니, 아예 샤미센은 입도 뻥긋하지 않고 있다거나—등등 언뜻 보면 볼거리가 있을 것 같지만 사실은 전혀 스토리가 이어지지 않는 장면의 도미노였다. 무대도, 연기자도 차례로 바뀌고 있는데 묘하게 흥이 안 나는 건 컷 분할이 센스가 없어서다. 결정적으로 특촬 신은 의도적으로 그렇게 찍은 것이라고 밖에 보이지 않을 만큼 유치했고, 자기 멋대로 아무데나 삽입되는 음악은 거의 소음의 영역을 초월하고 있었다.

출연할 필요도 없는데 기모노를 입은 츠루야 선배가 일본 가옥 정원 끝자락의 벗나무 길을 배경으로 기분 좋게 "음핫핫핫" 하고 웃고 무슨 연유에선지 따라온 내 동생과 샤미센이 장난을 치는 장면에 이르러서는 단순한 홈 비디오 수준이다. 참고하라는 듯이 꽃놀이 때 괜히 카메라를 돌리고 있었으니까. 바보 찬란 영화에도 미치지 못하는 이 단순한 쓰레기 영상, 다시 볼 필요도 없이 확실히 첫 번째 작품보다도 형편없었다. 웨이트리스 차림의 아사히나 선배가 날고 뛰고 하는 부분은 아사히나 미쿠루 프로모션으로는 성공이었지만, 대체 이게 영화의 예고편이라는 사실을 몇 명이나 알아차릴 것인가. 마지막에 들어가는 하루히의 내레이션, "나가토 유키의 역습, 올 가을 문화제에서 일제 공개 당당 상영 예정!"이라는 외침을 제외하면 말이다.

하나 물어봐도 되겠냐? 전 작품에서 우주 저편으로 날아간 유키는 어떻게 다시 지구로 돌아온 거냐?

"그건 이제부터 생각할 거야. 새로운 적도!"

하루히 초감독께서는 그렇게 말씀하셨다.

그러니까 아직 생각 안 한 거다. 충분히 검토도 않고 실행에 옮기는 수준을 초월해 이건 완전 사기 필름인 것이다. 이런 걸 보고 흥미를 갖고 찾아오는 새로운 1학년이라면 내 쪽에서 먼저 사양이다.

하루히의 차이나드레스나 아사히나 선배의 메이드에 현혹되는 범인들도 물론이고.

이리하여 안뜰을 어슬렁대는 1학년생들도 중학교에서 벗어나 의무 교육을 마친 신분이 된 건 제도상의 문제만이 아닌 듯, 나와 코이즈미가 나란히 앉아 시큰둥한 표정을 짓고 있는 책상을 멀리 돌아갈 뿐 다가오려 하지 않았다.

자네들의 판단은 침몰선에서 한시라도 빨리 탈출하려 드는 생쥐처럼 현명하다. 건강하며 제대로 된 고등학교 생활이 얼마나 행복한 것인지 여기에 넘쳐나는 젊은이들은 알지 못할 것이다. 하지만 나는 알고 있기 때문에 충고하는 데에 조금도 거리낌을 느끼지 않는다. 이 나이대에서 한 살이라는 차이는 호랑이 애벌레 4령에서 5령 정도의 차이가 있다. 아무리 장난 반이라 해도 지뢰밭이라 의심이 가는 초원을 걸어다니면 안되는 법이다. 인간이란 분별이 중요한 법이니까.

나는 하루히가 기획한 쓰레기 영상의 소리를 낮추고 다시 고개를 옆으로 돌렸다.

"......."

나가토가 에너지 절약 모드 중인 노트북처럼 대기하고 있는 책상에도 다른 사람은 보이지 않았다. 하루히를 대신해 기뻐해야 할지 고민스러웠지만, 창작 문예 활동에 관심이 있는 이는 아직까지 등장하지 않은 것인가.

문예부가 작년도에 한 유일한 활동—코이즈미의 조작으로 회장이 획책하고 그대로 거기에 넘어간 하루히의 지휘 하에 우리들이 만들어야 했던 그 회지는 놀랍게도 거의 무료 배포해버린 바람에 재고가 제로가 되었고 나가토가 앉아 있는 책상에 놓인 한 권이 샘

플로 열람 가능할 뿐이다. 나를 포함해 투고를 한 사람들에게는 견본으로 한 권씩 나눠줬지만, 기껏 받은 물건을 다시 내놓을 마음이 들지 않은 건 모두 다 같은 마음이었는지 아무도 내놓으려 하지 않았다. 타니구치는 그렇게 투덜댔으면서 말이다.

그래서 누군가가 회지를 읽으려고 하면 평소에 동아리 방의 나가토 문고 안에 있는 그 견본을 보는 수밖에 없다.

내가 지칠 줄 모르는 탐구심으로 손에 든 서적을 읽고 있는 나가토를 멍하니 바라보고 있는데,

"……."

나가토가 천천히 고개를 들어 무색투명한 빛을 발하는 눈동자를 내게로 향했다. 너무나도 자연스러운 움직임이었기에 한참 동안 눈이 마주치고 있다는 사실도 깨닫지 못하던 내가 정신을 차리자,

"고양이."

그 미풍같은 목소리가 나가토의 입술에서 새어나온 것이라는 사실을 깨닫는 데에도 1초 정도의 시간이 걸렸다. 나는 나가토의 자처럼 똑바른 시선을 받으며 물었다.

"고양이가 어쨌다고?"

"어때."

"어때 라니?"

나가토는 잠시 생각에 잠긴 듯 보였지만 그 머리는 조금도 움직이지 않았다.

"어때?"

좀 전에 한 말이 희미하게 의문형이 된 것이 전부였지만 이해가 갔다.

"샤미센 말이냐?"

작은 머리가 살짝 앞으로 끄덕거린다.

"그래."

"잘 지내고 있어. 현재까지는 말을 할 기미는 안 보이더라."

"그래."

그 말만을 한 채 나가토는 다시 독서를 하기 위해 고개를 돌렸다.

우리 집의 말 잘 듣는 얼룩 고양이를 걱정해준 건가. 확실히 정체를 알 수 없는 뭐라던가 하는, 으음, 다시 한번 말해주지 않으면 생각이 안 날 명칭을 가진 공생체의 숙주가 된 샤미센을 그렇게 만든 건 나가토니까.

일단 그 이후로, 우리 집의 애완 고양이는 과식과 운동 부족으로 조금 무거워진 것 외에 딱히 변화가 없다. 충분히 고양이다운 생활을 구가하고 있는 점은 하루히가 주워서 내게 떠넘긴 이후로 변함이 없다.

하늘이 흐리고 고양이가 살찌는 봄…이라는 계절 인사를 떠올리기라도 한 걸까, 나도 봄방학에는 고양이처럼 푹 늘어져 빈둥거리고 싶었다.

"정말 정신없는 봄방학이었죠."

코이즈미가 개탄하는 듯한 말투로 중얼거렸다.

시선이 허공을 향하고 있어 혼잣말인 줄 알고 내가 흘려 듣고 있자,

"그렇게 생각하지 않으십니까?"

라고 물은 뒤 나를 쳐다보는 코이즈미의 미소는 내 눈이 잘못된 건지 지쳐 보였다.

코이즈미는 앞머리를 천천히 튕겨 날리며 말했다.

"어떻게 된 게 아닙니다. 당신의 눈은 정상이에요. 그래요, 저는 약간 지쳐 있답니다."

그야 하루히를 상대하고 있으면 대부분의 정상적인 인간이라면 지치기도 할 거다.

"일반적인 의미는 아닙니다. 제 정체와 임무를 기억하고 계십니까? 제가 무엇을 위해 여기에 있는가 하는 근본적인 이유를요."

처음에는 하루히를 감시하러 온 거고 지금은 비위를 맞춰주기 위해서인 거 아냐?

"실례지만 제가 초능력자라는 사실을 잊으신 건 아니겠지요? 그리고 제 능력이 언제 어디서 누가 어떠한 상태가 됐을 때에 발휘되는지도요."

귀에 못이 박히도록 들었으니 기억하고 있다. 네 정체에 대한 고백을 들은 건 나가토와 아사히나 선배의 정체를 들은 뒤였다. SOS단 단원 중에서 나름대로 가장 새로운 정보라 할 수 있다.

"그거 다행이군요. 이야기가 빨리 끝나겠는데요."

코이즈미는 과장되게 안도의 한숨을 쉰 뒤 목소리를 낮췄다.

"실은 요새 계속 잠을 못 자고 있습니다. 심야와 새벽에 눈을 뜨는 일상이 계속되고 있어요. 어쩔 수 없이 말이에요. 그 때문에 좀처럼 체력을 회복하지 못하고 있습니다."

밤에 잠을 못 잔다면 낮에 학교에서 자라. 수업 중의 5분의 수면은 통상적으로 취하는 수면의 한 시간에 맞먹는다고 하던데.

"불면증에 걸린 건 아니에요. 그리고 문제는 제게 있는 게 아닙니다. 이미 눈치채셨을 겁니다. 서로 모르는 사이도 아니니까 빙 둘러말하는 건 다른 화제를 다룰 때에 하도록 하죠."

코이즈미의 가늘게 뜬 눈에 깃든 빛은 드물게 진지했다. 평소에는 네 말투가 훨씬 더 빙 둘러말하는 편인데 다른 사람의 모습을 보고 조금은 자신의 버릇을 고칠 기분이 든 거냐. 할 수 없지. 서로 모르는 사이도 아니라는 건 사실이다. 나가토와 아사히나 선배에 비하면 영 신용이 안가는 녀석이기는 하지만.

"폐쇄 공간과 '신인' 말이냐."

코이즈미의 초능력이라는 힘이 발휘되는 곳은 대개 거기다.

"명답이십니다. 요새 출현 빈도가 높아졌습니다. 봄방학 이후로 오늘에 이르기까지요. 정확하게는 봄방학 마지막 날부터입니다만, 덕분에 제 아르바이트는 최근 연속해서 시간을 가리지 않고 24시간 근무 태세에 들어가 있는 거지요."

자조기가 어린 한숨을 내쉰다.

"익숙해져 있다고 생각하고 있었거든요. '신인' 퇴치는 저희의 일상다반사였으니까요. 의무였다고도 할 수 있겠지요. 하지만 요 1년 동안 완전히 둔해져 있었나봅니다. 작년의 스즈미야 씨와 그곳에서 돌아온 뒤로는 특히요."

그러고 보니 발생 빈도가 감소했다는 말은 크리스마스 전에 들었지. 이브가 되기 전에 내가 타니구치에게 여자친구가 생겼다고 자랑하는 얘기를 들었을 즈음에 말이다.

그 대신 다른 녀석이 더 엄청난 짓을 하기는 했다만….

"아니, 잠깐만."

나는 부조리한 기분을 맛보며 말했다.

"코이즈미, 너 방금 하루히를 못 봤냐? 더할 나위 없이 기분이 좋앉잖아. 물리적으로 발이 땅에 붙어 있지 않은 줄 알았다고.

그 녀석의 실내화에는 날개가 달려 있는 거 아니냐? 그리고 그 생뚱맞은 이공간과 파란 거인은 그 녀석이 스트레스를 받거나 답답하고 우울한 상태가 되면 나타나는 거잖아. 하루히가 저렇게 뛰어다니느라 심심해할 틈도 없어 보이는데 그건 이치에 안 맞는 소리 같은걸."

"확실히 제 눈에도 스즈미야 씨는 기운이 넘쳐 보입니다. 시간이 남아도는 것도 아니지요. 그래서 봄방학 마지막 날에 일어난 사건을 떠올려보셨으면 합니다."

지금까지 계속 회상하고 있었는데.

"짐작 가는 일이 없다고요? 그럴 리가 없지요. 그렇다면 아직 생각이 미치지 못한 게 남아 있는 겁니다. 그것도 엄청나게 중요한 것이 말이지요."

코이즈미는 어깨를 움츠린 뒤 회답자에게 마지막 힌트를 제시하는 사회자 같은 말투로 말했다.

"봄방학 마지막 날입니다. 스즈미야 씨의 무의식 차원에서의 변화가 일어난 것은 그날부터입니다. 자, 무슨 일이 있었습니까?"

또 무의식이냐. 하루히의 무의식과 코이즈미의 사이비 정신의학적 허세에는 늘 시달리고 있다만….

"벼룩시장에 간 날이잖아. 하루히가 이번에는 벼룩시장에 참가하고 싶다고 그래서 그 시찰을 하러 전철을 타고 옆에 옆에 시로……."

"제가 지적하고 싶은 건 전철을 타기 전입니다."

거 참 성가시게 하네.

나는 눈을 감고 다시 회상의 바다로 노를 저어갔다.

하루히가 바자인지 벼룩시장인지 하는 단어를 꺼낸 건 봄방학에 들어가서, 음, 그래, 영화 제2탄 예고편 촬영 준비를 하고 있던 동아리방에서였다.

아사히나 선배를 웨이트리스 복장으로 갈아입힌 뒤, 나가토에게 점술사 겸 마법사용 모자와 망토를 걸치게 하고 크랭크 인 캠페인처럼 주역 두 명을 나란히 세운 앞에서 하루히는 노란색 메가폰을 한 손에 들고는 동아리방에서 자율적으로 내쫓겼다 돌아온 나와 코이즈미를 돌아보며 말했다.

"이 방에 물건이 너무 많이 늘어난 것 같지 않아? 찾아봤는데 요전에 만든 감독 완장이 사라졌더라고. 다른 짐에 섞여 있는지는 몰라도 슬슬 비품을 정리할 때가 되지 않았나?"

필요도 없는 물건을 까마귀처럼 사방에서 주워오는 건 주로 너잖아. 나가토는 책이고 아사히나 선배는 다기와 찻잎, 코이즈미는 고전적인 게임뿐이라 사방에 흩어져 있는 물건의 대부분은 하루히가 가져온 것들이다.

하루히는 단장 전용 의자에 털썩 주저앉았다.

"난 말이야, 이벤트 예고 전단을 나눠주면 꼭 받아오거든. 그리고 얼마 전에는 이것도 받아온 걸 깜박했어."

서랍 안에서 종잇조각을 꺼낸다.

"벼룩시장 전단지야. 조금 멀긴 하지만 특급 전철을 타면 15분 정도면 갈 수 있는 거리야. 가능하면 지금 당장 응모를 하고 싶은데. 하지만 우리가 좀 바쁜데다 신청 심사를 하는 데도 시간이 걸리는 것 같아서 말이지."

우리가 바쁜 건 하루히가 그렇게 만들어서 그런 것 뿐이다만.

나는 하루히가 팔랑거리며 흔드는 전단지를 받아들고 내 의자에 앉았다. 벼룩시장이라. 이 시기이니 재고 일제 처분 세일 같은 건가.

내가 하루히에게 새로운 외출 장소를 알려준 종이를 노려보고 있는데,

"차 드세요."

눈앞의 탁자에 내 찻잔이 놓였다.

아사히나 선배는 참 훌륭도 하시지. 영화용 웨이트리스 복장 차림이라도 절대로 차를 내오는 걸 잊지 않는 그 조신한 미소와 상냥함에 내 눈물샘이 흘러넘칠 것 같다. 메이드가 아니라 웨이트리스 복장으로 봉사를 하는 모습도 신선하고 좋다…. 아니, 원래 이 일이 복장에는 잘 맞는군. 보통 웨이트리스는 우주인과 격투를 하거나 하지 않는다.

"우훗, 이 의상도 음, 밖에 나가지만 않으면 귀여워서 좋긴 한데요."

아사히나 선배는 치맛자락을 신경 쓰듯 다리를 모은 뒤 신이 난 듯 쟁반을 안고 다시 주전자와 찻잔이 있는 곳으로 종종거리며 돌아갔다. 그러고는 그대로 모두에게 차를 타와 나눠주었다. 전교의 아사히나 선배 팬들이 탐내는 그녀가 봉사하는 모습을 볼 수 있는 곳은 아무리 이 세상이 넓다 해도 문예부뿐이다. 참고로 마녀 복장으로 독서에 빠져 있는 나가토를 볼 수 있는 곳도 이곳뿐이고. 나름대로 사진으로 찍어두고 싶은 광경이다.

내가 눈과 목의 갈증을 달래는 작업에 몰두하고 있는데,

"야, 쿈.!"

5초 만에 찻잔을 비운 하루히가 찻잔을 요란하게 책상에 놓고 일어섰다. 정말 바쁜 녀석이다.

"이번에는 힘들겠지만 다음에는 우리도 상품을 갖고 참가할 거야. 이참에 집의 벽장을 뒤져서 비싸게 팔 만한 불필요한 물건을 찾아뒤. 뭐라도 있을 거 아냐? 이제 안 쓰지만 버리지 못해 사장되어 있는 컬렉션이라거나, 받기는 했는데 봉투도 열어보지 않은 선물이라든가."

어릴 때 잡지 상품으로 받은, 생전 듣도 보도 못한 애니메이션 로봇 플라모델 세트 같은 것도 되냐? 대량으로 있기는 한데 조립하는 게 귀찮아서 그대로 내팽개쳐 놨는데.

"그런 거면 돼."

하루히가 내 손에서 벼룩시장 전단지를 빼앗듯 채어가 곱게 접었다.

"플라모델? 그것도 네 손을 타는 것보다는 잘 다루는 사람의 손에 넘어가는 게 행복할 거다."

난이도 낮은 어린이용의 플라모델보다 컴퓨터 연구부에서 전리품으로 뺏은 노트북을 내놓는 건 어떠냐. 비싸게 팔릴 것 같은데.

"그건 소중한 비품이야. 슬슬 컴퓨터 연구부를 불러서 업그레이드를 시켜야겠다."

다음으로 하루히의 시선은 찻잔을 두 손에 들고 입김으로 불고 있는 아사히나 선배에게로 향했다.

"미쿠루네 집에도 많이 있을 것 같은데. 오래된 옷이나 필요도 없

는데 모아둔 식기 같은 거. 늘 사러 다니는 것 같던데."

"아, 으음."

아사히나 선배는 촉촉한 눈을 들었다.

"그, 그래요. 귀여워서 사버리게 된답니다. 하지만 입어보니 어울리지 않기도 하고 맛이 이상하기도 하고…. 아무튼 음, 어떻게 그걸 아셨어요?"

"그거야 껌이지. 미쿠루는 가게 앞을 같이 걸어다닐 때면 늘 반짝거리는 눈으로 '다음에 사러 와야지' 하고 트럼펫을 사고 싶어하는 어린애 같은 전파를 쏘고 있잖아. 용케 용돈이 버텨난다."

아사히나 선배는 움찔 몸을 떨었지만, 하루히는 이미 다른 사람에게로 주의를 돌린 뒤였다.

"유키네는 책이 많이 있을 것 같은데. 벼룩시장에서 헌 책방을 열면 되겠다. 이 동아리방 책장도 벌써 꽉 찼잖아. 바닥도 봐. 마루가 꺼지겠다."

"……."

유키는 천천히 고개를 돌려 하루히를 본 뒤 더 고개를 틀어 책장을 보고 내게도 한 번 시선을 준 뒤에 다시 책으로 시선을 돌렸다.

나가토가 자신의 장서를 포기할 것으로는 보이지 않았고, 나가토네 집에는 책이 많이 있는 게 아니라 많은 책밖에 없다고 표현해야 하는 게 아닌가. 머릿속으로 단어 교체를 시도하고 있는 내게 하루히가 말했다.

"쿈, 그때는 카트를 갖고 유키네 집으로 가지러 가는 거다. 상자에 담는 것을 도와줘야 해."

나가토는 다시 고개를 들어 나를 주시했고, 나는 그 눈동자에 떠오른 메시지를 환시하는 감각에 사로잡혔다. 그게 언제였더라. 아, 바보 나카가와가 웃기지도 않은 전화를 했을 때였으니까 겨울방학이로군. 동아리방의 연말 대청소 때 나가토는 책장에 넘치는 책을 처분하는 것에 대해 완전히 노코멘트로 일관했다. 집에 둔 책들도 한 권도 잃고 싶지 않을 것이다.

"그렇군요."

코이즈미가 찻잔을 한 손에 들고 말했다.

"가지고 있어봤자 대전 상대가 좀처럼 나타나지 않는 게임들뿐이고 하니 이참에 제 컬렉션에서 빼도 될지도 모르겠네요."

쓴웃음을 짓는 듯한 표정으로 나를 쳐다보는 건 사양해줬으면 좋겠다.

하루히는 바쁘게 단장 책상에 올라타듯 앉았다.

"그러니까 다들 봄방학 마지막 날은 비워둬라. 벼룩시장을 시찰하러 갈 거니까. 그리고 재미있는 물건이 있으면 부비로 사자고."

그 부비가 SOS단의 것이 아니라 문예부에게 할당된 것이라는 말은 할 필요도 없다.

—대충 이랬다.

학교가 잠시 놀아도 된다고 굳이 문을 닫고 있는 휴가 중에 하루히가 인솔하는 SOS단은 오전 내내 잠으로 보낼 시간도 얻지 못한 채 곳곳을 어슬렁대며 봄방학 마지막 날에도 이제는 집합 장소로 굳어진 역 앞으로 향하게 되었던 것이다….

"드디어 거기에 도착하셨군요. 혹시 당신의 기억에서 말살된 건 아닌가 불안했습니다."

그날 일을 내 기억에서 삭제해서 누가 이득을 보는데.

"손해 득실을 따지는 건 헤아리기 힘든 일입니다만 가능하다면 제가 지워버리고 싶었어요."

참 이상한 말을 다 하네. 코이즈미에게 기억을 조작당할 이유는 전혀 없다. 무엇보다 그런 일을 할 수 있다면 제일 먼저 하루히의 머리나 어떻게 손 좀 봐봐라.

"맞는 말씀입니다."

그렇게 심란하게 말하지마. 하루히의 일로 고민하는 건 인생을 낭비하는 짓이라고.

"그럴 수는 없지요. 스즈미야 씨의 고민은 제 고민이기도 하니까요."

코이즈미는 항복의 표시인 양 가볍게 두 손을 들었고, 나는 다시 회상으로 돌아갔다.

벼룩시장 당일 아침, 나는 자명종의 고함소리에 따라 침대에서 빠져나왔다.

발길이 떨어지지 않는다는 건 바로 이걸 말하는 거다. 따뜻한 침대를 뒤로하고 나만 일어나야 하는 것도 분했지만, 기분 좋게 아침잠을 탐하고 있는 샤미센의 잠든 얼굴을 보고 있자니 녀석을 모포 속에서 잡아 끌어내는 것도 가엾게 느껴져 나는 고독히 홀로 아래층으로 내려왔다.

부엌을 보자

"앗, 콘, 잘 잤어. 샤미는?"

여동생이 갓 구운 빵을 입에 넣으며 물어왔다.

나는 냉장고를 열어 보리차 병을 꺼내 컵에 따라 단숨에 마신 뒤 대답했다.

"자고 있어."

"콘의 빵도 구울까? 아, 계란 프라이도 있어. 찬장에."

"부탁할게."

나는 말을 한 뒤 세면대로 향했다. 돌아오자, 동생은 식빵을 토스터에 밀어넣고 햄에그를 담은 접시를 전자레인지에 집어넣고 있었다. 딱히 바지런해서라기보다, 그저 이런 조작을 하는 게 재미있는 것뿐이다.

참고로 내일부로 초등학교 6학년, 열한 살이 될 예정인 동생의 오늘 일정은 미요키치의 집에 가 밤까지 돌아오지 않는 것으로 되어 있었다.

지금도 일찍부터 자기 나름대로 외출 복장을 갖추고 도저히 동갑에 같은 학년으로는 보이지 않는 외모를 가진 친구가 마중을 오길 기다리고 있었다.

그런데 그 미요키치와 사흘쯤 전에 길에서 우연히 마주쳤을 때에는 정말 놀랐다. 잠시 못 봤을 뿐인데 짧은 시간 동안 더욱 미인으로 자라 있어 내 동생과 나란히 걸어가면 다섯 자매 중 장녀와 막내로밖에 보이지 않을 정도였다. 대체 뭘 먹이면 이렇게 다른 상태가 되는 걸까.

아니, 정말 미요키치가 여동생이었다면 내 방에 멋대로 들어와 허락도 없이 물건을 가져가지도 않을 거고, 아침에는 조금 더 고상하게 깨워줄 거고, 지분대는 거에 지쳐 도망치는 샤미센을 요란하게 쫓아가는 짓도 안 할 테고—왜 나는 미요키치의 오빠로 태어나지 못한 걸까 생각하면 생각할수록—.

"애인 자랑은 그만하시지요."

코이즈미는 눈앞에 떨어진 벚꽃잎을 주워 들며 기분 나쁘게 단호히 말했다.

"요시무라 미요코 씨를 동생으로 둔 사람은 행복할지도 모릅니다. 다른 방향에서 본다면 당신의 여동생에게도 충분히 소질이 있다는 의견도 나올 거예요. 하지만 지금은 다른 사람에 관해 좀 더 상세히 말해주실 수 없겠습니까? 일단 집을 나와 집합 장소에 도착할 때까지에 대해서요."

말이 너무 심하군. 너는 실물 미요키치를 못 봐서 그렇게 냉담한 거야.

뭐, 좋아. 고등학교 1학년 봄방학 마지막 날의 나의 회고록을 그렇게 듣고 싶다면 서둘러 말해주도록 하지. 하지만 코이즈미, 거기에 너도 등장인물로 나오는데, 무슨 일이 있었는지는 알고 있잖아.

"저에 대해서는 관심이 없습니다."

코이즈미는 손가락 끝으로 꽃잎을 만지작거리다,

"제 관심 대상은 그곳에는 없어요. 굳이 말하자면 당신의 눈을 통해 본 제 모습이 어떻게 비쳤는가 하는 정도입니다만 그 또한 사소한 일에 불과하지요."

연분홍색 꽃잎을 튕겨내버린다.

"계속하시죠."

평소와 같이 나는 자전거를 타고 역 앞으로 날아갔다.

SOS단 집합 규칙 첫 번째, 제일 마지막에 온 사람이 모두에게 쏜다는 규정은 아직까지 살아 있었고 나는 나 외의 다른 사람에게 얻어먹은 적이 지금까지 한 번도 없었다.

　가끔은 향응을 제공받는 쪽, 특히 하루히를 그렇게 만들고 싶다는 바람이 내 다리를 질타하는 것은 여느 때와 같았지만 어떻게 된 건지, 마치 노리기라도 한 양 하루히는 항상 나보다 조금 전에 도착하는 것 같다. 그 녀석, 설마 어디에 숨어 나를 감시하고 있는 건 아니겠지.

　그런 생각을 하며 역 앞 선로를 따라 마련된 자전거 주차장에서 빈 공간을 찾던 내 등 뒤로 목소리가 들렸다.

　"헤이, 쿈."

　"우왓."

　그것은 기습에 가까웠다. 바로 등 뒤에서 들렸으니까 말이다. 멍하니 자전거를 밀고 가고 있던 내가 순간 두 발바닥을 지면에서 들고 만 것도 당연했다.

　반사적으로 뒤를 돌아 목소리의 주인을 돌아본 나는 기억을 떠올리는 것보다 먼저 입을 열었다.

　"뭐야, 사사키냐."

　"뭐야라니 인사치고 참 너무하네. 오랜만에 본 사이잖아."

　사사키도 자전거 핸들을 잡고 서 있었다. 그 얼굴에는 자신이 한 말과는 반대로 부드러운 비아냥거림에 찬 미소가 어려 있었다.

　"쿈, 그러고 보니 요전에 스도우가 전화를 했더라. 3학년 때 같은 반이었던 애들끼리 동창회를 하고 싶어하던데. 걔는 직접적으로 말은 안 했지만 뉘앙스랑 여러 가지 증거들로 볼 때 그때 여자애들 중에 누군가한테 아직도 미련을 못 버리고 짝사랑을 하고 있는 것 같아. 내 짐작으로는 스도우가 집착하는 상대는 여학교로 진로를 잡은 오카모토가 아닐까 싶어. 기억하냐? 곱슬머리의 귀여운 리듬체조부 애 있잖아. 올 여름 방학에 동창회를 하면 어떨까 해서 괜찮지 않겠냐고 했지. 사실 나는 아무래도 좋은데 너는 어떠냐?"

한다고 하면 가겠지.

그래도 친하게 지냈는데 졸업식 이후로 한 번도 못 본 녀석들이 몇 명 있으니까. 얼굴도 잘 안 떠오르는 오카모토의 옆자리는 스도우한테 양보하겠다만.

사사키는 형용하기 힘든 독특한 미소를 입가에 지었다.

"그럴 줄 알았어. 그런데 콘, 중학교 졸업식 이후로 못 본 녀석들 중에는 당연히 나도 들어가 있겠지? 사실 너와 만나는 건 나란히 졸업장을 받았던 그날 이후로 1년 만이다."

한 손을 핸들에서 놓은 사사키는 시간의 경과를 나타내듯 손바닥을 빙글 돌렸다.

"너는 키타고였지? 어때, 유쾌한 고교 생활을 무난하게 보내고 있는 거냐?"

유쾌한지 어떤지는 평가가 갈리겠지만 적어도 지금의 나는 불쾌하지는 않다. 재미있다고 생각이 들 정도지. 내가 보내온 이 1년 동안 키타고에서 벌어진 불가사의 라이프를 말로 하자면 길어질 거다.

"그거 다행이네. 나는 별로 할 얘기도 없는데. 딱히 재미없는 건 아니지만 내가 다니는 학교에는 물리법칙을 뒤흔들 만한 사건은 없었거든."

좋은 일이야. 그런 게 어느 학교에서나 다 일어난다면 재미 이전에 전국적으로 착란 상태에 빠질 거다.

나는 동창생의 얼굴을 꼼꼼히 뜯어보며 중학교 때와 달라진 부분을 찾았다.

"너는 시외 사립학교에 갔지? 유명한 진학교잖아."

사사키는 다시 미소의 색채를 바꾸었다.

"네가 내 프로필을 완전히 망각하지 않아서 다행이다. 그래, 덕분에 수업을 따라잡느라 필사적이야. 오늘도—."

역 쪽으로 손가락을 향했다.

"학원에 가야 해. 전철을 타고 말이지. 정말 공부를 위해 공부를 한다는 기분이라니까. 봄방학이라는 실감도 없었어. 그리고 내일이 되면 더 멀리까지 전철로 통학을 해야 하지. 만원 전철만큼 익숙해지지도 않고 익숙해지기도 싫은 건 또 없을 거야."

키타고행 급경사 하이킹과 멋진 승부가 되겠군.

"건강하고 좋잖아. 나는 시립이 좋았어. 스도우가 부럽다."

뭐가 재미있는지 사사키는 큭큭큭 하고 도저히 흉내내기 힘든 웃음소리를 냈다.

"그런데 콘, 이 지역 사철 역에는 무슨 볼일이냐? 방향이 같으면 할 얘기도 많으니까 같이 갈 수도 있는데."

나는 손목시계를 확인했다. 아차, 집합 시각 3분 전이다.

"사사키, 미안한데 친구들하고 약속이 있거든. 시간에 깐깐한 녀석이라 늦으면 무슨 짓을 할지 몰라."

"친구? 고등학교? 흐음, 그래? 그럼 어서 자전거를 세워야겠네. 아, 걱정 마. 나는 매일 아침 세워둬서 유료 주차장이랑 매달 계약을 해놨거든. 거기가 어디냐면."

사사키는 바로 옆 주차장의 빈 공간에 자기 자전거를 밀어넣고 자물쇠를 채운 뒤 내 얼굴을 살피듯 쳐다보았다.

"여기야. 콘, 네가 친구랑 만나기로 한 곳까지 같이 갔으면 하는데. 네 친구라면 내 친구나 마찬가지지. 꼭 한 번 얼굴을 보고 싶다."

봐봤자 좋을 것 하나 없겠지만 네가 그렇게 하고 싶다면 안 말리마. 소개해봤자 사사키의 인생에 아무 도움도 되지 않을 텐데 라고 생각하지만 아사히나 선배의 사랑스러움을 가르쳐주는 건 내 공도 아닌데 괜히 뿌듯하다.

내가 주차장의 빈 공간을 찾아 자전거를 세우고 잔돈을 내는 사이 사사키는 숄더백을 들고 따라왔다. 중학교 때 이야기로 꽃을 피우며 걷다가 SOS단이 단골로 이용하는 역 앞 집합 지점이 보이는 곳에 이르러,

"콘, 너는 안 변했구나."

중얼거리듯 그렇게 말했다.

"그러냐?"

"응, 안심했어."

왜 사사키가 안심을 해야 하는 거냐. 보아하니 너도 하나도 변한 것 같지 않은데.

"그렇다면 나는 전혀 성장을 안 했다는 말이겠지. 신체 측정을 믿는다면 육체적인 수치는 조금 변했는데 말이야."

나도 조금은 키가 컸다고.

"미안, 그런 의미가 아니었어. 겉모습은 바꾸려고 마음만 먹으면

바꿀 수 있지. 머리를 기르거나 자르기만 해도 인상은 크게 변하거든. 쉽게 바뀌지 않는 건 내면이야. 좋든 나쁘든 말이야. 인간의 의식이 물질에 서린 것이라면 구성 물질을 다른 것으로 바꾸지 않는 한 사고방식과 사물을 보는 견해도 그리 달라지지 않잖아."

괜히 그리운 기분이 든다. 생각이 났다. 그래, 사사키는 중학교 때부터 이런 까다로운 소리를 하는 녀석이었다.

"아니면."

사사키는 걸어가며 말을 계속 했다.

"사고방식이 일변할 만한 사도 바울(주4)이 겪었던 기적 혹은 코페르니쿠스적 전환(주5)이 없는 한―. 세계의 변용은 바로 가치관의 변화야. 그게 전부라고 말해도 될 정도지. 왜냐하면 인간은 자신의 의식 능력을 초월한 사물과 현상을 절대로 이해할 수 없으니까. 우리의 눈은 적외선을 못 보지만 뱀은 열 영상 시야를 갖고 있지. 우리의 귀는 일정 이상의 주파수가 되면 소리로 감지하지 못하지만 개들은 초고음파를 들을 수 있어. 둘 다 인간이 보지도 듣지도 못하는 것이지만 그렇다고 적외선과 개 피리 소리는 존재하지 않는 건 아니야. 그저 감지하지 못하는 것뿐이라고 생각하라고."

정말 키타고에 오는 게 좋았을지도 모르겠다. 사사키.

너와 대화가 잘 통할 것 같은 녀석이 한 명 있거든. 아침 잘됐다. 지금 가는 장소에서 기다리고 있을테니 이참에 서로 안면이라도 터 둘래?

내가 제안을 하려는데 어느 틈에 나를 제외한 SOS단 전원의 모

주4) 기독교인을 탄압하기 위해 다마스쿠스로 가던 사울은 하느님의 음성을 듣고는 눈부신 빛에 눈이 멀고 말에서 떨어지는 사건을 겪고 나서 개종과 함께 바울이라는 이름으로 개명했다.
주5) 코페르니쿠스적 전환 : 칸트가 자신의 인식론상의 입장을 나타내는 데 사용한 말. 인간의 인식은 대상에 의거한다는 것이 기존의 생각이었지만 칸트는 이 사고방식을 역전시켜 대상의 인식은 우리들의 주관 구성에 의하여 비로소 가능해지는 것이라고 했다. 이것은 과학적 인식의 근거를 객관에서 주관으로 옮겼다는 점에서, 천문학상의 코페르니쿠스의 지동설에 비견할 만한 인식론상의 전환이라고 할 수 있다.

습이 벌써 코앞에 다가와 있었다.

"정말 대단한 분을 데리고 와주셨군요."

코이즈미는 군데군데 비난이 담긴 목소리로 말했다.

"어떤 의미에서는 저와 좋은 대화 상대가 될 법한 인물입니다. 하지만 실질적으로 저는 그 발치에도 미치지 못해요. 입장이 너무나도 다릅니다. 저는 제 한계를 알고 있기 때문에 제가 선망과 달관을 느낄 수밖에 없는 인간은 소수라 하지 않겠습니다. 참고로 말하자면 당신도 그중 한 명이에요."

그렇게 빈말을 해줘봤자 나는 델포이의 무녀처럼 신탁을 전하지는 않을 거다.

"알고 있습니다. 불가항력인 것만큼 무서운 건 없죠. 눈에 보이고 귀에도 들리는데 저항할 수 없는 힘 말입니다."

그리고 사사키가 대단한 녀석이라는 건 중3을 함께 보낸 나는 알지만 코이즈미가 알고 있다니 의외인걸.

"하나도 의외일 건 없습니다. 당신에 대해 '기관'이 조사를 했다는 건 이미 알고 계시겠죠? 물론 출신에서부터 거의 모두를 완벽하게 조사했습니다. 그 결과 당신은 보편적인 의미에서 일반인이라는 결론이 나온 겁니다."

고맙군. 네 조직의 보증서가 붙은 거냐, 나는.

"바라신다면 발행해드리죠. 아니, 이건 농담입니다. 농담이 아닌 건 당신이 중학교 3학년 때 사사키 씨와 같은 반이 되어 친한 친구 관계를 유지했다는 이력을 알았을 때의 제 심정입니다."

왜지?

코이즈미는 시를 낭독하는 듯한 말투로 말했다.

"당신의 친구인 사사키 씨 또한 일반인이면서 어떻게 보느냐에 따라서는 그렇지 않은 인간일 가능성이 있기 때문입니다. 입자와 같은 행동을 하며 파동으로서의 일도 하는, 마치 빛처럼요."

불가항력이었는지 어떤지는 몰라. 우연이라는 단어는 이제 지긋지긋하다. 게다가 빛이 가진 이중성에 대해서는 평생 얽히고 싶지 않다고.

아무튼 나와 사사키가 역 앞으로 걸어가 나란히 멈춰 선 곳은 항상 가는 그곳이었다.

익숙한 장소, 익숙한 네 명의 멤버. 내역은 세 명이 사복, 한 명이 교복.

그리고 평소와 다름없이 들려오는 단장의 고마우신 말씀.

"지각이라니 배짱도 좋구나. 그렇게 말했는데 마지막 정도가 아니라 시간을 넘기다니 봄이라고 나사가 빠진 거 아냐? 콘, 1분 1초를 더욱 소중히 여겨야지. 네 시간은 너만의 것이 아니라고. 기다리는 우리들의 시간과 똑같이 소중하단 말이다. 그러니까 늦은 건 벌금에 가산하겠어. 지나간 시간은 무엇과도 바꿀 수 없지만 우리들을 기분좋게 만들어준다면 조금이나마 위로가 될 테니까 말이야."

하루히는 단숨에 말을 마친 뒤 크게 심호흡을 하고 기이하다는 눈으로 내 옆을 바라보았다.

"그거 누구야?"

"아아, 이 녀석은 내…."

내가 소개를 하려는데,

"친한 친구."

사사키가 멋대로 해답을 내놓았다.

"뭐?"

눈을 동그랗게 뜬 하루히에게 가볍게 고개를 흔들며 인사를 한다.

"그래봤자 중학교, 그것도 3학년 때뿐이지만. 그 때문인지 매정하게도 1년 동안이나 연락 한 번 없었다니까. 그거야 피차일반이지만 그래도 1년 만에 다시 보는 건데 인사도 없이 대화를 하는 사이는 충분히 친한 친구라고 볼 수 있을 것 같은데. 나한테는 콘 네가 그래."

친했던 친구라는 의미로는 그럴지도 모른다. 나는 자주 이 녀석과 어울려 다녔고, 학교가 끝난 뒤에도 만나는 횟수는 반 아이들 그 누구보다 많았던 것 같다. 그런 것 같기는 한데—.

왠지 어색한 기분이 드는 건 뭐냐. 말해두겠지만 나는 누구에게도 손가락질을 당할 일을 한 기억도 없고 그런 사실도 없다. 그런데 사사키가 나를 친한 친구라고 부르는 소리를 옆에서 듣고 있자니, 그리고 하루히의 기묘한 표정을 보고 있자니 5분 후에 번개를 동반한 폭우가 내릴 걸 알면서 우산도 없이 외출을 해버린 3분 뒤 같은 기분이 드는 건 대체 왜일까.

생각해보면 아사히나 선배의 살짝 놀란 눈동자가 깜박이는 횟수의 빈도가 늘어나고 있고, 코이즈미가 생각에 깊이 잠긴 표정으로 턱에 손가락을 대고 있었던 것 같기도 하다. 교복을 입고 덜렁 서 있는 나가토의 무표정은 변함이 없어 보였지만 나는 하루히의 얼굴밖에 보고 있지 않았다.

옆에서 움직이는 기척이 느껴지고, 사사키가 반걸음 앞으로 나와 입술을 초승달 모양으로 만드는 미소와 함께 한 손을 내밀었다. 하루히에게 악수를 청하듯이 말이다.

"사사키입니다. 당신이 스즈미야 씨군요. 이름은 많이 들었습니다."

하루히의 눈동자가 살짝 내게 향했고, 나는 무슨 실수로 억울하게 지명수배를 당하게 된 누명을 쓴 사람과 같은 심정으로 말했다.

"네 악행을 이 녀석에게 말한 적은 없다. 사사키 왜 네가 하루히를 알고 있는 거냐?"

"그야 같은 동네에 살고 있는데다 눈에 띄는 사람들의 소문은 종종 귀에 들어오는 법이거든. 우리 중학교에서 키타고로 진학한 학생은 콘 너뿐만이 아니라고."

쿠니키다도 있지.

"그 녀석도 있었지. 잘 지내냐? 아마 지금도 여전할 것 같은데. 학력에 맞는 학교에 갈 수도 있었는데 굳이 현립을 지원한 괴짜야."

사사키는 동창생에 대한 평을 짧게 끝내고 하루히를 쳐다보았다.

"키타고에서는 콘이 신세를 지고 있다면서요. 잘 부탁합니다."

뻗은 손을 미동도 하지 않고 천천히 미소를 짓고 있다.

사사키의 서양식 인사를 본 하루히는 초콜릿인 줄 알고 바둑알을 입에 넣은 표정을 지었지만 이내 그 손을 마주 잡고,

"잘 부탁해."

쥔 손을 흔들지도 않은 채 뚫어져라 사사키의 눈동자를 쳐다보았다.

"자기소개를 할 필요는 없을 것 같군."

"그렇군요."

사사키는 빙글거리며 하루히를 쳐다본 뒤 청개구리가 태어나 처음으로 우는 듯한 목소리로 짧게 웃었다.

"다른 분들은?"

하루히의 손을 아쉽다는 듯 놓으며 사사키는 좌우로 시선을 돌렸다.

단원 소개는 단장이 할 일이라 생각했는지 하루히가 재빨리 말했다.

"저기 있는 귀여운 애가 미쿠루고, 저기 세일러 교복을 입은 애가 유키. 얘가 코이즈미야."

각각 지명을 받은 사람들은,

"앗, 아, 아사히나 미쿠루입니다."

아사히나계라는 이름을 붙여 팔면 즉시 예약이 쇄도할 만한 봄 스타일로 단장한 유일한 상급생은 파우치를 두 손에 꼭 쥔 채 황급히 인사를 했다.

"코이즈미입니다."

아라카와 씨의 밑에 제자로 들어가 수행 중인 것같이 공손하게 고개를 숙이는 부단장.

"……."

학교에 있을 때와 무엇 하나 변함이 없는 교복 차림의 나가토는 꿈쩍도 하지 않고 있다.

세 사람이 각자 인사를 했는데도 사사키는 귀찮아졌는지 단장 외에는 누구에게도 악수를 청하지 않은 채,

"처음 뵙겠습니다."

그저 재미있다는 듯이 바라보았다.

아사히나 선배는 조금 불안해 보였고, 코이즈미는 평소의 미소를 되찾았으며, 나가토는 심해에서 갓 길어온 바닷물 같은 눈동자로 사사키를 관찰하고 있었다.

사사키는 세 명의 얼굴과 이름을 기억하려는 듯하더니 나를 돌아보며,

"그럼 쿈, 나는 슬슬 전철을 타야 해서 이만 가볼게. 또 연락하마. 그럼 안녕."

재빨리 손을 흔들더니 다시 한번 하루히에게 미소를 던지고 개찰구로 걸어갔다.

되게 칼 같네. 난 괜히 그렇게 중얼거리며 사사키가 사라질 때까지 그 뒷모습을 지켜보았다.

오랜만에 만난 것치고는 제대로 얘기도 못 했네. 이렇게 가다간 다음번에 만나는 것도 1년 뒤가 될지도 모르겠다. 몇 초 동안 침묵한 뒤 하루히가 입을 열었다.

"좀 괴짜다."

네가 괴짜라고 생각한다면 상당한 건데.

하루히는 개찰구에서 시선을 돌렸다.

"야, 네 친구 말이야. 늘 저런 분위기였어?"

"응. 전혀 안 바뀌었더라고. 생긴 것도 느낌도 모두."

"흐음?"

하루히는 머릿속에 떠오르는 것을 귀로 꺼내려는 듯이 고개를 갸웃거렸지만 이내 포기한 듯 머리 각도를 수정한 뒤 폴짝 뛰어 몸을 돌렸다.

"아무튼, 그보다 콘이 쏘기로 한 커피숍으로 가자. 여분의 돈도 가지고 왔겠지. 벼룩시장에서 그럴싸한 물건을 찾으면 팍팍 사야지."

전기 기구점의 형광등 매장과 같은 미소를 지으며 하루히가 앞장서서 걸어갔다.

이런, 이런. 짐꾼 정도라면 해줄 수도 있다만 자기가 원하는 물건은 자기 돈으로 사야지. 문예부 부비에 손을 대지 않도록 나가토를 위해서도 감시를 해야겠다.

"그 다음 일은."

나는 코이즈미에게 말했다.

"네가 아는 것과 같아. 커피숍에 가서 내가 계산을 하고 벼룩시장에 가서 하루히가 필요도 없는 물건을 잔뜩 사들인 뒤 바다가 보이는 멋진 가게에서 점심을 먹고 돌아왔지. 돌아오는 길에 사카나카네 집에도 들렀고."

네가 노부부의 노점에서 구입한 바둑판을 내내 껴안고 돌아다니는 바람에 짐꾼 역할이 내 두 손에 맡겨지게 된 걸 잊었다고는 못할 거다. 이리하여 나는 푼돈에 팔린 잡화—사막 장미 원석 등등—를 대량으로 들어야 했고 그 상태로 회장 안을 돌아다녀야 했으니까 말이다. 그나마 흐뭇했던 건 아사히나 선배가 초등학생이 만든 것 같은 수준의 만화경을 보고 "와아, 참 프리미티브한 장난감이네요. 그래도 정말 아름다워요…"라고 감탄하던 장면과 어느 부족의 주술사라도 쓸 듯한 가면을 뚫어져라 바라보던 나가토의 모습 정도인가.

"네 기억이랑 다른 부분이 있냐?"

"다행히 없는 것 같습니다."

코이즈미는 모니터 뒤를 열심히 관찰하며 말했다.

"객관적인 사건은 당신이 해설한 대로입니다. 단지, 주관적인 견지에서 보자면 당신과 제 해석은 상당한 차이를 낳게 되는 것 같군요."

관찰하던 눈을 내게로 돌린다. 마음에 들지 않는 눈빛이다.

"그럼 여기에서 질문입니다. 조금 전 제가 최근 들어 폐쇄 공간의 발생률이 증가했다고 말했지요. 정확하게 말하면 스즈미야 씨의 고등학교 입학 전후 수치와 비슷합니다. 작년부터 올해 들어 감소 경향을 보였던 제 아르바이트 출격 횟수가 단숨에 원래대로 돌아간 건 봄방학 종료 직후부터입니다. 그건 왜 그럴까요?"

난 안달을 하며 말했다.

"무슨 말을 하고 싶은 건데?"

"말하고 싶지는 않습니다만 말로 하지 않으면 전해지지 않는 것도 있답니다. 무언의 대화로 의사소통이 무난히 이루어지는 건 드문 일이지요. 인과관계입니다. 이 경우, 인의 부분에 들어가는 건 봄방학 마지막 날이라는 단어지요. 과에는 폐쇄 공간과 '신인'이라는 단어가 새겨져 있습니다. 자, 이건 무엇을 의미할까요? 그게 당신에게 드리는 제 문제입니다."

"……."

나는 나가토와 같은 침묵으로 몸을 감쌌다. 뒤통수가 따끔거린다.

코이즈미는 죠몬시대(주6) 지층에서 파낸 원초적인 가면과도 같

주6) 죠몬시대 : 일본의 신석기 시대의 한 시기. 끈 노끈 무늬 토기가 특징이다.

은, 미소라고 지적받지 않으면 이해하기 힘든 미소로.

"스즈미야 씨가 새 학기 시작과 동시에 폐쇄 공간을 발생시켰다는 점으로 보아 문제점은 봄방학 마지막 날에 있었다고 단언할 수 있습니다. 그날 무슨 일이 있었는가를 생각해봤을 때 평소와 같은 SOS단 활동을 했을 뿐 딱히 중요시할 사건은 없었지요. 벼룩시장을 즐긴 게 전부입니다. 평소와 달랐던 점, 일과에 개입했던 유일한 변칙적인 요소…, 그게 뭐였는지 이미 알고 계실 겁니다."

사사키 말이냐.

"하지만 왜지? 내가 우연히 약속 장소에 중학교 동창과 같이 나타난 것뿐이잖아. 왜 하루히의 정신적 스트레스 요인이 되는 거냐고?"

코이즈미는 놀랐다는 듯이 입을 다물고 관찰이라기보다 감상하는 듯한 눈으로 나를 응시하다가 마치 동생이 주워 온 매미 껍질을 처음 보는 듯한 샤미센의 표정을 짓고 거의 10초 가량 가만히 있었다.

슬슬 얼굴 앞에 손을 흔들어 줄까 생각하기 시작한 내게 사람과 짐승 모두에 무해한 잘생긴 얼굴을 소유한 초능력자 비스무리는 천천히 고개를 흔들며,

"왜냐하면."

과장된 동작으로 몸을 내게 돌리고,

"당신의 친한 친구라고 자칭하는 사사키 씨라는 분이 아마 열 명 중 여덟 명이 한 번만 보면 바로 매료되는 매우 매력적인 여성이었기 때문입니다."

어리석은 군주를 시해하기로 결의한 냉철한 간신 같은 목소리로

말했다.

2년 전—마침 이맘때로 거슬러 간다.

중3이 막 된 봄, 나는 고교 진학을 걱정한 어머니에 의해 학원에 내던져졌다.

그 반에 사사키도 있었는데 학교에서도 같은 교실에 있는 녀석은 사사키뿐이었는데다 우연히 자리까지 가까웠다. 그래서 누가 먼저랄 것도 없이 말을 걸게 되었다. 아마 그랬을 거다. 잘은 기억나지 않지만, "야, 너도 여기 다녀?" 뭐 그런 거였다.

계기는 그런 거였고, 그래서 학교 교실에서도 종종 얘기를 하게 되었다.

딱히 주의를 준 적은 없지만 사사키의 남자 말투는 남학생들을 상대할 때만 나온다는 것을 깨달았다. 여자 친구들과 있을 때면 평범한 여자애처럼 말했으니까.

뭔가 사정이 있는 거겠지. 어쩌면 남자를 상대로 남자처럼 말을 하는 건 그 녀석에게 자신을 여자라고 보지 않기를 바란다거나 연애 대상으로 보지 말라는 의사표현인 건가, 그렇게 생각했다. 너무 머리를 굴린 걸까.

물론 나는 아무래도 상관 없었다. 그래서 아무 소리도 안 했다. 남의 말투에 트집을 잡을 수 있을 만큼 국어 실력에 자신이 없었으니까.

내 이름을 사사키는 재미있어했다.

"콘이라니 무척 독특한 별명이네. 왜 그렇게 된 거냐?"

나는 내키지 않았지만 그 바보 같은 에피소드와 여동생의 어리석은 행동을 얘기해주었다.

"흐음, 네 이름은 뭔데?"

읽는 법만 말로 가르쳐주자 사사키는 고개와 눈을 각각 다른 방향으로 기울이며,

"그게 콘이 되는 거야? 대체 어떤 한자를…. 아, 말하지 마. 추리해볼 테니까."

한참을 재미있다는 듯이 침묵하던 사사키는 쿡쿡쿡 웃으며,

"아마 이런 글자를 쓰겠지?"

공책에 샤프를 놀렸다. 그 위에 떠오른 문자를 보며 나는 감탄을 했다. 사사키는 정확하게 내 이름을 쓴 것이다.

"유래를 물어봐도 될까? 어딘지 모르게 고귀하고 장대한 이미지가 느껴지는 이 이름의 이유를 말이야."

내가 어린 시절 물어봤을 때 아버지가 대답한 말을 그대로 가르쳐주었다.

"좋은데."

사사키가 말하니까 정말로 좋은 이름인 것 같은 느낌이 들었다.

"하지만 나는 콘이 더 좋은 것 같아. 느낌이 좋잖아. 나도 그렇게 불러도 되냐? 아니면 다른 명칭을 고안해줄까? 아무래도 너는 그 별명을 별로 안 좋아하는 것 같은데."

어떻게 내가 싫어한다는 걸 알았지?

"너는 그렇게 부를 때보다 평범하게 성으로 불렀을 때 반응 속도가 빠르잖아. 한 0.2초 정도?"

나를 성으로 부르는 건 그 누군가가 내게 뭔가 진지하게 할 말이 있을 때 정도니까. 수업 중에 다음 문제를 풀라고 지명당할 때나 친

하다고 할 수 없는—특히 여자애가—부를 때나…. 그런데 0.2초? 그런 차이를 용케 안다?

"보고 들은 정보가 뇌에 전달되어 행동을 개시할 수 있는 시간이 그 정도야. 너는 성으로 불렀을 때에는 순식간에 반응하지. 콘으로 부를 때에는 무의식중에 그러는 거겠지만 그만큼 늦어. 그래서 네 심층심리에서는 별로 좋아하지 않는구나 생각한 거야."

생각해보면 무의식이니 심층심리니 하는 용어를 배운 건 이 시기가 처음이었던 것 같다.

학원 수업은 1주일에 사흘, 화목토에 있었고 모두 저녁에 시작되는 수업이었다.

학교가 쉬는 토요일을 제외하고 매주 화요일과 목요일이면 나는 사사키와 나란히 학원에 가는 게 습관이 되었다. 학원은 이 근처에서는 가장 큰 역 근처로, 중학교에서 걸어서 가면 상당히 멀게 느껴지는 거리를 가야 했고 버스를 타도 노선이 멀리 돌아가서 시간이 제법 걸렸다. 제일 빠른 건 학교에서 역까지 직선거리를 자전거로 가는 거다. 이렇게 가면 15분밖에 안 걸린다.

우리 집은 중학교에서 목적지까지의 직선상에 있어 일단 집에 들러 자전거를 끌고 학원으로 가는 게 이론적으로 제일 좋은 방법이었고, 이왕 가는 김에 뒤에 사사키를 태우고 달리는 것도 평소의 습관이었다. 사사키의 말에 따르면 버스비가 굳으니 고마운 일이라고 했다.

학원에서 같은 교실이었지만 매 시간마다 잡담을 할 정도로 여유로웠던 건 아니었다. 둘 다 주위의 분위기에 편승해 진지하게 공부를 했다. 그 때문인지 중학교 2학년 때에는 완만한 곡선을 그리며 하강하던 성적도 정체 경향을 보이는 건 고마운 일이었고, 집으로 가져가는 답안의 점수가 원대한 카운트다운을 새기는 것을 보다못해 다짜고짜 학원에 던져넣은 어머니도 약간 가슴을 쓸어내리게 됐을 것이다.

여기다 "더 공부 안 하면 사사키랑 같은 대학에 못 간다"는 말버릇만 고쳐주면 더욱 좋겠는데. 왜 내가 이 녀석하고 같은 진로를 가야 하는지 이해가 안 갔다.

학원을 마치면 항상 세상은 까만 밤의 지배하에 놓였다. 밤하늘에 뜬 종기와 같은 천연 위성을 올려다보며 나는 자전거를 끌고 걸었고 그 조금 뒤에서 사사키가 따라왔다. 집에 가는 길에는 버스를 이용하는 사사키를 따라 가장 가까운 정류장까지 걸어갔다.

"그럼 콘, 내일 학교에서 보자."

버스가 정류장에 도착하면 계단에 발을 올리고 그렇게 말하는 사사키에게 손을 흔든 뒤 나는 다시 집으로 향했다….

자, 회상 끝.

"설마 그 정도였을 줄이야."

코이즈미는 미간에 중지를 댔다.

"그건 정말로 순수한 중학생들의 싱거운 연애의 한 페이지 아닙니까."

말이 그렇게 되나. 하지만 나랑 사사키 사이에는 그런 상큼한 교제는 없었는데. 아니, 상쾌하지 않은 것을 포함해서 전혀 없었다고.

"네, 그렇겠지요. 당신은 그렇게 생각하고 있고 아마 그게 맞을 겁니다. 하지만 주위 사람들은 어떨까요. 당신들의 모습을 어떻게

생각했겠습니까."

왠지 불길한 예감이 들었다. 그러고 보니 쿠니키다와 나카가와는 묘한 착각을 하고 있었던 것 같던데….

"저라도 착각을 할 겁니다. 말을 듣고 있기만 해도 그렇게 생각이 되는걸요. 물론 저만 이런 생각을 하는 건 아닙니다. 어쩌면 아사히나 씨나 나가토 씨도 같은 생각을 하고 있을지도 모르지요. 뭐, 그두 분은 조금은 당신에 관한 정보를 갖고 있을 테니 기우에 불과하다 하더라도. 전혀 그렇지 않을 분을 저는 약 한 명 알고 있습니다."

"…누군데?"

코이즈미는 짐짓 험악해 보이는 미소를 지었다. 그 눈에 서려 있는 건 나를 비난하는 빛이다.

"여기까지 말했는데도 이해를 못 하신다면 당신의 머리를 절개해 뇌에 직접 그 이름을 새겨넣어야 하겠네요."

그 정도는 나도 알아.

"설마 아니겠지만."

머리 위에 송충이의 대군이 올라탄 듯 기괴한 감각이 들었다.

"하루히가 사사키를 보고, 그것도 친한 친구라고 하는 말을 듣고 그걸로 끙끙거리고 있다는 말이냐? 그 장기인 무의식인지 뭔지 하는 게?"

"폐쇄 공간, '신인'. 당신도 알고 있는 현상입니다만 최근의 그것들은 이전과는 약간 상태가 다릅니다. 폐쇄 공간은 그대로입니다만 '신인'의 행동이 기분 나쁠 정도로 얌전해요. 출현은 하지만 적극적인 파괴 행위를 보이지는 않고 멍하니 서 있는 경우가 많습니다. 가끔 자기 역할이 생각이 났는지 건축물을 때리는 정도가 다죠."

그 창백한 거인이 이성적인 건 나쁜 일이 아니잖아.

"저희 '기관'에서 본다면 피차일반입니다. '신인'을 소멸시키지 않으면 폐쇄 공간은 해방되지 않으니까요."

코이즈미의 주석은 계속 이어졌다.

"결론부터 말하자면 '신인', 나아가서는 스즈미야 씨의 무의식은 당황하고 있는 것 같습니다. 마치 자신이 무슨 생각을 하고 있는지, 무슨 생각을 하면 좋은지 그것조차 이해하지 못하는 것 같아요. 미로를 헤매고 고민하는 무의식이지요."

프로이트 선생님도 저세상에서 쓴웃음을 짓고 있을 거다. 설마 자신의 연구 성과가 하루히의 분석에 이렇게 자주 사용될 줄은 생각지도 못했을 테니 말이다.

"저는 스즈미야 씨가 사사키 씨에게 질투를 하는 거라고 치면 바로 결론이 날 것 같습니다만."

아무래도 반론을 펴지 않을 수가 없겠다. 누구를 위해서도 아닌 바로 하루히를 위해서.

"그 녀석은 연애 감정을 정신병의 일종이라고 말하는 여자라고."

"그럼 묻겠는데요, 당신에게는 스즈미야 씨가 남녀간의 연애에 대해 모든 것을 말할 수 있는 심리학에 정통한 분이라 보이십니까?"

전혀.

"저도 그렇습니다. 스즈미야 씨는 겉보기에는 이해하고 있는 것 같지만 사실은 이해를 못 하고 있어요. 반대로 말할 수도 있습니다만, 아무튼 그녀의 정신은 동년배의 여학생에 비해 특별히 성숙한 건 아닙니다. 그 점만 보면 아주 평범한 소녀에 불과해요. 그저 꼬인 척하고 싶어하는 것일 뿐입니다."

네가 그렇게 말하지 마라. 내가 볼 땐 코이즈미 너도 충분히 부족할 것 없이 꼬인 녀석으로 보이니까.

"그렇습니까?"

고대의 가면을 벗은 미소를 지은 뒤 연극적으로 뺨을 쓰다듬는다.

"정진이 부족한 것 같군요. 당신에게 이렇게 쉽게 간파를 당하다니요."

코이즈미는 두 손을 벌리고 고개까지 흔들었다.

"제가 분석하기에 스즈미야 씨는 당신에게 과거의 친구가 존재하고 그것이 자신이 모르는 인간이라는, 지금까지 존재하지 않았던 사실을 발견하고 설명하기 힘든 감각을 느낀 것 같습니다. 질투라는 단순한 말로는 해석하기 힘든, 보다 원초적이고 근본적인 감각이지요. 허를 찔렸다고 말할 수 있을까요. 당신에게도 옛친구 한두 명은 있겠지요. 그 점까지는 스즈미야 씨도 이해하고 있습니다. 여자친구가 있었어도 전혀 이상할 일이 아니지요. 하지만 사사키 씨가 자신을 당신의 친한 친구라고 말한 것은 그 누구도 예상하지 못했던 일입니다. 그녀의 존재를 알고 있던 저도요."

"잘…, 아니, 전혀 모르겠다."

"스즈미야 씨의 중학교 시절은 거의 고립 혹은 고독한 상태였으니 친한 친구라는 말에 충격을 받은 건지도 모르죠."

"그 녀석은 자기가 원해서 그렇게 된 거잖아. 고고했던 거지."

"그렇다 하더라도요. 만약 제게 당신들이 모르는 이성친구가 있는데 갑자기 그 상대가 눈앞에 나타난다면 어떻겠습니까?"

"있었냐?"

나는 살짝 몸을 앞으로 내밀었다. 이 녀석이야말로 뒤에서 몰래 여자친구를 만들어놨다 해도 전혀 신기할 일이 아니다.

코이즈미는 쓴웃음을 지었다.

"비유가 안 좋았군요. 저로는 안 되겠네요. 그럼 아사히나 씨의 과거에 친하게 지내는 남자가 있었고, 그런 그가 그녀에게 친한 태도를 보인다면요?"

화가 나겠지. 하지만 말이다.

"그건 불가능하잖아. 아사히나 선배나 나가토는 놀거나 관광을 하러 이 세계에 온 게 아니니까."

조금만 더 즐기는 게 좋지 않을까 싶다. 그리고 아사히나 선배의 과거는 우리의 입장에서 보면 미래라고.

"가정이에요. 만약 그렇다면 당신이 어떻게 생각할까 말입니다. 이건 상상이지만, 말로 표현하기 힘든 미묘한 감각을 느끼지 않을까요. 질투도 당혹감도 아닌 감각이 말이죠. 무엇보다 아사히나 씨는 그 이성을 딱히 의식하고 있는 것 같지도 않고 표면적으로는 평소와 똑같은데다 정말 아무 생각도 없는 것 같다, 그렇다면 괜히 캐보는 것도 웃기는 짓이지요. 그래서 그런 감각은 의식 밑으로 버리는 게 제일입니다. 이 이야기 속의 아사히나 씨를 당신, 당신을 스즈미야 씨로 바꿔 생각해보십시오."

안뜰의 맞은편에서 소규모의 함성이 일었다. 어느 동호회에 가입을 결정한 1학년이 있나보다.

코이즈미는 문득 그쪽을 쳐다보았다.

"하지만 통상적인 의식 밖에 있는 부분은 그리 쉽게 속일 수 없습니다. 그래서 무의식의 욕구불만이 폐쇄 공간과 어중간한 '신인'을 낳은 겁니다. 원인이 명확해 보이지만 그리 간단하지 않기 때문에 쉬운 대처법도 찾지 못하고 있어요. 실은 아주 없는 건 아닙니다만―."

코이즈미의 눈이 더욱 가늘어졌다.

"쿈! 코이즈미!"

아사히나 선배와 몸을 꼭 붙이고 있는 하루히가 안뜰의 돌길을 밟으며 힘차게 걸어왔다.

"우왓, 와아앗."

보폭에 1.5배 정도의 차가 있어 발을 질질 끌고 있는 아사히나 선배를 사로잡은 사냥감처럼 붙잡고 상대를 전혀 고려하지 않은 채 하루히는 힘차게 돌진을 계속했다.

레밍처럼 새로운 1학년들을 죽 끌고 돌아올 줄 알았는데 어찌 된 일인지 빈손이다. 차이나와 메이드의 두 병사가 한 마리도 낚지 못한 것이다. 올해의 1학년은 상식에 절어버린 녀석들뿐인가보군.

하루히는 예고편을 반복하고 있는 모니터 앞에서 걸음을 멈추고 아사히나 선배를 안은 채,

"재미있어 보이는 입단 희망자 왔어? 유키네는?"

나가토가 희미하게 고개를 젓는 기적을 느끼며 나는 곰곰이 생각했다.

"여기저기 돌아다녀봤는데 영 안 되겠더라. 미쿠루의 맛있는 차를 마음껏 마실 수 있다는 말에 능글맞게 웃으며 고개를 끄덕이는 녀석은 입단시험 제1단계에서 불합격시켰어. 여자애들한테 갔더니 다 도망치질 않나. 올해는 흉작인가봐."

코스튬 플레이 연구회라 착각했나보지.

"하지만 한 명쯤은 적격자가 있지 않을까 싶으니까 이제부터가 시작이야! 쿈! 너희 중학교 후배 중에 재미있는 녀석 없냐? 그리고 우리 중학교에는 절대로 없었으니까 히가시 중학교 출신은 모두 허가 못 해. 내가 깜박했는데 말이지!"

그렇게 큰 소리로 떠들어대고 있는 하루히의 얼굴은—.

역시 어느 각도에서 봐도 삼중연성처럼 빛나는 핵융합같은 미소였다.

이보다 더 눈부실 건 없을 정도로 말이다.

그날, 우리는 결국 아무 성과도 올리지 못한 채 터벅터벅 동아리방으로 철수했다.

아사히나 선배는 진심으로 안도한 듯 자세를 바로 한 뒤 메이드 복장 그대로 주전자를 난로에 올리고 차를 탈 태세에 돌입했고, 나와 코이즈미는 탁자와 케이블을 정리하고 컴퓨터를 다시 설치하는 데에 전력을 다했다.

나가토는 문예부 종이를 코를 다 푼 휴지처럼 휴지통에 던져넣은 뒤 보물을 정리하는 듯한 손길로 회지 견본을 책장에 넣고 기계적으로 동아리방 구석에 자리를 잡고 하드커버 책을 펼쳤다. 떨어져 있기는 했지만 나와 코이즈미가 나눈 대화를 못 들었을 리가 없을 텐데 1년 전과 외모에 전혀 변화가 없는 우주인제 안드로이드는 쿨 페이스와 뮤트 모드인 입술을 유지하고 있어 왠지 모르게 나를 안도하게 만들었다.

하루히는 단장석에 자리를 잡고 삼각뿔 끝에 손가락을 올려 덜덜

흔들며.

"괜찮아 보이는 1학년이 없더라. 역시 수색 범위를 넓혀야 하나. 운동부에 물건이 있을지도 몰라. 기다린다고 오지 않는 법이지. 그 물을 던지는 횟수와 해역은 많고 넓은 게 좋아."

차이나드레스 사이로 나온 맨다리를 꼬고 새로운 장난거리를 고안 중인 꼬마 대장 같은 표정을 짓고 있다. 들떠 있는 것 같네.

내 생각에는 대충 그물을 던지는 것보다 핀 포인트로 정확하게 노려 한 마리만 집중 공격하는 편이 양질의 물고기를 얻을 수 있을 것 같지만 굳이 말을 꺼내 하루히의 신입 단원 권유 촉진 계획에 가담할 생각은 없다.

"대어를 놓칠 생각은 없어. 작년처럼 모든 클럽을 돌아다녀볼까 싶어. 다른 부에 빼앗기기 전에 잡아둬야 하잖아. 이렇게 많으니까 그중에 한 명 정도는 맛있는 녀석이 있을 거야."

어떤 맛의 하급생을 원하는 거냐? 구워 먹을 수 있는 녀석이라면 좋겠는데.

"미쿠루보다 더 귀엽거나 유키보다 더 좋은 애, 코이즈미보다 더 예의바른 애라거나 그런 거."

그건 상당히 벽이 높구나. 하루히가 그나마 제대로 된 이유로 끌고 온 건 아사히나 선배뿐이라 할 수 있다. 자신의 안경에 찬 캐릭터였다는 이유가 대체 어디가 제대로 된 이유인 건지, 나가토는 우연히 차지하게 된 문예부 동아리방에 딸려 있었을 뿐이고, 코이즈미는 그저 전학생이라는 직함이 하루히의 심금을 울렸을 뿐이다. 올해도 5월쯤에 전학 온 학생을 가차없이 끌고 올 생각은 아니겠지.

"전학생은 코이즈미가 차지했으니까 이제 됐어. 우수한 부단장이니 유사 캐릭터는 필요 없는걸. 더 재미있는 녀석이 아니면 안 돼. SOS단은 소수 정예 주의니까."

하루히는 컴퓨터를 켜고 턱을 괸 자세로 마우스를 달각거렸다.

"실수했어."

네가 덤벙대는 건 어제오늘 일이 아닌걸.

"작년부터 학구 내의 중학교를 돌며 유능해 보이는 녀석을 미리 선점해둬야 했는데. 단원에 걸맞은 녀석이 다른 학교에 가버렸다면 너무나 아까운 일이잖아. SOS단 제3지부를 다른 학교에 세울까? 그리고 SOS단 예비부를 이 근처 중학교에 세우는 거야."

하루히의 망상은 끝없이 날갯짓을 하고 있었다. 나는 한숨을 내쉬며 말했다.

"그렇게 사람을 늘려서 어쩌자고? 미식축구팀이라도 만들 작정이냐?"

"나의 SOS단을 말이지, 보다 세상에 확장시켜야 해. 컴퓨터의 기억 상자도 점점 대용량이 나오는 세상이잖아? 목표는 세계라고. 글로벌하게 살지 않으면 국제화가 된 이 지구에서 살아갈 수 없으니까."

정보화 다음은 국제화냐. 나는 소박한 삶을 좋아하는데. 아무 자격도 없는 고등학생 신분이다. 자기 주제도 모른 채 세계로 뛰쳐나갈 생각은 없다고.

아예 장래에 사립학교를 세워서 이사장 지위에 올라 SOS 학원이라 명명하지그래. 학생은 모두 강제적으로 SOS단 단원이 되는 거다. 음, 생각만 해도 무섭군.

"하핫, 바보구나. 법인화는 말도 안 되는 소리야."

하루히는 코웃음을 쳤다.

"우리는 영리를 목적으로 하고 있는 게 아니니까!"

이것도 진보라고 할 수 있겠다. 말로는 호언장담을 하고 있지만 작년의 하루히라면 동아리 활동 설명회에 강제로 참가해 SOS단 선전 전단지를 대량 인쇄해 아무한테나 떠넘기고 다녔을 거다. 위압적인 학생회장이 눈을 빛내고 있어서인지 올해는 레지스탕스 같은 지하공작으로 머리를 굴리고 있는 것 같다.

SOS단 지부를 늘리는 데에는 적극적이어도 본부 인원을 쉽게 늘릴 생각은 없나보다. 굳이 구분하자면 신기한 현상에 대한 정보를 가져오길 바라는 것 같다. 우주인 납치 경험자거나, 정신을 차리고 보니 과거로 돌아갔다는 식의 시간 여행자나 밤낮 없이 이공간에서 악과 싸우는 현재진행형의 이능력자 얘기를 듣고 싶은 게 분명하다.

그건 한때 나도 듣고 싶어했던 이야기이다.

그리고 지금의 내게는 불필요한 것이었다.

코이즈미의 묘수풀이를 상대하고 아사히나 선배의 특제엽차로 목을 축이면서 나가토의 곧게 앉아 독서하는 모습을 시선 끝으로 보며 나는 생각했다.

SOS단에 정규 단원은 이 이상 늘어나지 않을 것이라고.

츠루야 선배 같은 명예 고문이 생기거나 사카나카 같은 단외 관계자가 늘어나거나, 다른 부를 컴퓨터 연구부처럼 쥐고 흔드는 사태가 일어난다 하더라도 새로운 사람이 이 동아리방에 자리잡고 있는 총 다섯 명의 인원 속으로 들어와 그대로 정착할 일은 없을 것 같다고.

그냥 예감일 뿐이다. 아무 이유도 없다. 그야말로 천국에 계신 닥터 프로이트나 융 박사한테라도 물어보지 않으면 알지 못할 나의 무의식이 그렇게 가르쳐주고 있었다.

결과적으로 그런 나의 예감은 말 그대로 반은 맞았고 반은 빗나갔다. 하지만 이때의 나는 알 길이 없었다는 상투어구를 말해두겠다.

설마 그렇게 복잡한 일이 발생하게 될 거라고는 아무도 예상하지 못했을 것이다. 코이즈미도, 아마 나가토도, 어쩌면 아사히나 선배(대)마저도.

하수인의 이름은 분명하다. 다른 누구도 아니다.

바로 스즈미야 하루히가 그 일을 한 것이다—.

제1장

이튿날, 금요일의 일이었다.

1학년 대부터 이어져온 하루히의 습성, 쉬는 시간에는 거의 교실에 없다는 일상적인 행동은 학년이 바뀐 뒤에도 사라지지 않았고, 4교시가 끝나자마자 재빨리 교실을 떠나신 우리 단장이 사라진 점심시간, 나는 2학년이 되어서도 콤비를 맺고 있는 타니구치 및 쿠니키다와 책상을 마주하고 도시락을 먹고 있었다.

타니구치는 둘째치고, 쿠니키다의 무해한 얼굴을 보고 있자니 며칠 전 뜻밖에 재회를 하게 된 사사키가 떠오르는군. 가능한 한 태연한 척 가장하고 있었는데 그런 내 시선을 느꼈는지,

"왜 그래? 붕장어 계란 프라이가 그렇게 마음이 쓰이냐?"

쿠니키다는 사사키가 평한 대로 초연히 물어왔다.

"아니, 아무것도 아냐."

나는 즉시 대답했다.

"용케 또 같은 반이 됐다고 생각하고 있었어."

"그러게."

반찬을 산산조각으로 분해하던 손놀림을 멈추고 쿠니키다가 고개를 들었다.

"나는 기뻤는데. 반 편성표를 봤을 때 잠깐 내 눈을 의심했지만 말이야."

너는 당연히 이과로 갈 줄 알았는데.

"그럴 생각이야. 그런데 내가 문과가 조금 약해서 올 한 해는 그쪽을 강화하려고. 3학년부터는 이과만 중심으로 파야지. 그리고 2학년의 이 시기는 이과나 문과나 크게 다를 게 없잖아. 선택 과목이 늘어나니까 교실 이동이 번거롭긴 하지. 2학기부터는 더욱 그렇게 될 거다."

타니구치에 관해서는…, 뭐, 아무래도 상관 없다만.

"야, 너무한 거 아니냐, 콘."

타니구치가 항의한다.

"나도 좀 더 예쁜 애가 있는 반에 들어가고 싶었다고. 6반을 노리고 있었는데…."

자연스레 여자애들을 향해 시선을 돌린다.

"이래서는 별로 다를 게 없잖아. 설마 또 너희들하고 한 반이 될 줄은 몰랐는데."

변함없이 순수할 정도로 속된 녀석이다. 뭐 어때. 작년과 마찬가지로 시험 기간에는 레드라인의 아슬아슬한 상공을 지형 추격 비행하자고.

"그건 약속해주지. 내 인생은 그런 종잇조각에 좌우되지 않을 거야. 맡겨둬라."

가슴을 치는 건 든든해서 좋다만, 정말 이대로 좋은가 하는 생각도 든다. 적어도 우리 어머니를 논파할 설득시킬 거리로 타니구치의 존재는 너무나도 약하다. 이 녀석에게 무슨 특수 능력이 있다면 학교 성적은 사소한 잣대에 불과하다고 변명이라도 할 수 있을 텐데.

"그런데 스즈미야와 5년 연속 한 반이 되다니 정말 지긋지긋한 인연이네. 사실 인연 자체가 없긴 하지만."

타니구치는 별일 아니라는 듯이 말하지만 확실히 묘한 느낌이다. 너무 지나친 우연에는 높은 확률로 다른 꿍꿍이가 있다는 사례를 몇 가지 알고 있어서 말이다.

나와 타니구치가 아마 다른 의미에서 고개를 갸웃거리고 있는데 쿠니키다가,

"30명이 있으면 그중 두 명 정도는 생일이 일치할 확률이 높잖아. 그렇게 신기할 것도 없는 일 아닌가?"

이해가 갈 듯 말 듯한 소리를 했다.

"뭐하면 계산해볼까?"

아니, 됐다. 기묘한 기호와 계산식을 보는 건 수학 시간만으로도 충분히 벅차다. 아니, 암산 안 해줘도 돼. 내 두뇌 수준을 남과 비교하고 싶지 않으니까. 기발한 방책도 준비하지 않은 채 무모한 승부에 도전하는 건 만용 이전에 하루히가 할 일이다. 내가 자신을 갖고 참가할 수 있는 건 다음 자리 배치 때에 바로 뒤에 앉는 게 누가 될까 하는 예상 대회 정도다.

현재 바로 뒷자리, 그 자리의 주인은 작년과 마찬가지로 점심시간이 되자마자 교실에서 뛰쳐나가버렸다. 아마 1학년들의 교실을 살피러 갔을 거다. 수상쩍다는 시선이나 받고 있겠지.

조금이라도 관심이 갈 만한 사람이 있다면 하루히는 앞뒤 안 가리고 그 반으로 돌진할 거다. 돌진해온 정체불명의 상급생에 겁을

먹은 가엾은 신입생이 교무실로 달려가지 않기를 나는 도시락을 먹으며 내심 기도했고, 어떤 신인지는 몰라도 헌금을 내지도 않았는데 그래도 그 기도를 들어주었는지 5교시 시작 직전에 돌아온 하루히의 눈은 환하게 빛나고 있지 않았다.

"성과는?" 하고 묻는 내게,

"꽝이야."

대답하는 목소리는 별로 불쾌한 것 같지 않았고, 당연한 사실을 담담히 알리는 것처럼 들렸다. 근처의 저수지에 아로나와(주7)가 없다는 사실을 조사 결과를 통해 새삼 깨닫게 된 것 같은 목소리였다.

그 방과 후, 나는 숨을 쉬는 것보다 더 자연스럽게 하루히와 함께 동아리방으로 향했다.

2학년이 되어 소속한 건물이 바뀌고 덕분에 동아리방 건물과도 가까워졌지만 그렇다고 해서 딱히 편리해진 것 같다는 느낌은 들지 않았다.

"나는 편리해."

하루히는 가방을 힘차게 휘두르며 말했다.

"학생식당이랑 매점도 가까워졌으니까. 점심시간의 식당에서 자리를 확보하는 건 제법 힘들거든. 자리를 더 늘리면 좋겠다는 생각을 늘 하지."

그런 의견은 학생회장에게 타진해야지. 서명을 모아들고 가면 학교 측에서도 움직여주지 않을까.

"그런 녀석한테 빚을 지고 싶지 않아."

걸음을 빨리 하며 하루히는 낯을 가리는 아이처럼 고개를 돌렸

주7) 아로나와 : 오스테오글로숨과의 열대어. 몸의 길이는 1미터 정도이며, 등 쪽이 곧고 아래턱 끝에 한 쌍의 턱수염이 있다. 아마존 강에 한 종류, 나일 강에 한 종류, 동남아시아에 두 종류가 분포한다.

다.

"악당의 손은 빌리지 않는 게 좋아. 그걸 빌미 삼아 참견하고 떠들어대는 녀석이 나는 질색이라고. 내 힘으로 해결할 거야."

무단으로 학생식당 확장 공사를 하면 일이 좀 커질 텐데. 문예부 부비로는 건설 사업까지는 못 한다고.

"그따위 일이야 마음이 내키면 무단으로 하겠지. 다들 기뻐할 걸."

그럴지도 모르지만 그만둬라. 최악의 경우 신문기사감이다. 다음에 츠루야 선배를 만나면 사전에 손을 써놔야겠다. 하루히가 스폰서 요청을 해도 받아들이지 말라고. 뭐, 츠루야 선배 수준의 위대한 상식인이라면 하루히의 제안을 그렇게 진지하게 받아들이지는 않겠지만 혹시나 모르니까.

나는 하루히의 주의를 식당 개축 공사에서 돌리기 위해 말을 꺼냈다.

"그런데 하루히, 괜찮은 신입생은 있었냐?"

"어?"

쉽게 물은 건 기쁜 일이지만, 하루히는 예리한 시선을 내 얼굴에 꽂아대며 말했다.

"네가 신경을 쓰다니 별일이다. 의외인걸. 늘어나면 또 그거 갖고 투덜댈 줄 알았는데, 역시 후배가 아쉬운 거야?"

아쉽지는 않아. 뭐, 나보다 밑인 말단 단원이 있어준다면 하루히가 떠넘기는 잡일 기타 등등을 그대로 떠넘길 수 있어 편하겠다는 생각을 한 적은 있지. 직책으로 봐도 코이즈미가 부단장, 아사히나 선배가 마스코트 겸 서기 겸 부부단장이고 나가토는 형식적이기는 해도 그래도 문예부 부장이고, 단 내에서 아무 자리도 차지 못하고 있는 건 나뿐이다.

"뭐야, 그렇게 직함이 갖고 싶어? 그럼 생각해줄 수도 있지. 하지만 승진 시험을 봐야 할 거야. 필기 다섯 과목하고 실기 두 과목."

그럼 됐어. 내가 순간적으로 갖고 싶은 건 이륜차 면허라서.

"포기를 잘 하는 게 적극적인 사고와 같은 의미는 아니야. 조금은 버텨보지 그랬어. 그러면 뭐라도 줬을지도 모르는데."

단원 1호라고 쓴 완장이라면 사양하겠다. 그건 말단 1이라는 의미일 테니까.

"으음, 눈치 빠르네."

하루히의 광대 같은 미소를 보고 있는 사이 동아리방 앞에 도착했다.

노크도 없이 문을 여는 건 하루히에게 이 방이 자기 집과 똑같기 때문이었고, 나는 나대로 만약 아사히나 선배가 옷을 갈아입는 중이라면 돌아서야 하기 때문에 그걸 확인하기 위해 문틈으로 엿보는 행동을 취한 건 그 누구도 탓할 수 없을 것이다.

"……"

안에는 나가토밖에 없었다.

탁자 구석에서 애용하는 철제 의자에 얌전히 앉아 혼자 조용히 수학자의 전기를 읽고 있었다. 언제 와도 우리보다 먼저 동아리방에 있는데, 이 녀석은 청소 당번을 맡은 적이 없는 걸까. 있을 법한 얘기다.

하루히는 긴 탁자에 가방을 내던지고 단장석에 앉아 컴퓨터 전원 단추를 눌렀다. 나도 내 가방을 하루히 것 옆에 놓고 어느 사이엔가 내 위치가 되어버린 자리에 앉았다.

하드디스크가 덜덜거리는 소리를 들으며 어제부터 그대로 펼쳐 둔 낡은 바둑판을 바라보았다. 이제 막 시작한 묘수풀이. 모자이크처럼 보이는 흑백 모양의 정세는 종국에 다다르고 있었다. 세 수만 두면 흑의 3점 반 승리다. 나도 알 수 있을 정도니 초보자 수준의 문제로군.

"콘, 차."

아사히나 선배가 올 때까지 기다려라. 선배의 차 타는 기술은 현대에 되살아난 후루타 오리베(주8)와 같다 해도 과언은 아니다.

"말이 너무 과하다. 다도와 같이 취급해서 어쩌려는 거야? 아사히나 유파의 창시자가 될 거면 컬트한 차 유파로 보장해주겠다만."

하루히의 눈은 모니터에 고정되어 있었다. 키보드를 끌어당겨 뭔가 문장을 치던 것 같던데 그 모습을 보니 무슨 문서를 작성하고 있는지 궁금증이 동했다.

"그러고 보니 어제도 그러던데 뭘 쓰고 있는 거냐? 사이트 일기를 갱신하는 거냐?"

"비밀이야. 극비 문서다. 단 외부로 새어나가면 큰 문제거든. 유출이 되면 제일 먼저 너를 의심할 거야."

기분 나쁘게 웃으며 하루히는 제법 빠른 손놀림으로 키보드를 치고 있었다. 참 재주도 많아.

나는 어깨에 치켜올린 뒤 냉장고로 다가가 안에서 물에 탄 우롱차를 꺼내 내 찻잔에 따른 뒤 하루히와 나가토 몫까지 따랐다.

눈앞에 찻잔을 놓아줬지만 나가토는 눈길도 주지 않았고 하루히는 내 손에서 직접 채어가 단숨에 들이켰다. 언뜻 보니 컴퓨터 모니

주8) 후루타 오리베 : 古田織部. 오다 노부나가, 도요토미 히데요시, 토쿠가와 이야야스, 토쿠가와 이데타다를 모셨던 무장으로 센노리큐(千利休)의 뒤를 이은 천하제일의 차 명인.

터에 떠 있는 건 워드 소프트웨어의 신규 파일 작성 화면 같았다.

"또 전단지를 만드는 거냐?"

"아니야."

하루히는 내게 찻잔을 돌려준 뒤,

"만약의 사태에 대비한 사전 준비지. 기습 테스트 같은 거야. 그렇게 괴상한 표정 지을 거 없어. 너한테 보라고 하려는 건 아니니까."

그럼 누구한테 내는 시험 문젠데?

"무슨 상관이야. 보지 마. 안 써지잖아."

하루히가 화면을 가리듯 덮어서 나는 내 자리로 물러났다.

아이스 우롱차를 홀짝거리며 한가한 마음으로 바둑판에 알을 올려놓고 있는데 이내 코이즈미가 들어왔다. 이 녀석의 얼굴을 보고 안심을 하는 것도 화가 날 일이었지만 오늘은 왠지 그런 기분이 들었다. 혹시 아르바이트니 뭐니 하는 핑계로 동아리 활동을 쉬는 건 아닌가 예상했었으니까. 그리고 대개의 게임은 혼자 해봤자 재미가 없는 법이니까.

"종례가 길어졌어요."

코이즈미는 필요도 없는 변명을 하며 동아리방 문을 닫더니 바둑판을 보고 미소를 지었다.

"이제 더 수가 없네요. 돌을 거두겠습니다."

평소 같은 미소다. 하루히가 있는 앞이라 억지로 만든 표정인지는 몰라도 내게는 평소와 같아 보인다. 맞은편에 앉은 코이즈미는 바둑판에서 알을 꺼내 바둑알통에 집어 넣으며 말했다.

"한 국 어때요?"

좋지. 하지만 핸디캡 매치다. 매번 같은 녀석한테 너무 이기기만 해도 재미가 없으니까. 나는 하루히가 아니라서 승패보다 내용을 중시하거든.

"고맙습니다."

코이즈미는 검은 돌을 선택해 네 자 정도 두었다.

잠시 말없이 바둑판을 벌이는 나와 코이즈미. 독서에 몰두하는 나가토. 동아리방에서 들려오는 소리는 하루히가 달그락대며 컴퓨터를 만지는 소리와 닫힌 창 밖에서 들려오는 운동부의 고함 소리가 전부였다.

조용한 초봄의 한때. 느긋하고 평화롭고 아무것도 특이할 일이 없다.

그렇게 5분쯤 지난 뒤 조심스러운 노크 소리가 들려왔다.

"죄송해요. 늦었습니다."

너무나도 얌전하게 아사히나 선배가 등장했고 그 옆에는,

"얏호―!"

츠루야 선배가 한 손을 힘차게 휘두르며 만면 가득한 미소로 실내를 비추었다.

"헤이, 다들 또냐 싶겠지만 초대장을 갖고 왔다네! 으하하, 꽃놀이 제2탄이야!"

그건 다음 황금연휴에 개최되는 것이라고 하셨다.

츠루야 선배가 우리에게 나눠준 고급 전통 종이에는 안진경(주9)이 쓴 것 같은 필체로 뭐라고 쓰여 있었지만 날짜 말고는 하나도 읽을 수가 없었다. 하루히가 음독해주지 않았다면 나는 전화번호부를

주9) 안진경 : 顔眞卿. 당대의 인물로 대표적인 서예가.

뒤져 박물관 학예원을 찾아 가야 했을 거다.

아사히나 선배가 메이드 의상으로 갈아입고―그동안 나와 코이즈미는 물론 퇴실―뜨거운 차를 나눠주자 가끔 찾아오는 SOS단 손님은 캐주얼하면서도 우아하게 한 모금을 마신 뒤 "푸하―" 하고 감탄스러울 정도의 의성어를 낸 뒤,

"요전에 한 건 왕벚나무 꽃놀이었고. 이번에는 천엽벚나무 놀이야! 왜 옛날에는 벚나무 하면 그걸 말하는 거였잖아. 집 정원에 천연 천엽벚나무가 많거든. 그 시기가 되면 도롱이 벌레 천지지만 운치가 있지."

츠루야 선배는 차를 들이켠 뒤 눈을 감고 외웠다.

"과거~, 나라의 천엽벚나무는~."

"오늘 그중에 향기가 날까, 말이지."

하루히가 다음 구를 이어 받으며 힘차게 고개를 끄덕였다.

"확실히 원예 품종만 떠받드는 현대의 풍조에는 쓴소리를 해야 해. 다른 것들이 다 진 뒤에도 노력을 그치치 않는 천엽한테 더 관심을 줘야지. 역시 츠루야야."

츠루야 선배만큼 '역시'라는 말이 잘 어울리는 사람은 없을 거다. 그런데 혹시 츠루야 가문은 아스카 시대부터 이어져온 귀족의 후예인가?

"그런 옛날 일은 모르지. 무슨 상관이야! 알고 싶으면 가계도를 보면 되겠지만 찾아보는 것도 귀찮거든!"

시원스레 말을 하는 츠루야 선배가 너무나도 믿음직스럽다. 언제까지나 아사히나 선배와 한 쌍으로 있어줬으면 하는 바람이다. 하트와 다이아 퀸의 두 페어다. 츠루야 선배가 옆에 있는 한, 아사히

나 선배에게 손을 대려는 못된 녀석은 나타나지 않을테니까. 하루히? 아아. 그 녀석은 조커가 딱이지. 파이브 카드에는 불가피한 조커 말이야.

내가 절대로 질리지 않을 아사히나 선배의 봉사하는 모습에 위안을 받고 있는 동안, 츠루야 선배와 하루히는,

"햇살이~ 녹아내리는 봄날에~."

"참으로 무심하게 꽃잎이 흩날리는구나."

"남의 마음은~ 어떤지 몰라도 고향에서는~."

"옛날과 같은 꽃향기가 이렇게나 향기롭구나."

둘이서 백인일수(주10) 암송 대회를 시작했다.

"나와 함께~ 추억에 잠기어라, 산벚꽃이여~."

"꽃말고는 아는 사람이 아무도 없다네."

"봄밤의 꿈만 같은 장난에 팔베개를 했을 뿐인데~."

"괜한 소문만 떠도는 것이 아쉽습니다."

"하늘을~ 올려보니 달이 떠 있네. 저 달의 카스가의."

"미카사 산에 떠 있던 그 달인지도 모르겠구나."

"요시노 산의 가을바람이 불어오는 깊은 밤에!"

"옛 도읍지에서는 차가운 다듬이 소리만이 들리는구나!"

이쯤 오면 봄도 벚꽃도 상관이 없다. 여름을 뛰어 넘어 가을까지 가버렸다.

"흐으음? 그럼 이건?"

츠루야 선배는 잠깐 재미있는 표정을 짓더니,

"산벚꽃이 물든 것보다 오래 된!"

"응?"

주10) 백인일수 : 百人一首. 일본의 전통시인 와카 중 가장 뛰어난 100수를 모은 것. 이것을 이용한 카드 게임도 유명하다.

그때까지 기세 좋게 대답을 하던 하루히의 말문이 막혔다.

"그런 게 있었나? 누구 노래야?"

츠루야 선배가 던진 난제에 대한 해답은 뜻밖의 녀석이 꺼냈다. 오늘 들어 처음 듣는 억양 없는 목소리가,

"…구름 사이로 보는 시라이토의 폭포여."

나가토는 페이지를 넘기며 낮은 목소리로 덧붙였다.

"미나모토노 토시나리. 백인수가."

"제법이네. 역시 만물박사 마인 유키야!"

츠루야 선배가 껄껄거리며 찬사를 보냈지만 나가토는 아무 감정도 없는 눈동자에 변화를 주지 않았다. 그리고 나는 뭐가 그렇게 재미가 있는 건지 이해가 안 갔다. 나중에 조사해봐야지.

츠루야 선배는 계속해서 세 수 정도 앞 구를 읊고 다음 구를 나가토가 대답하게 만든 뒤 만족한 듯,

"그럼! 또 봐. 고마워, 미쿠루. 차 맛있었어! 올해도 잘 부탁해!"

떠들썩하게 말을 하고 동아리방을 나갔다. 무서울 정도로 빠른 소규모 태풍 같은 사람이다. 왔구나 싶으면 어느 틈에 멀리 사라진다….

하지만 츠루야 선배는 그 분위기를 밝게 띄우는 데에 있어서는 천재적이다. 아니, 뭐랄까 참 알 수 없는 사람이다. 이 세상에서 그 누구보다 우는 얼굴이 상상이 안 가는 사람이다. 역시 못 당하겠다.

하루히는 차를 후루룩거리며,

"이걸로 연휴 때 할 일이 하나 생겼네. 그래, 벚꽃을 보며 다 같이 단가(주11)를 지어보자. 후세에 남아 가집에 실릴 만한 걸로."

비밀문서 작성에 질렸는지 츠루야 선배가 남긴 종이를 역사적 유

주11) 단가 : 短歌 와카의 한 형식으로 57577의 다섯 구 31음을 기준으로 삼는 시.

물인 것 마냥 바라보고 있다. 차라리 센류(주12)로 해주지 생각하는
데 갑자기 생각이 떠오른 듯,

"그건 그렇고 일단 내일 할 일을 발표해야지."

하루히는 책상 위로 벌떡 뛰어올라 떡 버티고 서서,

"그럼 새해 제1회 SOS단 전체 회의를 시작하겠습니다!"

끝내주는 미소와 목소리와 태도로 소리쳤다.

통산 몇 번째인지 기록도 기억도 없는 나와 마찬가지로 하루히도
기억을 않고 있었는지 깨끗이 숫자를 리셋시킨 회의 내용은 다음과
같았다.

"이번 주 토요일, 그러니까 내일! 오전 9시에 역 앞에 모두 모일
것. 슬슬 이 세상의 신기한 것이 등장해도 될 때가 됐다고 생각 안
해? 오랫동안 전조만 풍겼으니까 아마 그쪽도 우리의 기합에 대답
해줄 마음이 들었을 거야. 그리고 봄이잖아! 따뜻한 햇살을 받고 낮
잠을 자고 있는 걸 잽싸게 포획하는 거지."

현역에서 은퇴한 샤미센도 아니고 들고양이라도 그런 방법이 먹
힐 것 같지는 않다만.

"있잖아, 쿈. 이 단을 설립한 지 이제 2년째가 되어가. 기한이 다
가오고 있다고. 1년 동안 활동을 했는데 성과가 제로라면 체면이 안
서잖아?"

누구한테?

"자기 자신에게지! 남한테는 아무리 착하고 좋게 대해도 좋지만
자기 자신에게만큼은 엄격하게 굴지 않으면 사람이 못쓰게 되는 법
이야. 이런 걸 뭐라고 하더라? 박리다매가 아니라 자급자족이 아니

주12) 센류 : 川柳. 에도 중기에 나오는 575의 세 구 17음으로 구성된 짧은 시로 풍류나 익살이 주요 내용이다.

라, 간난신고도 아니고…. 미쿠루, 알아?"

"네?"

갑자기 자기에게 화살이 날아오자 아사히나 선배는 턱에 검지를 대고,

"으음, 자동차 손해 배상 책임 보험인가요?"

"신상필벌일까요?"

손가락에 낀 검은 돌에 시선을 고정시킨 채 코이즈미가 말을 받았고 나도 뭐라고 말을 해야 하나 고민하고 있는데,

"그런 의미에 해당하는 사자성어는 사전에는 존재하지 않는다."

나가토가 조용히 말해준 덕분에 나는 발언 기회를 기꺼이 포기했다. 그런 건 알아서 만들면 되는 거다. 타애자엄(他愛自嚴)은 어때?

하루히는 내가 아니라 나가토를 쳐다보며,

"그랬나? 있었던 것 같은데."

전체라는 건 명분일 뿐, 우리들의 의견은 문짝이 어긋난 판자문 틈만큼도 참고하지 않는 단장은 그걸로 이해를 한 듯했다.

"그럼 회의를 마치겠습니다. 하교시간이 될 때까지 자유시간!"

의자에 털썩 앉아 다시 컴퓨터를 만지기 시작했다.

학교에 남아 있는 학생들을 내쫓은 종소리가 울린 것과 동시에 나가토가 책을 덮었고 그 동작을 신호로 우리는 하루가 끝났음을 알았다. 어떤 의미에서 각종 매미 울음 소리와 같은 정확히 시간에 따른 행동이다.

아사히나 선배가 옷을 갈아입는 걸 기다린 뒤 동아리방을 나온 것은 아직 쌀쌀한 오후 무렵이었다.

하굣길인 언덕길을 터덜터덜 걸어가고 있자니 자연히 남녀 사이에 거리가 생겼다. 하루히와 아사히나 선배가 나란히 선두에 섰고, 조금 떨어져 나가토가 묵묵히 두 다리를 교대로 움직이고 있었다.

나와 코이즈미는 몇 미터 뒤에서 세 여자의 등을 바라보며 뒷줄을 고수했다. 모처럼의 기회이니 물어봐주지.

"좀 어떠냐?"

"하루 사이에 뭐 다르겠습니까. 아무 변화도 없습니다."

코이즈미는 즉석 건면과 같은 얄팍한 미소를 지은 채 대답했다.

"제 지나친 참견인지도 모르겠어요. 나가토 씨와 아사히나 씨의 반응을 봐선 딱히 사사키 씨를 의식하는 것 같지 않은데요. 요즘의 폐쇄 공간 발생이 일과성에 불과한 것이면 좋겠습니다만."

새 학기가 시작된 지 조금 지났지만 나가토와 아사히나 선배가 내 동창생에 대해 언급한 적은 없었다. 당연하지. 옛 친구와 잠시 얘기를 하는 데에 일일이 신경을 쓰다간 내 신경이 버티지 못할 거다.

"사사키 씨가 아닌 다른 사람이었다면 그런 배려는 안 해도 될 겁니다. 그녀이기 때문에 문제인 거예요."

그 녀석은 좀 특이한 여자일 뿐이야. 우연히 만났던 것뿐이잖아.

"당신의 의견에 쌍수를 들고 찬성합니다. 저도 그렇게 확신하고 있어요. 시비를 떠나 그건 우리에게는 자명한 일이지요. 제가 두려워하고 있는 건 착각을 하는 사람들입니다. 그리고 그 오해를 이용하려 드는 사람들도요."

"무슨 소리야?"

쿠니키다와 나카가와에게 이용가치가 있을 것 같지는 않은데.

내 의혹에 대해.

"당신이 아는 사람 중에서도 그 두 분은 결백합니다. 하지만~."

코이즈미는 정중히 가방을 고쳐 든 뒤 어깨를 치켜올렸다.

"아니, 그만두죠. 기우라면 그보다 더 좋을 건 없죠. 아, 이것만은 안심하셔도 됩니다. 사사키 씨에게 무슨 해가 갈 일은 확실히 없습니다. '기관'은 그런 짓을 하지 않아요. 이유가 없거든요."

당연하지. 너 무슨 소리를 하는 거냐?

"이거 실례. 당신의 기우를 해소하려고 한 건데 아니, 잊어주십시오. 지금 그 말은 괜히 했습니다."

남 참견하기 좋아하는 하급생이 봤다면 바로 넘어갈 법한 애수에 찬 쓴웃음을 짓고 코이즈미는 앞을 보았다. 그 시선을 따라가니 나가토의 뒤통수 너머로 하루히가 아사히나 선배와 즐겁게 담소를 나누는 옆모습을 볼 수 있었다.

그날.

평소와 같은 하교 장면을 연출하며 우리는 코요엔 역 앞에서 해산했다.

"내일 보자."

하루히는 "가끔은 나보다 먼저 와라" 하며 본심인지 어떤지 알 수 없는 표정으로 나를 노려본 뒤 교복의 리본과 치맛자락을 휘날리며 제일 먼저 등을 돌렸고, 아사히나 선배는 살짝 손을 흔든 뒤 단장의 뒤를 따랐다. 어디 있나 찾아보니 나가토의 작은 뒷모습은 이미 자기 집이 있는 방면으로 멀리 사라지고 있었다.

"내일 아무 일도 안 일어나면 좋겠습니다만."

마지막으로 코이즈미가 독백조로 속삭였고, 나는 그럴 리가 없다고 생각했다―.

―그랬는데.

코이즈미의 예상은 지나치게 물렀다. 동시에 나도.

이때 사태는 이미 진행되고 있었던 것이다. 아무도 눈치채지 못했을 뿐, 그것은 이미 시작되고 있었다. 나를 비롯한 모두는 이미 그 속에 내던져져 있었다. SOS단뿐만이 아니었다. 쿠니키다도 타니구치도 나카가와도 스도우도, 내가 알든 모르든 상관 없이 모든 사람들이 말이다.

하지만 내가 그것을 깨닫는 데에는 더 긴 시간의 경과가 필요했다. 내일? 그건 너무 짧다. 하지만 그 전조와 같은 사건이 이 이튿날 있었던 것도 분명하다.

단순한 전조인지 우연을 가장한 필연인지, 누가 조작한 것이지….

토요일 아침. 오전 9시 전의 역 앞에서 나는 두 명의 인물과 재회했고 낯선 한 명과 처음으로 얼굴을 마주하게 되었다. 그리고 또 한 명의 익숙한 얼굴이 바로 근처에 숨어 있다는 것을 알게 된다―.

그날 드물게도 자명종과 여동생보다 먼저 눈을 뜬 나는 하루를 시작하는 작업으로 내 베개에 머리를 올리고 자고 있던 샤미센을 먼저 바닥에 굴러 떨어트린 뒤, 다음으로 내 몸을 일으켰다.

쾌활하기 그지없는 상쾌한 각성이었다. 휴일 아침에 간만에 느끼는 감각이었다. 마치 체중이 반으로 준 것처럼 손발이 가벼웠다. 역시 알람이나 여동생에게 의지하지 않고 자연스럽게 눈을 뜨는 것이 건강의 비결인가.

나는 발걸음도 가볍게 방을 나섰고 아침식사 역시 간만에 여동생 없이 한 뒤 바로 옷을 갈아입고 자전거에 올라탔다. 빠르다, 빨라. 시계는 아직 오전 8시를 지났을 뿐이었다. 이대로 가면 하루히를 제칠 수 있을지도 모르겠다. 아니면 분위기를 파악한 코이즈미가 마음을 써서 마지막 주자가 되어주든가. 한 번쯤은 하루히한테 얻어먹어도 투덜대지는 않겠지만 일개 고등학생의 지갑보다 '기관'의 자금이 더 윤택하겠지. 코이즈미의 아르바이트비도 풍부할 거다.

신나게 자전거를 달리는 내 시선 끝으로 바닥에 떨어진 분홍색 조각들이 들어왔다. 한 번만 더 비가 오고 나면 벚나무들의 올해의 업무는 완전히 끝날 것 같다.

역 앞 주차장 앞에서 자전거를 밀고 가면서 나는 좌우를 확인했다.

사사키가 불쑥 튀어나올 것 같은 예감이 들어서였는데, 말할 것도 없이 자칭 중학교 때의 내 친구는 시야 속에 없었다. 코이즈미를 위해서도 안심해주지. 나를 위해서가 아니다.

손목시계를 보니 아직 약속 시간까지 30분도 넘게 남아 있었다. 오늘은 여유로군.

나는 콧노래를 흥얼거리며 자전거를 임시 유료공간에 두고는 느긋한 표정으로 집합 포인트로 향했고, SOS단 멤버 중 아무도 오지 않은 것을 발견했다.

하지만 회심의 미소를 지을 수는 없었다. 오히려 밝았던 햇살이 확 꺼진 듯한 기분마저 들었다.

놀라 걸음을 멈춘 내게,

"여어, 콘."

사사키가 몰래카메라에 성공한 사람 같은 미소를 지으며 말했다.

"또 만났네. 정말 기쁜 일이야. 너한테는 그럴지 몰라도 나는 이 상황에서 조금은 즐거움을 발견하고 있거든. 하지만 익사이팅보다는 인터레스팅이라는 단어가 어울리겠군."

나는 썩은 고목처럼 멈춰 서 있었다.

사사키는 혼자가 아니었다. 양옆에 두 소녀를 동반하고 있었다. 그중 한 명의 얼굴은 절대로 잊을 수 없었다. 내 뇌리에 있는 지명 수배서에 단단히 새겨진 상판이다. 반사적으로 두들겨 패려 들지 않은 건 오로지 내가 요 1년 사이에 키운 자제심 덕분이다.

"너…!"

잘도 뻔뻔하게.

"안녕하세요."

꾸벅 고개를 숙이고 그 녀석은 방긋 미소를 지었다.

"오랜만이네요. 당신의 미래에서 온 사람은 잘 지내나요? 아사히나 씨, 우훗. 그런 표정 짓지 마세요. 우리는 그쪽에서는 손을 뗐답니다."

지지난달, 2월 중순에 있었던 사건의 전말이 단숨에 머리를 스치고 지나갔다.

8일 뒤에서 온 아사히나 선배. 아사히나 미치루라 이름을 지은 건 나였다. 나와 그녀는 아사히나 선배(대)의 지령서에 따라 몇 가지 과제를 해결하기 위해 뛰어다니게 되었다. 빈 캔과 못으로 친 장난, 츠루야마 산의 표주박 바위, 거북이와 소년, 수수께끼의 데이터 매체와 영 마음에 안 드는 미래에서 온 사람….

그리고 아사히나 선배 유괴 사건.

최후를 장식한 자동차 경주의 그 마지막, 신종 남자 미래에서 온 사람과 함께 나타난 유괴범들 중에 있었던 여자다. 유괴그룹의 리더처럼 행동하던 홍일점. 모리 씨의, 공포를 초월해 실신할 것 같은 미소 앞에서도 태연했던 그 소녀.

그 녀석이 사사키의 바로 옆, 내 눈앞에 서 있었다.

나와 유괴녀 사이의 불화를 아는지 모르는지 사사키는 천천히 한 손을 들었다.

"소개할게, 쿈. 얘는 타치바나 쿄코. 나의… 으음, 아는 사람이라고 해야겠지. 최근에 알게 돼서 아직 친구라 부를 정도로 깊은 교류는 없어. 타치바나 씨 얘기는 흥미로운 부분이 있긴 하지만 말이야."

사사키는 큭큭거리며 목 안쪽에서 소리를 내어 웃었다.

"그 표정을 보니 이쪽하고는 이미 만나본 것 같네. 그것도 별로 좋지 않은 만남이었구나. 예상은 하고 있었지만―."

"사사키…."

나는 노인처럼 갈라진 목소리를 냈다.

"그런 녀석하고 어울리는 건 그만둬. 그 녀석은…."

―우리들의 적이다.

"그런 것 같네."

사사키는 아무렇지도 않다는 듯이 말했다.

"하지만 내 적은 아닌 것 같아. 그 점이 조금 재미있어. 기가 막히는 얘기를 해주더라고. 나는 이해가 잘 안 됐지만 생각만 하는 거라면 좋은 기분 전환이 되더라. 정신적인 에어로빅 말이야. 이해는 안 가지만 인식은 할 수 있달까."

유괴범—타치바나 쿄코는 미소를 지은 입술을 살짝 삐죽 내밀었다.

"어머, 사사키 씨. 당신은 꼭 납득을 해줘야 해요. 안 그러면—."

마치 애완동물 가게 앞에서 우리 안에 든 강아지를 보듯이 나를 본다.

"이 사람한테는 말이 통할 것 같지 않으니까요. 제가 하는 말은 3초도 더 안 들어줄걸요. 아닌가요?"

맞아. 너무나도 당연했다. 아사히나 선배를 유괴하려던 사람은 그게 누구든지 변호인 없이 즉시 법정에서 심판을 받아야 한다. 코이즈미는 아직 안 왔다. 모리 씨와 아라카와 씨, 타마루 씨 형제는?

"쿈, 듣고 있어?"

잠깐만 기다려라, 사사키. 지금 나는 아직 신뢰해도 될 만한 사람들을 찾고 있는 중이거든.

"그거 미안하군. 하지만 꼭 네게 소개해두는 게 좋을 것 같은 사람이 한 명 더 있어. 일단 우선 순위를 이쪽에 줄 수 없을까?"

누구냐? 그 성격 나빠 보이는 미래에서 온 녀석이라면 새삼 소개할 필요 없는데.

"네가 누구를 말하는 건지는 대충 짐작이 가지만 그는 아니야."

사사키는 타치바나 쿄코가 서 있는 위치와는 반대편으로 손을 들었다.

"너와 2미터 이내의 공간 범위에서 동시에 존재하고 싶다고 들었어. 뭐, 만나게 해도 괜찮다고 생각했거든. 방치해뒀다간 너한테 더 큰 민폐를 끼칠 것 같은 분위기더라고. 그녀는… 음, 스트레인지라기보다 조금 퀴어라고나 할까."

나는 사사키의 손가락 연장선상을 보았다.

처음에는 거기에 뭐가 있는지 이해가 안 갔다.

검은 잉크를 물잔에 떨군 듯한, 흐릿하게 퍼져 가는 안개 같은 것…, 그게 첫인상이었고, 내 망막에 비치는 것이 자주 보는 여학교, 코요엔 여고의 검은 교복이라는 걸 뇌가 인식하기까지 몇 초나 되는 시간이 걸렸다.

그런데 인식한 순간 그 소녀는 백 년 전부터 그곳에 있었던 것보다 확고한 존재감을 내게 주었다. 뭐냐, 이 위압감은.

낡아 빠진 말 중 하나인 이채를 띤다는 표현이 이렇게 잘 맞는 사람은 태어나서 처음 보는 것 같다.

"뭐…?"

완전무결하게 처음 보는 사람이다. 이런 소녀를 한순간이라도 봤다면 잊었을 리가 없다.

하지만 이 한겨울의 눈 덮인 산과 같은 한기를 동반한 감각은 뭐지? 비슷한 기척을 어디선가 느꼈던 적이—.

그 녀석이 슬쩍 고개를 들어 얼굴과 표정을 드러낸 순간 나는 소름이 돋았다. 이 녀석은 유령이다. 아니면 인간이 아니다.

"—."

나가토보다도 무생물 같은 하얀 얼굴을 가진 소녀는 뭐라 비유할 수 없는 검은 경질 유리와 같은 눈동자와 광택 제거 스프레이를 뿌린 유리보다 어두운 색의 머리카락을 갖고 있었다. 그 머리는 허리

아래까지 내려가 있었고 파도처럼 물결치고 있었다 마치 길고 풍성한 대걸레와 같은 머리카락이다. 밑으로 갈수록 좌우로 펼쳐져 표면적의 대부분을 머리가 차지하고 있다 해도 좋을 정도다 날개처럼 펄럭이며 하늘을 난다 해도 전혀 이상하지 않을 정도로 너무나도 독특한 머리 모양이다. 눈에 띄어도 이상할 게 없는데 사사키가 말하기 전까지 모습을 전혀 보지 못한 것은 완벽한 이상 사태라 할 수 있을 것이다.

재빨리 주위를 둘러보자 우려한 대로 길을 가는 사라들은 사사키나 타치바나 쿄코에게는 시선을 주었지만 이 녀석에게는 눈길도 주지 않았다.

"넌 뭐냐?"

"—."

똑바로 선 채 입도 열지 않고 눈도 깜박이지 않은 채 신사의 비둘기 무리 가운데 한 마리를 식별하는 듯한 눈으로 나를 보고 있다. 기계보다 더 기계적인 시선이었다. 아무리 싸구려 디지털 카메라라 해도 이보다 좀 더 인간미 넘치는 렌즈를 갖고 있는데.

"—."

나가토와 비슷하면서도 그 종류가 다른 무표정이다. 제조사와 공장과 원산지가 다르다. 나가토가 야외에 방치한 얼음이라면 이 녀석은 드라이아이스였다. 녹지 않는 증발해 사라지기만 하는 냉기 덩어리같이 말이다.

엷은 색의 입술이 의무적으로 움직인다.

"—아아…."

무겁게 열린 입이 토해낸 것은 하얀 연기가 아니라 의외로 평범한 인간의 언어였다. 준비하고 있었던 만큼 약간 허를 찔렸다는 것을 고백하지 않을 수 없겠다.

"나는— 관측한다. 이곳은—아주………… 시간의 흐름이 느린 장소. 온도가— 따분하다."

졸린 기운이 극한에 달하다 못해 죽을 것 같은 목소리였다. 목소리에 색깔이 있다면 낡은 영화와 같은 흑백 톤에 세피아 컬러랄까.

그 녀석은 내게서 시선을 돌리지 않은 채,

"—이번에는… 분명하다. —네가………… 그것."

도통 의미를 알 수 없는 말을 했다. 외모가 외모인 만큼 이런 점은 기묘하게도 인상과 어울렸다. 하지만 뭐지, 이 위화감은. 이 기시감은.

"—나는—."

그 녀석은 정말 느릿느릿 말을 이었다.

"쿠요우—."

"쿠요우?"

어떤 한자를 쓰냐고 물으려는데,

"스오우—."

"뭐어?"

쿠요우 스오우인거냐.

"…—스오우—쿠요우—."

뭐야. 어느 쪽이냐? 이 녀석 머릿속 기어가 다섯 개쯤 빠져 있는 거 아냐?

사사키의 낮고 작은 웃음소리가 나를 현실로 돌려놓았다.

"콘, 얘는 계속 이래. 재미있는 사람이지? 나는 쿠요우 씨라고 부르고 있는데 빠진 건 톱니가 아니라 고유명사에 대한 집착이야. 얘는 '개인'이라는 게 잘 인식이 안 되나봐. 아니, 병은 아니야. 단적으로 그런 사람인 거지. 그렇게 말고는 설명이 안 되네."

하지만 이 쿠요우라는 여자의 반응은 대화가 성립되지 않는 모습으로 볼 때 처음 만났을 때의 나가토를 훨씬 능가한다…. 음, 나가토?

—설마 이미 어딘가에 있는 건 아니겠지.

—가능한 얘기다.

겨울방학 SOS단 합숙. 스키장의 눈보라. 환상처럼 떠올랐던 눈 속의 저택. 그곳에서 나가토는 열이 나 쓰러졌고, 우리는 그곳에서 나가토의 힌트와 하루히의 직감, 코이즈미의 재치로 탈출했고, 지금은 백일몽이 되어버린 하나의 에피소드.

정보 통합 사념체와는 다른 지구 밖 생명체—광역대 우주 존재. 그런가.

나는 그 녀석의 얼굴을 두 번 다시 잊지 않으려고 뇌세포의 기억 공간에 새겨넣었다.

"너였냐? 나가토와는 종류가 다른 우주인이란 게…."

"—우주……인—? 그게—무엇—."

"시치미떼지 마라."

나도 이렇게 간단한 사건편의 해답이라면 바로 산출해낼 수 있다. 유괴범, 타치바나 쿄코는 코이즈미네 '기관'과 대립하고 있다. 아사히나 선배의 담당은 그 미래에서 온 자식임이 분명하다. 뺄셈으로 바로 나오는 답 아닌가.

나가토에 대응하는 것은 이 녀석, 스오우 쿠요우가 정답이었다.

지금 당장 아싸 하고 외치고 싶은 충동에 사로잡혔다.

옛날에 츠루야 선배네 집에서 돌아오던 길에 만난 코이즈미가 한 말이 기억났다.

—예를 하나 들죠. 여기에 A라는 나라와 B라는 나라가 (중략) A에 대적하는 세력 C와, B에 대적하는 세력 D가 (중략) 그런 C와 D가 동맹을 맺어 협력 관계를 맺게 되어 (후략)—.

드디어 온 거야. 나가토네 정보 통합 사념체가 F라면 G세력의 첨병이.

자세를 갖추는 나를 동탁(주13) 복제품이라도 보듯이.

"—네—."

쿠요우는 오래되어 늘어난 카세트테이프같이 애매한 속도의 목소리로.

"눈동자는—매우—깨끗하다……."

퍼펙트하게 무의미한 말을 내뱉었다.

결론.

이 녀석은 나가토나 키미도리 선배나 지금은 없어진 아사쿠라 료코보다 더 질 나쁜 우주인이다. 아무리 진의를 캐려 해봤자 시간 낭비밖에 안 된다. 캐고 싶지도 않지만. 정말 친해지고 싶지 않다.

"쿈, 너는 그렇게 말하지만."

사사키는 웃음을 터뜨리는 대신 배를 움켜쥐고 말했다.

"내게는 이 사람들밖에 없어. 달리 다가와준 사람이 없었어. 키타고에는 버라이어티한 쿠요우 씨 같은 사람이 많이 있어? 그건 그 나름대로 좋을지 몰라도 아쉽게도 나는 키타고 학생이 아니야. 불만을 늘어놓으며 2년을 더 보내야 한다고. 다행히 지망한 대학에

주13) 동탁 : 제사 때 악기로 쓰였던 종 모양의 청동기.

합격하면 거기에서 죽을 만큼 즐겁게 보낼 생각이야."

"사사키."

나는 옛 친구에게 말했다.

"너, 이 녀석들의 정체를 알고 있냐?"

"얘기해줬어. 지금은 알고 있지. 참 엉뚱한 얘기더라. 그래서 믿는지 안 믿는지를 묻는다면 조금 미묘했지."

나를 보는 사사키의 눈은 무너진 선처럼 웃고 있었다.

"하지만 네 반응을 보고 알았어. 얘네는 진짜였구나."

쿠요우와 타치바나 쿄코에 다그치는 듯한 시선을 보낸 뒤 말을 잇는다.

"지구 밖 지성체 인간형 인터루더와 리미티드한 초능력자, 그리고 미래에서 온 사람이었나? 스리 카드라기보다는 삼중고로 보이는데 그래. 믿을 마음이 들기 시작했어."

그만둬라, 사사키. 그런 시시한 농담 따위에 상대해주지 마. 내 꼴 난다. 젠장, 쿠요우인가 하는 괴물은 그렇다 치고, 타치바나 쿄코도 지금이 처음 보는 자리였다면 나도 다른 반응을 보였겠지만 아무래도 얼굴을 알고 있는 바람에 괜한 태도를 보이고 말았다. 사사키는 머리도, 눈도 좋은 녀석이다. 이제 와서 시치미를 떼봤자 내 설득 능력으로는 상대가 안 된다.

장본인인 타치바나 쿄코는 범죄자로는 보이지 않는 따뜻한 얼굴로 미소나 짓고 있었다. 이 자식, 2월에 굳이 그런 짓을 한 건 이때의 연출 효과를 노려서 그런 건가. 그렇다면 그 미래에서 온 사람 녀석도 마찬가지겠군. 어디에 있냐.

의혹의 눈빛을 사방에 던지는 내게 타치바나 쿄코가 말했다.

"바보 같아서 사양하겠대요. 어딘가에 있긴 하겠지만 오늘은 안 나타날 거예요."

오늘이라는 말에 악센트를 주며 그 자식의 말을 전해주었다.

얼굴을 보고 싶지 않은 건 피차일반이다. 가능하다면 수수께끼의 소녀 두 명에게도 사퇴를 청하고 싶었는데.

"그럴 수는 없지요. 아무리 뒤로 미뤄봤자 언젠가는 이렇게 됐을 걸요. 이것도 많이 기다린 거라고요. 이제 됐잖아요?"

입을 다물고 소리 없이 웃는다.

"아마 그도 그렇게 생각하고 있을 겁니다. 올 건 오는 법이에요. 아무리 뒤로 미뤄도 피할 수 없는 일도 있는 법입니다. 빨리 하는 편이 상처도 얕아지는 법이잖아요?"

이번에는 '그'라는 단어를 강조하기에 미래에서 온 그 녀석을 말하는 줄 알았는데 아니었다.

타치바나 쿄코의 시선은 내가 무슨 투명인간이라도 되는 양 지나쳐 그대로 등 뒤를 향하고 있었다. 전율마저 느껴지는 불길한 예감이 등줄기를 타고 흘렀다. 가끔 생각하는 건데 전율이니 황공이니 형용하기 힘들다는 말은 표현으로 자주 쓰이지만 진정한 의미와 그 감각은 좀처럼 느끼기 힘든 법이다. 그림으로 그린 떡이나 파를 짊어진 오리와 같은 거다.

모두 다 날아갔다. 알았다, 이거다. 지금 나는 언어표현으로는 도저히 표현할 수 없는 형용하기 힘든 전율과 두려움을 느끼고 있었다.

뒤를 돌아보았다.

코이즈미가 서 있었다. 역 개찰구 쪽에서 왔는지 편한 복장에도 멋을 낸 흠잡을 데 없는 옷을 입고 마치 내가 알아차리길 기다리고 있었다는 듯한 자세로 바지 주머니에 손을 찔러 넣고 빈손으로 서 있었다.

코이즈미만이었다면 그나마 나았다. 내가 상대하고 있는 세 명과 대등하게 논전을 펼칠 수 있을 만한 유일한 키타고 학생이니까.

"으…."

나는 한 줄기 땀을 흘렸다.

아무리 생각해도 최악인 건 코이즈미의 옆에 스즈미야 하루히라는 SOS단의 절대권력자가 있고, 마치 관리의 악행을 목격한 슈고 다이묘(주14)와 같은 표정으로 나를 멍하니 바라보고 있다는 점이며, 나아가 그 뒤쪽에 나가토와 아사히나 선배까지 있다는 사실이었다.

그러니까 SOS단 단원이 어느 틈엔가 집합 장소에 모여 있었다. 게다가 전원, 직접 프리킥을 막기 위해 벽을 세우듯 나와 사사키 주위에 빙 둘러서 있었다.

시계를 보니 오전 9시까지는 15분 남짓 남아 있었다. 언제부터 거기 있었는지는 몰라도, 그래서 늘 시간을 넘긴 것도 아닌데 내가 제일 마지막에 오는 거였구나 싶었다.

하지만 그런 여유를 부리고 있을 때가 아니었다.

하루히는 나와 눈이 마주치자마자 저벅저벅 이쪽을 향해 걸어왔다. 그 뒤를 공주님을 따르는 세 명의 궁녀처럼 다른 멤버들이 따라 왔다. 아마 매번 피곤할 텐데도 빈틈없는 복장인 코이즈미, 말하지 않는 한 여전히 교복을 입고 오는 나가토, 봄에 어울리게 조신한 팬시 스타일의 아사히나 선배.

주14) 슈고 다이묘: 守護大名. 가마쿠라 막부 시대의 직명으로 각 지방의 경비와 치안을 담당했으나 후에 경제권까지 얻어 지방 영주화하였다.

거대한 구름을 동반한 초저기압이 접근하는 것을 레이더로 확인한 관제사 같은 기분이다.

하루히는 대마초 냄새를 맡은 공항 마약 탐지견처럼 멈춰 서서,

"우리보다 일찍 오다니 기특하다 생각했는데 뭐야. 선약이 있었던 거야?"

"우연히 만난 거야."

사사키가 대답했다. 하지만 하루히가 아니라 나를 보며.

"여기에 살다 보면 아무래도 약속 장소로는 여기가 제일 좋으니까. 나는 나대로 아는 사람들하고 만나기로 약속을 했거든. 쿈, 너와 마찬가지로 나한테도 네가 모르는 사이에 우의를 다진 사람이 몇 명 있다고. 이렇게 모였으니 그만 가지."

그거 고맙군. 미안하지만 한시라도 빨리 가줘라. 하지만 근처 커피숍에는 들어가지 말아다오. 거긴 지금 우리가 갈 곳이거든. 자리가 비어 있지 않으면 곤란해.

"좋아, 고려하지. 헤어지자마자 다시 재회하는 건 어색하니까. 일단 전철이라도 타고 멀리 나가볼까 해."

내 뜻을 받아들인 대답을 한 뒤 사사키는 하루히에게 인사를 했다.

"스즈미야 씨, 쿈을 잘 부탁해요. 쟤, 고등학교에서도 다그치지 않으면 공부나 과외 활동에 정신을 쏟지 않죠? 쟤네 어머니의 인내심이 폭발하기 전에 손을 쓰지 않으면 중학교 때처럼 방과 후에 학원을 다니게 될 거예요. 아마 이번 1학기, 다음 여름방학까지가 한계일걸요."

"어, 아, 응."

하루히는 말을 잃은 상태를 억지로 피하듯 몇 마디 쥐어짠 뒤, 산길에서 신종 곤충을 발견한 아이처럼 눈을 동그랗게 떴다.

누군가가 내 동요를 초래할 목적으로 계획한 거라면, 원래대로라면 이 두 사람의 대화로 충분했다. 하지만 나는 그보다 더한 것이 있다는 사실을 알게 되었다.

쉬는 날이라 인파가 많은 역 앞에서 고등학생 몇 명 모여 있는 광경이야 딱히 주목할 것도 없는 일상의 장면이다.

하지만 그 한 모퉁이에서 나는 분명히 눈에 보이지 않는 무언가가 부딪쳐 삐걱대는—들릴 리가 없는 소리를 들은 것 같은 느낌이 들었다.

사사키가 하루히에게 미소를 짓고 있는 것과 마찬가지로 타치바나 쿄코와 쿠요우는 각각 다른 방향으로 시선을 고정시키고 있었다. 타치바나 쿄코의 눈동자에 비치는 것은 머리끝에서 발끝까지 스타일리시한 우리 부단장님의 모습이었다.

인사말은 아무것도 없었다. 코이즈미의 미소 포커페이스도 여전했다. 어딘지 모르게 귀찮아하는 듯 보였지만 그 사실을 깨달은 건 나뿐일 것이다. 한편 타치바나 쿄코는 마침내 대형 무대에 선 신인 여배우같이 만족스러운 얼굴을 하고 있었다.

게다가 충돌음의 발생원은 이 두 사람만이 아니었다. 인간끼리의 대면에서 그런 엄청난 진동은 감지되지 않는다.

깊은 지하에서 대륙판과 해양판이 힘겨루기를 하는 듯한, 정신적으로 기반이 불안해지는 이 감각을 내게 주고 있는 것은—.

"……."

"—."

서로 쳐다보며 꼼짝도 않고 있는 두 그림자, 나가토와 쿠요우였다. 생각해보면 그랬다. 나는 나가토가 미친 듯이 화를 내는 장면을 몇 번인가 본 적이 있다. 컴퓨터 연구부와의 게임 대결, 학생회장의 문예부 폐부 선언 등이었다. 아사쿠라와 싸울 때는 그런 걸 느낄 여유가 없었고, 그 시점에서의 나가토에게 그런 감정은 없었을지도 모른다.

　하지만 이제야 알았다.

　나가토의 감정변화를 읽을 정도로 단련되었다고 자부해왔던 내 시각이 아직 중간 수준에 불과했다는 사실을.

　"…………."

　일사불란하게 무표정하고 실질강건(주15)할 정도로 아무 감정도 없는 나가토의 두 눈에는 허리가 무너지지 않을까 걱정될 정도로 아무것도 없는 허무가 반사되고 있었다. 그 투명한 눈동자에 투영되고 있는 것은 스오우 쿠요우라 자신을 밝힌 다른 종류의 우주인제 인간 비스무리.

　주위의 소음도, 계속해서 지나가는 통행인들의 모습도 이곳이 아닌 먼 곳에 있는 것처럼 느껴진다. 지금 당장 땅을 가르고 거대 꼽등이가 등장해도 하등 이상할 게 없다고 여겨질 정도다.

　마치 이공간에 갇혀버린 것만 같은 현실 상실 감각—.

　"아, 저어."

　그걸 해제해준 것은 하계에 내려온 요정이자 내 시신경과 애호정신의 지주이기도 한 분이었다.

　"쿈, 왜 그래요? 안색이 안 좋네요…."

　아사히나 선배가 걱정스러운 눈으로 나를 올려다보고 있었다.

주15) 실질강건 : 實質剛健. 꾸밈이 없이 성실하고 굳세고 씩씩함.

"감기예요? 아, 땀이 나요. 손수건, 손수건."

파우치에 손을 넣어 꽃무늬 손수건을 꺼내 내게 내민다.

덕분에 바로 정신이 들었다.

"괜찮습니다, 아사히나 선배."

예쁜 손수건을 내 땀 따위로 더럽히고 싶지 않다. 이런 건 셔츠 소매로 충분합니다.

미래에서 온 저 녀석에게 일시적으로 감사해야겠다. 그 녀석이 없는 바람에 아사히나 선배는 코이즈미와 나가토처럼 눈싸움을 할 상대를 찾을 필요가 없었으니까.

내가 대본도 없이 대통령 선거 응원 연설 TV 중계 생방송 자리에 선 대변인같이 흐르는 땀을 닦고 있는데,

"콘, 난 이만 간다."

하루히와 뭔가 대화를 하던 사사키가 대화를 끝냈다.

"아, 맞다. 나중에 한 번 스도우한테 전화라도 주지 않겠어? 본격적으로 동창회 기획을 시작한 것 같더라. 요전에 또 나한테 연락이 왔더라고. 아무래도 너를 키타고 담당 창구로 삼고 싶나봐."

왜 내가 아니라 너한테 말하는 건데? 스도우가 마음이 있는 건 오카모토가 아니라 사사키 아니냐?

"그건 아닐 거야."

사사키는 시원스레 말했다.

"나는 사람들에게 호감을 살 짓은 아무것도 안 하거든. 누구에게 호의를 보이는 짓도 그렇고. 그건 콘 네가 제일 잘 알고 있잖아?"

아니, 모르는데.

"그래?"

사사키는 큭큭거리며 웃었다.

"그럼 그렇게 치자고."

수수께끼 같은 말을 한 뒤 쳐든 한 손을 흔들었다.

"그럼."

사사키는 내 옆을 지나 개찰구로 걸어갔고 타치바나 쿄코와 쿄요 우도 조용히 이동을 시작했다. 전자는 과장되게 태연한 얼굴로, 후 자는 멍한 안개처럼.

코이즈미와 나가토가 좌선 수행 중이기라도 하듯 침묵하는 가운 데 아사히나 선배만이 멀뚱히 있었다. 정말 안심이 되게 만드시는 분이다. 너무 사랑스러워서 현기증이 난다. 아임 러빙 유 아사히나 선배, 안아드리고 싶습니다.

세 사람이 역으로 사라지는 걸 지켜본 뒤 하루히가 중얼거렸다.

"역시 독특해. 음, 하지만 네가 아는 사람치고는 재미있는 캐릭 터다. 부자연스럽게 만들어진 느낌이 들긴 하지만."

네가 그렇게 말을 하면 칭찬으로 받아들일 거다. 사사키는 그런 녀석이야.

"그래, 너보다는 친구가 많아 보인다."

나보다 훨씬 사교적이었던 건 사실이다. 하지만 말이야, 사사키.

한숨을 억누르며 나는 위장 깊은 곳에서 말을 굴렸다.

설마 우주인과 미래에서 온 사람과 초능력자와 우의를 돈독히 하 려 꾀하고 있는 건 아니겠지. 아무리 지인의 폭을 넓힌다 해도 한계 라는 걸 설정을 해둬야 하지 않겠냐. 그런 생각을 한 게 잘못이었을 까. 이때의 나는 영 머리가 돌아가지 않는 상태였다.

타치바나 쿄코에게는 코이즈미, 스오우 쿄요우에게는 나가토, 이름 모를 미래에서 온 녀석에게는 아사히나 선배….

그럼 사사키는? 완전히 빠져 있었다.

그 녀석을 누구에게 대응시킬지는 전혀 생각도 못 했으니까.

사사키 및 괜한 부록 2인조와 헤어진 몇 분 뒤, 우리들은 마치 의무라도 되는 양 커피숍으로 들어갔다. 의기양양하게 말하는 하루히의 오늘 일정을 엄숙히 듣기 위해서였다.

오늘만큼은 내가 사지 않아도 될 거다. 집합 장소에 제일 먼저 도착한 건 이걸로 겨우 두 번째로, 사실 기념할 만한 일인데 영 기쁘지가 않은 건 누군가를 기다리고 있었다는 감각이 없기 때문일 거다. 나가토와 코이즈미와 아사히나 선배가 결석한 그날, 느긋하게 하루히를 기다리던 그때가 그립다. 결국 그때도 내가 돈을 냈지만, 그래도 말이다.

"개찰구에서 다 같이 만났어."

하루히는 아이스 아메리카노를 요란하게 마셔대며 말했다.

"그러니까 누가 마지막에 왔다고 할 수 없지. 네가 제일 먼저 온 것 뿐이야. 그러니까 오늘은 더치페이로 하자."

뭐가 '그러니까'냐. 두 번이나 그런 소릴 하다니. 접속사를 반복하면 머리 나빠 보인다. 그리고 멋대로 규칙을 만들었잖아. 그럼 나도 나가토와 아사히나 선배와 약속해서 오클라호마 믹서 춤을 추며 와주마.

"그건 안 돼."

입에 문 빨대를 대롱대롱 흔들며 말을 한다.

"미리 담합을 하려고 해봤자 안 통할 거야. 미리 말해두겠는데 나는 속지 않아. 발견하면 벌금 10배 형에 처할 거야."

그런 걸 누가 조사한다는 거냐. 입을 맞춰두면 들킬 리도 없고, 공정 거래 위원회라면 제일 먼저 하루히한테 가야 하겠지만, 뭐 좋아. 벌금 10배라면 정기예금 해약 정도가 아니라 대출을 은행에 부탁해야 하니까.

"그런데 오늘 일 말이야."

찬물을 들이켠 하루히가 일동을 둘러보기에 나도 얼떨결에 다른 세 명을 살폈다.

실론티 잔을 우아하게 두 손으로 감싸고 있는 아사히나 선배는 평소처럼 열심히 하루히의 말에 귀를 기울이고 있었고, 나가토는 조금씩 밖에 줄지 않는 살구주스의 수면을 바라보고 있었고, 코이즈미는 팔짱을 낀 채 미소를 짓고 있었다.

겉보기에 SOS단의 단원은 달라진 게 없었다. 나가토는 둘째치고 코이즈미가 통상 영업시의 표정을 유지하고 있다는 건 참 장하다고 칭찬해줘야 할까. 그걸 포함해 이 두 사람과는 조금 얘기를 하고 싶다. 어차피 다음 장면은 하루히가 좋아하는 편가르기 제비뽑기일 거라고 생각하고 있는데,

"두 팀으로 나누는 건 그만하자."

는 말을 꺼냈다.

"생각해봤는데 두 사람이랑 세 사람으로 나눠서 행동하는 게 문제가 아니었나 싶어. 역시 한곳을 돌아도 많은 사람이 도는 게 뭔가를 알아차리기 쉽잖아. 두 명과 다섯 명은 두 배 이상 차가 나니까."

하루히는 내게 질문하는 시선을 던지며 말을 이었다.

"특히 쿈, 너는 제대로 신비 탐험을 안 하고 있지? 도서관에서

잠든 적도 있잖아."

용케 기억하고 있네. 나는 살짝 몸을 움직이는 나가토와 아사히나 선배를 시선 끝으로 포착하며 말했다.

"야, 하루히. 네가 말하는 신기한 것이란 게 뭐였지? 미안한데 슬슬 기억에서 사라지려고 해서 그러니까 다시 한번만 말해줘라."

"그런 기초 중의 기초는 잘 기억해놔야지."

하루히는 뺨에 드리워진 머리카락을 성가시다는 듯이 쳐냈다.

"아무튼 불가사의한 거라면 뭐든 좋아. 의문스러운 것, 정체를 알 수 없는 사람, 시공이 일그러진 장소, 지구인 행세를 하는 외계인 기타 등등."

거의 대부분이 지금 여기에 있는 사람들로 설명이 되겠는데—. 그런 생각을 하며 나는 마음속으로 한숨을 쉬었다.

나가토와 코이즈미는 따로 시간을 내서 만나야 할 것 같다. 집단 행동을 하는 가운데 하루히의 눈을 피해 비밀 얘기를 할 분위기는 아니다. 위험 부담이 너무 크다.

나가토와 코이즈미의 안색을 보아하니, 그리고 아사히나 선배가 평범하게 아사히나 선배다운 모습을 보이고 있고, 미래에서 내가 한 명 더 날아와 사태를 휘젓고 다니지 않는 것을 보니 그리 절박한 상황이 아니라고 추측할 수 있었다.

무엇보다, 나는 하루히를 보았다.

이 녀석이 깜짝 놀랄 정도로 구심력을 전개하고 있다. 그럼 괜찮을 거다. 괜한 위로의 말이 아니라 아무것도 혼란스러워할 것 없다. 존재 자체가 엉뚱하고 맹랑한 우리 SOS단은 여러 가지 일을 거쳐 지금은 오월동주, 일련탁생, 자승자박 상태이니 선두가 살아 있는 한, 계속해서 해상 교통안전법을 무시한 채 돌진할 것이다. 인도 대륙을 향해 출항했는데 아라라트 산 정상에 도착했다는 것조차 아주 없을 법한 일은 아니다.

나는 당장에라도 자리를 박차고 일어서려는 하루히의 전력 아우라를 절절히 느끼며 잔 바닥에 남은 아이스 오레를 작게 녹은 얼음과 함께 입에 털어넣었다.

"그럼 슬슬 가보자."

하루히는 탁자 위의 전표를 반사적으로 내게 넘기려다 순간 더치페이 선언을 한 걸 떠올렸는지 억지로 태연한 표정을 지으며 빈 잔에 꽂힌 빨대를 입에 물었다.

그 뒤로 몇 시간 동안 우리는 역을 중심으로 샅샅이 주변을 돌아다녔다. 큰 길을 조금 벗어나니 한 달 전에는 없었던 건물과 가게가 홀연히 모습을 드러낸 것처럼 서 있었고, 혹은 지워버린 것처럼 없어져 있기도 했다. 시간의 경과가 참 빠르다 느껴졌지만, 상업주의에 중독된 현대에서는 이것이 평범한 일일지도 모른다. 우리 집 근처에서 내가 태어나기 전부터 가게를 하던 술집이 시대에 뒤처진 게 아닐까. 편의점이 생겼다 싶더니 이내 철수하고, 다시 다른 편의점이 문을 여는 러시안 룰렛 같은 정신없는 분위기에서 옛날의 풍경이 그대로 남아 있으면 괜히 안심이 된다.

고맙게도 사사키네 그룹과 다시 만나는 일은 없었다. 모퉁이를 돌 때마다 긴장했지만 사사키는 정말 전철을 타고 어딘가로 가버렸나보다. 그 두 사람을 데리고 온 건 불평을 해야 할 일이었지만 아직은 배려라는 걸 알고 있다. 감사해야 하겠지.

이날 하루 종일 우리 다섯 명은 한 무리가 되어 이동했다. 가게 주인이 취미로 하는 걸로 보이는 독특한 메뉴를 자랑하는 카레 가게에서 점심을 먹은 오후에 들어서도 마찬가지였다. 하루히와 아사히나 선배의 윈도쇼핑에, 다른 세 명이 따라다니는 것 같다는 기분이 들었고 옆에서 봐도 틀림없이 그렇게 보였을 것이다.

팬시 숍의 잡화 코너에서 눈을 빛내는 아사히나 선배와 안경점 앞에서 각종 선글라스를 씌워대는 하루히에게 붙잡힌 나가토, 간살을 떠는 건지 기분을 맞춰주는 건지 자기 반에 대해 화제를 제공하는 코이즈미─. 너무나도 평범해서 오히려 신기한 기분이 드는 하루가 이렇게 지나갔다.

아아, 재미있었어. 뭐 할 말 있냐.

그날 밤이었다.

무엇 하나 신기한 일에 이끌리지 않고 새해 제1회 신비탐색 투어는 종료했고, 하루히가 해산 호령을 내림과 동시에 재빨리 집에 돌아온 나는 저녁을 먹고 잠시 꾸벅꾸벅 존 뒤 동생 다음으로 목욕을 하러 들어갔다.

고양이 샴푸보다도 싼 샴푸로 머리를 감고 온몸의 먼지와 때를 씻어낸 뒤 욕조에 몸을 담근 채 이미 여러 차례 들어 귀에 딱지가 붙은 동생 작사 작곡의 통칭 「밤의 노래」를 콧노래로 흥얼거리고 있는데 갑자기 욕실 문이 열리고,

"쿈, 전화─."

한발 먼저 잠옷으로 갈아입은 동생이 고개를 들이밀었다.

전화라. 뭐, 오지 않을까 싶긴 했었지. 나도 볼일이 있다. 코이즈

미나 나가토일 거라 각오하고 있는데 동생이 전화기를 들고 활짝 웃으며 말했다.

"오빠 있냐네. 콘이라면 있는데요."

나에 대한 호칭은 전자로 회귀해라.

"누구냐?"

"여자야—."

동생은 어린애처럼 말했고, 나는 괜히 머리 위에 올려놨던 수건으로 손을 닦고 동생이 들고 있던 수화기를 받아 들었다.

누가 걸었는지 이름을 물어두라고 늘 말했잖니. 수상한 통신판매 전화나 필요도 없는 교재를 강매하는 전화라면 어쩌려고 그래.

"아, 콘. 목욕하고 나오면 숙제 가르쳐줘. 사안~수~연습무운~제~."

동생은 기묘한 리듬으로 노래를 마친 뒤 혀를 날름 내밀고는 유치원 아이처럼 서투르게 폴짝거리며 탈의실을 나갔다.

이런 시간에 이런 타이밍으로 내게 전화를 하는 여자?

하루히가 아니면 누구지, 오늘 아침 일도 있고 하니 나가토인가? 아니면 아사히나 선배…, 그것도 (대)는 아니겠지. 괜한 충고라면 별로 듣고 싶은 기분이 아닌데.

"여보세요?"

물속에 빠지지 않도록 머리를 욕조 밖으로 내밀고 수화기를 귀에 댔다.

『여보세요.』

메아리처럼 돌아온 그 목소리는—.

제2장

α-1

『여보세요?』

메아리처럼 돌아온 그 목소리는 전혀 들어본 적이 없는 여자의 목소리였다.

하루히도, 나가토도, 어느 시간대에 속한 아사히나 선배도 아니었다. 모리 씨도, 사카나카도, 스오우 쿠요우나 타치바나 쿄코, 그나마 가능성이 있던 사사키조차도 아니었다. 한마디만 들어도 알 수 있었다. 이미 알고 있는 누군가가 아니라 이건 아직까지 내 고막을 흔들어본 적이 없는 목소리다.

『아, 목욕하는 중이었나요? 죄송해요. 실례했네요. 다시 걸까요?』

그럴 필요 없다고 대답하기도 전에,

『하지만요, 계속 전화를 하는 건 좀 그렇죠. 정말 미안해요.』

흐르는 물과 같은 목소리가 수화기에서 흘러나오는 것을 잘랐다.

"누구야? 먼저 이름을 밝혀주지 않겠어?"

『저예요, 저는 저어랍니다.』

아니, 하루히도 아니고 그런 건 자기소개라고 할 수 없잖아.

『너무한다.』

하고 말하는 목소리.

여자 목소리로 전화상이라 완전히 명료하다고는 할 수 없었지만 맑고 흥분한 듯한 말투였다.

『하지만 괜찮아요. 인사를 드리려고 했거든요. 후훗, 동생이 귀엽네요. 저도 이런 동생이 갖고 싶었는데. 산수 연습문제에~. 후훗, 귀여워라.』

대체 뭐냐? 들어본 적은 한 번도 없는데 억양이 누군가와 닮았다. 평소에는 절대로 이런 목소리를 내지 않을 누군가가 이 목소리를 연기하고 있다는 느낌이다. 하지만 아무리 내 음성 녹음기를 뒤져보아도 나오지 않는다. 그저 어딘지 모르게 동생과 비슷한 어린 말투라는 것밖에는.

『선배 목소리가 듣고 싶었어요.』

그 목소리의 주인은,

『그것뿐이에요. 그냥요. 앞으로 신세를 지게 된다면 그때는 잘 부탁할게요. 오래 알고 지내면 좋겠다.』

잠깐만. 이 녀석, 지금 나를 선배라고 부르는 거냐? 그러면 연하인가. 그런데 기억에 없는 건 확실하니 최소한 이름이라도 가르쳐주지 그러냐고 말을 하려는데 먼저,

『이만 끊을게요. 그럼 안녕. 만날 기회가 있다면 보죠, 후훗.』

뚝.

무례하게 전화가 끊겼다.

뭐야, 대체. 오랜만에 만난 사사키와 타치바나 쿄코, 쿠요우만으로도 이미 한계라고. 당분간 새 캐릭터 따위는 안 나타났으면 하는 바람이다.

문득 전화기 액정 화면을 보았다. 발신번호를 숨겨놓고 걸었군. 목욕을 마치고 잠옷으로 갈아입는 중에도 나는 이 전화를 건 아이가 누굴까 스스로에게 물어보았고 시간을 헛되이 날리는 결과를 얻었다.

"대체 오늘은 어떻게 된 거야…?"

생각해봤자 답이 나오는 것도 아니고 어떻게든 되겠지. 안 될 것 같으면 어떤 이유를 대서라도 되게 할 거다. 여차하면 난이도가 낮은 순서대로 코이즈미, 아사히나 선배, 나가토, 그리고 무한대의 거리를 지나 하루히—한테 상의를 할 거니까. 어떻게 돼도 난 몰라.

"이런이런."

내일은 모처럼의 온종일 휴일. 앞으로 내가 잠들기 전에 하루히가 뭔가를 생각해내지 않는 한, 일요일만큼은 푹 쉴 수 있다.

나는 몸이 식기 전에 샤미센을 탕파 대신 끌어안으며 동생이 기다리고 있는 방으로 향했다.

β-1

『여보세요?』

메아리처럼 돌아온 그 목소리는 바로 오늘 아침에 들었던 여자의 목소리였다.

하루히나 나가토, 아사히나 선배(대)가 차라리 나았을 거다.

하루히라면 천진한 계획을 내일도 실행할 거라는 말을 꺼내는 것이 전부일 거고, 나가토와는 쿠요우에 대해 브리핑을 할 필요가 있다. 아사히나 선배(대)라면 따지고 들 일이 많이 있다.

『아아, 목욕하는 중이었어? 그럼 동생도 그렇게 말하지. 다시 걸까? 하지만 전화를 받았다는 건 이제 슬슬 나오려던 참인 것 같네.』

떠올린 그 누구도 아니었다. 나는 귀에 익은 목소리의 이름을 댔다.

"사사키냐."

『그래, 나다. 오늘 아침 일 말인데, 사실은 조금 더 길게 얘기할 생각이었거든. 스즈미야 씨네가 너무 일찍 왔어. 이건 오산이라 해야겠지.』

사사키의 목소리가 쿡쿡거리며 웃는다.

『그런데 너희 동생도 여전하다. 이름도 다 밝혔는데 못 들었는지, 나를 까맣게 잊어버렸는지. 하긴, 당연하겠지. 얼굴을 본 건 두 번, 아니 세 번밖에 안 되니까.』

"동생의 산수 가정교사라면 됐다."

그건 내가 하는 몇 안 되는 가정 내의 공헌 중 하나니까.

『알아. 귀여운 동생을 빼앗지는 않을 거야. 생판 타인은 몇십 억 명이나 되지만 피를 나눈 가족은 몇 명 안 되니까, 그 비율에 반비례해 희소가치도 올라가지. 이 세상에서 가장 조심해서 소중히 다뤄야 하는 관계야. 피를 흐리게 만들 수는 없지.』

"그래, 무슨 일이야?"

『단도직입적으로 말할게. 내일 역 앞 그 장소에 오전 9시까지 꼭 와줬으면 해. 장소는 어딘지 알지? 늘 만나는 곳이라고 하면 충분할 거야. 용건은─음, 이건 내가 아니라 타치바나네한테서 직접 듣는 게 좋을까. 내 생각으로는 나보다 네가 더 잘 이해할 수 있을 것 같으니까.』

"그 녀석들도 오는 거냐?"

쿠요우인가 하는 여자의 정적인 불쾌함을 떠올리며 내가 지긋지긋해하고 있는데,

『그 녀석도 올 거야. 뭐라더라, 그 자칭 미래에서 온 사람 말이야.』

더 끔찍해졌다. 아사히나 선배에 대해 그 녀석이 수상한 말을 하면 이번에야말로 자신이 없다. 내가 그 녀석을 팰 것 같으면 옆에서 말려다오.

『그럼 와줄 거지? 콘, 안심하라고. 세 사람 모두 평화로운 대화를 원하고 있어. 대화로 의견 교환을 해서 해결이 된다면 누구에게나 바람직한 일이잖아.』

우주인에게 지구어가 통용된다면 좋겠다만. 그건 그렇고.

"사사키, 너 오늘 녀석들하고 어디 갔었냐?"

『알리바이를 증명하라고? 전철을 타고 대충 도착한 번화가를 돌아다녔지. 타치바나 씨는 아주 성격 좋은 아가씨였어. 그녀가 다니는 고등학교에 대해서도 많은 얘기를 들었어.』

사사키는 아무 일 아니라는 듯이 덧붙였다.

『그리고 4년 전 일도.』

4년 전.

내가 들은 건 작년이니까 그때는 3년 전이었다. 모든 사람이 입에 담고 깊이 파고들면 고개를 젓게 되는 키워드. 하루히가 변태 초인 파워로 뭔가 일을 저질러대기 시작한 시점부터 지금까지의 시간. 올림픽이라도 열릴 만한 기간이군.

"뭐래?"

『그것도 직접 물어보지그래? 나도 아직 혼란스럽거든. 아, 콘. 사실 나는 많이 동요하고 있다구. 수영 수업을 내일로 앞둔 맥주병 초등학생처럼 말이야.』

나는 중학교 수영장에 서 있던 사사키의 수영복 차림을 떠올렸다. 확실히 여자였지, 이 녀석은. 반의 다른 여자애들 사이에 섞여있을 때는 평범한 여중생으로밖에 안 보였다. 평균 이상인 점은 붙임성이 좋다는 것과 말하는 동안 빛나는 눈동자 정도다. 그래, 남자애들 상대로 말할 때 외

에는 어디에나 있을 법한 흔한 여중생이었고 지금은 고등학생이다.

그럼에도 왜 사사키는 나와 이런 황당무계한 통화를 하고 있는 걸까? 정말 흔한 일이 아니다. 어디서 틀어진 거냐. 누구 때문이야?

"사사키, 네가 그 녀석들의 연락책을 맡았다는 건 알겠다. 하지만 왜 네가 그런 일을 하는지를 모르겠어."

수화기 너머에서 사사키는 잠시 침묵한 뒤 은근히 웃었다.

『그건 내가 너의 친구니까. 다른 누구보다 적임자잖아? 너는 내가 아닌 다른 사람이 부른다고 해서 순순히 나올 만큼 잘 속는 녀석이 아니잖아. 말로 꺾기는 쉬웠지만.』

너한테 말싸움으로 이기려는 생각은 해본 적 없다.

『너는 우수한 청자였어. 적당히 똑똑하고 적당히 분별이 없지. 화내지 마라. 이건 칭찬이니까. 내가 말하는 내용을 이해하지 못하면 말하는 사람은 재미가 없지만, 처음부터 알고 있는 상대에게 기존의 정보를 전해봤자 아무 의미도 없지. 그런 점에서 콘이라면 안심이야. 너는 그런 분위기를 갖고 있어. 말을 걸기 쉬운 체질이지.』

도저히 칭찬하는 것처럼 들리지는 않지만 사사키가 그렇게 말을 하니 이해가 갈 것 같다. 생각해보면 늘 이랬다.

『이제 그만 끊을게. 동생 공부하는 걸 방해하기는 그러니까. 네가 오빠로서의 존엄성을 과시할 시간을 빼앗는 것도 그렇고. 내일 꼭 시간에 늦지 않게 일어나야 한다. 안 그러면 내가 옛날 학생명부를 찾아 벽장을 뒤집은 시간이 물거품으로 돌아가는 거니까. 연하장에 번호가 쓰여 있었으면 수고라도 덜었을 텐데.』

갈게. 가고말고.

한번 전화를 하려고 생각하던 차이다 IFF(주16)를 확인할 것도 없이 에너미 판정을 내리기에 충분한 전력이 있는 우주인과 미래에서 온 사람, 초능력자들이니 말이다. 개별적이 아닌 단체로 온 건 나한테도 수고가 줄었으니 고마운 일이지.

『몸 식지 않게 조심해라. 그럼 식구들한테 인사 전해 줘.』

느긋하게 전화가 끊겼다.

나는 서둘러 욕실에서 나와 잠옷을 입고 방으로 달려갔다.

β-2

침대 위에서 샤미센이 베개로 베고 있던 휴대전화를 집어들고 번호를 눌렀다. 한 번 만에 전화를 받는다.

『코이즈미입니다.』

정좌를 하고 기다리고 있기라도 한 듯한 신속함에 감탄이 난다.

『슬슬 연락이 올 때가 되지 않았나 생각했거든요. 너무

주16) IFF : Identification Friend or Foe. 적—아군 식별장치.

늦었을 정도라고요. 해산 후에 바로 올 거라고 생각했는데요.』

사사키한테 전화를 받은 뒤로 곧바로 한 거야. 이게 늦은 거라면 전화선에 타키온 입자를 집어넣는 수밖에 없지.

『아, 얘기가 어긋난 것 같군요. 그래요, 그쪽에서 연락이 왔습니까. 아뇨, 저는 사사키 씨의 전화 유무와는 상관없이 당신이 제게 전화를 할 거라 예상을 했어요. 묻고 싶은 게 있는 거 아닙니까?』

"타치바나 쿄코라는 녀석과 너는 아는 사이냐?"

『물론 알고 있습니다. 아무리 가도 우리와는 의견이 평행성인 소위 적대 세력의 간부니까요.』

어떻게 적대 관계인지 알고 싶군. 뒤에서 총질을 해대지는 않겠지만 설마 폐쇄 공간에서 사이킥 배틀을 하는 거냐?

『그럴 수 있다면 재미있겠군요. 아쉽게도 그렇게 노골적인 전개는 아니에요. 스즈미야 씨가 만든 폐쇄 공간에 그들은 출입할 수 없으니까요. …단지, 타치바나 쿄코의 일파도, 제가 속한 '기관'도 실제는 그리 다르지 않습니다. 비슷한 사상을 근거로 삼아 움직이고 있지만 해석이 다르다고나 할까요.』

하루히가 3… 이 아니라 4년 전에 세계를 창조했다는 스즈미야 하루히 새 이론이냐.

『증명할 길이 없으니 가설 단계에 머물러 있습니다만

간단히 말하자면 그렇지요. '기관' 내에서도 신봉자는 많습니다. 우리가 스즈미야 씨에게서 능력을 받았다는 사실에 관해서는 백 퍼센트지요. 이건 이론을 떠나 저를 포함한 모두의 확고한 인식입니다.』

타치바나 쿄코는?

『그러니까 그녀는 스즈미야 씨에게서 능력을 받지 못한 자들의 대표지요. 그러면서도 그들은 지금의 자신들이 야말로 원래 있어야 할 모습이었다고 믿고 있지요. 우리처럼 스즈미야 씨를 주인으로 한 종자라 생각하지 못하는 사람들입니다. 얌전히 방관만 하고 있으면 될 것을 어중간하게 알게 된 바람에 앞으로 나오려고 하고 있죠. 그 심정은 이해가 갑니다만.』

코이즈미 해설조에는 연민의 정이 군데군데 담겨 있었다.

『그래서 사사키 씨는 뭐라고 하던가요?』

"내일 녀석들하고 만날 거다."

나는 사사키가 말한 내용을 정리해 전달했다.

"잘은 모르겠는데 나한테 할 말이 있는 것 같아. 참고로 나도 할 말이 있다. 한 방 먹여주고 싶을 정도야."

코이즈미는 짧게 웃었다.

『미리 말해두겠는데, 타치바나 쿄코가 당신과 스즈미야 씨에게 폭력을 행사하지는 않을 겁니다. 그 유괴 사건에도 그녀는 부정적이었을 거예요. 미래에서 온 사람의 감언이설에 속은 일부를 제어하지 못한 건 실수였지요. 그리고 그들에게도 당신들 둘은 중요 인물입니다. 위험한 건 나가토 씨의 상대일 겁니다. 정보 통합 사념체 이상으로 무슨 생각을 하고 있는지 해독이 안 돼요.』

부디 자중하라는 말을 끝으로 코이즈미와의 긴급 핫라인은 끝났다. 길게 얘기를 끌지 않은 건 코이즈미라면 이 말만 해도 내 뜻을 이해했을 거라 생각해서였다. 내가 유괴될 것 같은 상황이 터지면 잘 부탁한다.

"자, 그럼―."

이번에는 나가토로군.

휴대전화에 저장할 필요도 없을 정도로 나는 이 번호를 똑똑히 기억하고 있다.

이쪽은 전화벨이 세 번 울려야 했다.

『…….』

"나가토, 나다."

『…….』

"내일 말인데―."

응답은 거의 없었지만 침묵의 기척으로 상대가 누구인지 정도는 곧바로 알 수 있다. 나는 일방적으로 말을 계속했고, "그래서 내일 오늘 만난 그 우주인이랑 다시 만나러 갈 거다"라고 말을 했을 때 드디어,

『그래.』

나가토의 무뚝뚝한 대답을 들을 수 있었다.

"사사키의 말에 따르면 녀석들은 평화주의자라고 하더군. 코이즈미도 아마 그렇게 생각하고 있을 거다. 그래서

너는 어떻게 생각하나 싶어서."

『…….』

사전으로 단어를 조사하고 있는 듯한 침묵이 흐른 뒤,

『현 시점에서 위험성은 낮다. 무시할 수 있는 수준이다.』

나가토가 하는 말인 만큼 설득력이 있다. 갑자기 몸이 풀리는 것이 느껴졌다.

『정보 통합 사념체는 그들의 해석에 전력을 다하고 있다.』

"조금은 정체가 파악됐냐?"

『아직. 우주에 확산되는 광역정보의식이라는 것까지다.』

"너는 그 쿠요우인가 하는 녀석이랑 인사는 했냐?"

『개념을 공유할 수 없었다. 사고 접속은 불명확하다.』

수수께끼의 우주인은 여전히 수수께끼인 건가.

내가 쿠요우라는 여자를 포획해 우주개발기구에 건네줄 수 없을까 생각하는데, 나가토가 갑자기 말을 이었다.

『그들에 대한 임시 호칭이 편의적으로 결정되었다.』

"호오, 일단 말해봐라."

『천개영역(天蓋領域).』

연극조를 쓰지 않고 나가토는 담담히 말했다.

『그건 우리가 봤을 때 꼭대기에서 왔다.』

α-2

숙제를 도와준 뒤에 동생 방에 샤미센을 두고 방으로 돌아온 나는 침대 위에 팽개쳐두었던 휴대전화를 들어 번호를 눌렀다. 한 번 만에 전화를 받는다.

『코이즈미입니다.』

정좌를 하고 기다리고 있기라도 한 듯한 신속함에 감탄이 난다.

『슬슬 연락이 올 때가 되지 않았나 생각했거든요. 너무 늦었을 정도라고요. 해산 후에 바로 올 거라고 생각했는데요.』

나는 그렇게 성급하지 않아. 사실은 생각을 정리할 시간이 필요했지만.

"오늘 그 녀석들은 대체 뭐냐?"

『제가 당신에게 하고 싶은 질문이기도 합니다만, 타치바나 쿄코에 관해서는 딱히 할 말이 없습니다. 그들 일파의 인내심이 바닥을 드러낼 때라고 예상은 하고 있었습니다. 그 유괴사건은 그 전초전이었어요. 하지만 그건 타치바나 쿄코가 의도하고 일으켰다고 단언할 수는 없습니다만.』

네가 변호인 측에 서다니 놀라운데.

『저도 불필요한 싸움은 피하고 싶습니다. 피 튀기는 싸움은 아무래도 성격에 안 맞아서요. 다행히 타치바나 쿄코는 그나마 말이 통하는 편입니다. 이성적인 적군은 우매한 우군보다 칭찬할 만하다는 건 참 맞는 말이에요. 어쨌든 얌전히 방관하고 있어줬으면 좋았는데 이것도 때가 됐다는 걸까요. 겨울이 왔다면 봄이 멀지 않았다는 말과 같은 거랄까요. 냉전과 비슷한 빙하기가 이어지는 것보다는 그나마 낫다고 생각하지 않습니까?』

내가 신경을 써야 하는 게 아니라면.

『혹은 또 미래에서 온 사람이 괜한 소리를 해댔을 가능성도 있지요. 참고로 나가토 씨의 상대가 나타났으니 그쪽도 움직이지 않을 수 없을 겁니다.』

그 녀석은 대체 뭘 하고 싶은 건데?

『솔직히 타치바나 쿄코의 일파도, 제가 속한 '기관'도 실제는 그리 다르지 않습니다. 비슷한 사상을 근거로 삼아 움직이고 있지만 해석이 다르다고나 할까요. 다만 자신들이 잘못되었을 가능성을 가능한 한 배제하고 싶은 거지요. 그 심정은 이해가 갑니다. 그건 저도 할 수 있는 말이니까요. 우리가 초능력 같은 힘을 행사할 수 있는 건 스즈미야 씨에게 받았기 때문입니다. 이 확신이 흔들린다는 건 있을 수 없죠.』

하루히가 3…이 아니라 4년 전에 세계를 창조했다는 스즈미야 하루히 신론(神論)이냐.

『믿느냐 안 믿느냐의 문제도 아니에요. 신 운운하는 건 일단 무시하더라도, 스즈미야 씨가 폐쇄 공간과 '신인'의 발생원이고 그걸 진정시키기 위해 우리가 존재한다는 건 의심할 수 없는 진실입니다. 왜냐하면 저는 그렇다는 걸 처음부터 알고 있었으니까요. 이제 와서 잘못되었다고 해도 곤란하죠. 그건 양보할 수 없습니다. 토론으로 해결할 수 있다면 좋겠습니다만—.』

코이즈미는 방관한 듯한 말투로 말을 이었다.

『타치바나 씨와 사사키 씨는 그나마 괜찮은 편일 겁니다. 그들은 적어도 우리와 동시대를 살아가는 인간이니 가치관도 공유할 수 있고 감시하기도 쉬워요. 전혀 움직임을 읽을 수 없는 건 정보 통합 사념체가 만든 쪽이 아닌 TFEI입니다. 스오우 쿠요우라는 개체 이외에는 발견되지 않는 걸로 봐서 아마 지구상에는 그녀만 존재할 겁니다. 수단도 해석이 안 될뿐더러 목적도 알 수가 없습니다. 그에 비하면 미래에서 온 사람이 그나마 귀여운 편이라 할 수 있겠지요.』

아사히나 선배가 귀여운 건 자명한 이치이지만 미래에서 온 사람이 모두 그렇다고는 생각이 안 되는데.

『동감입니다. 저희와 행동을 함께하는 아사히나 씨는 보호대상에 들어갑니다. 훌륭할 정도로 사랑스러운 선배니까요. 우리로서도 내버려둘 수는 없지요. 다만 미래의 분쟁을 과거로 가져오지는 말아줬으면 했어요. 뭐, 미래에서 온 사람이 관여하는 사건은 미래에서 온 사람끼리 알아서 해결해주겠지요.』

그렇지 않으면 너무 무책임하다고 코이즈미는 말했다.

『그 이외의 일이라면 저와 나가토 씨가 처리할 수 있을 겁니다. 당신도 그렇고요. 스즈미야 씨에게 다가오는 마의 손을 무시하거나 내버려두지는 않겠지요?』

뭐, 아무리 그런 거라 해도 우리 단장이니까.

『상대가 행동을 할 때까지 기다리면 됩니다. 필요 이상
으로 걱정할 건 없어요. 뭐니 뭐니 해도 우리 옆에는 스즈
미야 씨가 있으니까 말입니다.』

β-3

　　나가토와의 통화를 끝낸 것과 거의 동시에 더 이상 기
다리지 못하겠는지 동생이 교재를 끌어안고 들어왔다. 하
지만 이내 필기도구와 연습문제집을 바닥에 펼쳐놓고 샤
미센과 놀기 시작해서 그것이 일단락되고 여동생이 숙제
를 마친 것은 한 시간쯤 뒤의 일이 되었다. 내 피를 나눠
받은 만큼 학력에 있어서는 그리 기대하기 힘들 것 같다.
동생은 단순한 사칙 연산은 잘 풀지만 조금만 문제가 꼬
이면 손도 못 댄다.

　　대신 풀어준 응용문제집과 공책을 건네주며,

　　"끝났으면 나가라. 가능하면 샤미센도 데리고 가. 이
불 위에 올라타서 무겁다."

　　"샤미, 같이 잘래—?"

　　얼룩고양이는 수상쩍다는 듯이 동생을 올려다본 뒤 터
덜터덜 내 이불로 파고들었다.

　　"싫대."

　　동생은 뭐가 신나는지 숙제를 안고 춤추듯 방을 나갔
다. 내 동생 성격치고는 말을 잘 듣네. 그 부분에는 장점

이라 쓴 종이를 달아주도록 하자.

　나는 아무 생각 없이 TV를 켜고 멍하니 채널을 돌려대며 내일 일을 생각했다. 준비는 해두는 게 좋겠지. 오늘은 일찍 잘까.

α-3

　코이즈미와의 통화를 끝낸 뒤 나가토에게도 전화를 할까 고민했지만 밤중에 전화를 해서 물어볼 것까지는 없다는 결론을 내린 뒤 휴대전화를 머리맡에 놓았다.

　만약 쿠요우가 나가토에게 위급 존망을 알리는 사신이나 뭐 그런 거라면 아무리 나가토라 해도 가만히 있지는 않을 거다.

　그리고 내일은 일요일이다. 자비심 깊은 우리 단장이 우리에게 부여한 제대로 된 주말, 마음껏 쉬도록 하자.

　월요일이 되면 싫어도 교실에서 또는 동아리방에서 만나게 될 거다.

　나가토의 우주인 담론은 점심시간에 동아리방에 가면 들을 수 있겠지.

　빌린 뒤 손도 안 대고 있던 책이라도 읽을까 생각하는데 방문을 긁어대는 신호가 들렸다. 문을 열자 샤미센이 목을 고룩거리며 졸린 얼굴로 들어와 도어보이에게 감시의 말도 없이 침대로 기어올라가 몸을 웅크리고 눈을 감았다. 마치 세계와 고양이 족의 수명은 영원하다는 듯한 얼굴을 하고 말이다.

α-4

이튿날, 일요일.

딱히 할 일도 없이 책을 읽고 게임을 하고 한껏 고독을 만끽하며 빈둥대는 사이에 날이 저물었다. 가끔은 하루히가 얽히지 않은 이런 나른한 휴일이 있어도 괜찮겠지.

다시 내일이다 . 우울한 느낌이 솟아오르는 일요일 밤이 끝나고 주말을 애타게 고대하기 위한 새벽, 리셋된 1주일의 새로운 첫날.

월요일이 시작된다.

β-4

이튿날, 일요일.

오전 7시에 눈을 뜬 내가 완전히 준비를 갖추고 집에서 출발할 태세에 든 것은 시계 알람이 울린 지 30분 뒤의 일이었다.

바르게 밥을 먹고 옷을 갈아입는 것이 습관이 된 점이 이렇게 헛되게 느껴진 적이 없었다. 조금만 더 느긋하게 해도 됐을 텐데 다시 잠을 자면 두 시간 가까이는 못 일어날 것 같았다.

할 수 없이 부엌에서 조간신문을 읽고 있는데 아침에 잘 일어나는 것으로는 가족들 중 첫째를 자랑하는 동생이 잠옷 차림으로 나타나 믿을 수 없는 걸 봤다는 눈으로 나를 보았다.

"우와, 콘이 이틀 연속으로 먼저 일어났네. 왜—?"

왜긴 뭐가 왜냐. 나는 이래봬도 초등학교 6학년 꼬마보다는 바쁘게 살고 있는 고등학생이다. 너도 곧 지금의 자신을 떠올리고 그리워할 때가 올 거다. 후회하지 않도록 초등학교 시절을 만끽해두라고. 졸업 문집에 괜히 썰렁한 농담은 쓰지 않는 게 좋을 거다.

"흐음. 오늘은 어디 가는데? 하루냥도 같이 가?"

잘못 대답하면 따라올지도 모른다. 사사키는 넓은 마음으로 미소를 짓겠지만 미래에서 온 녀석은 노골적으로 불쾌하다는 표정을 지을 게 분명하다. 아니, 그냥 동생을 데리고 갈까. 효과적인 심술이 될 것 같은데.

"오늘은 중학교 때 친구를 만나."

하지만 나는 적당히 동생을 뿌리치기로 했다. 사사키라면 앞으로 얼마든지 기회가 있을 거고 아직까지 산타를 믿고 있는 듯한 순수 배양 소녀 동생에게 현실을 보여주고 싶지 않다. 우주인은 이질적인 존재이고 미래에서 온 사람이 기분 나쁜 녀석이라니 꿈이 깨지는 데에도 정도라는 게 있는 법이다.

샤미센과 함께 집에 있어라. 그리고 하루히한테 전화가 오면 잘 둘러대다오. 그 방법은 네게 맡기마. 단, 사사키의 사자도 꺼내선 안 돼.

"네에."

동생은 곧바로 세수를 하러 갔다

지금이다. 너무 이른 시간이었지만 그만 나가도록 하자. 동생의 캐묻기 공격에 시달리다 괜히 긁어 부스럼을 만들 수도 있다. 집에 있으면 아무래도 진정이 안 된다. 어서 빨리 오늘의 이벤트를 마치고 싶다는 기분이 가슴속에서 꿈틀대고 있었다.

하지만 현관을 나서자마자 나는 가끔 일찍 일어난 덕에 득을 보게 되었다는 것을 알았다.

내가 문을 열기를 기다렸다는 듯이―.

"비네."

꺼내려던 자전거 열쇠를 원래 장소로 돌려놓고 나는 우산에 손을 뻗으며 전형적인 대사를 중얼거렸다.

물방울 수를 셀 수 있을 정도로 가는 빗발이 가랑비가 되고, 폭우가 될 때까지는 30초도 걸리지 않았다.

마치 누군가가 내 앞길을 막으려고 하는 듯한, 혹은 경고를 하는 듯한 먹구름이 강우 확률 10퍼센트였던 하늘을 지배하고 있었다.

번개는 치지 않았지만.

비를 저주하며 역 앞으로 간 나를 어제와 같은 세 사람이 기다리고 있었다.

사사키는 접이식 남색 우산, 타치바나 쿄코는 펜 어쩌고라고 쓰인 브랜드 우산, 나가토의 데드 카피 같은 스오우 쿠요우는 여학교 교복 차림에 편의점에서 산 듯한 투명 우산을 들고 퍼붓는 빗속에 서 있었다.

쿠요우의 기이할 정도로 폭넓게 물결치는 머리는 편의점 우산 수비 범위 밖으로 나와 있었지만 아무리 눈을 부릅뜨고 봐도 젖어 있는 것처럼 보이지 않았고, 또 아무 상관 없는 길가의 사람들에게는 거의 투명인간의 수준에 이르러 있었다. 완전히 투명하지 않다는 증거로 일반인들은 자신이 쓰고 있는 우산이 쿠요우의 것과 부딪치려 하면 슬쩍 피하고 있었다. 편리하네.

그런데 미래에서 온 녀석이 안 보인다는 건 그녀석도 나름대로 카멜레온 시트라도 뒤집어 쓰고 있어서냐?

"아니, 커피숍에 있어."

사사키가 대답했다.

"이런 빗속에 서서 기다리지 못한다고, 그것도 너를—뭐, 그러더라. 비도 피할 겸 먼저 가서 자리를 잡아달라고 했지."

제멋대로인 녀석이군. 두 달이 지났지만 도통 성격이 바뀐 게 없나보다. 그 녀석한테는 그 뒤로 며칠이 지난 건지는 모르겠다만.

"너와 그는 꽤나 친목이 깊은가보네. 무슨 일이 있었는지는 묻지 않았지만 무관심한 것보다는 나은 사이인 것 같군. 그나마 괜찮은걸."

사사키는 쿡쿡거리며 웃었다.

"안심했어. 그에게 진짜로 악의가 있다면 이렇게 명백한 태도는 보이지 않을 테니까 말이야. 콘뿐만 아니라 그는 나한테도 비슷하게 행동하거든."

그럼 더욱 용서가 안 되지. 이 시대가 싫으면 안 오면 될 거 아냐. 조금은 아사히나 선배를 본받으라고. 그렇게 열심히 차를 타는 일에 헌신하는 인간은 현재에도 그리 많지 않다.

사사키는 낮게 웃었다.

"그 아사히나 씨의 차를 나도 마셔보고 싶은걸. 키타고를 방문하면 되는 건가? 아차, 작년 문화제 때 가볼걸. 올해는 꼭 들를게."

안 와도 된다는 말은 아무래도 나오지 않았다.

"오는 건 상관없는데 우리 문화제는 거의 볼 게 없는데—."

"거기 두 사람."

타치바나 쿄코의 머리가 나와 사사키 사이로 불쑥 파고들었다. 우산에 맞지 않게 손을 한껏 위로 쳐들고 있었다.

"잡담은 나중에 할 수 없을까? 오늘 너를 부른 건."

에헴, 하고 헛기침을 한 뒤 타치바나 쿄코는 나와 사사키에게 총 두 번의 윙크를 날렸다.

"할 얘기가 많아서야. 이건 아주 중요한 거거든. 사사키 씨도 분명히 얘기했을 거야."

"미안해."

사사키는 타치바나 쿄코에게 미소를 지었다.

"잊은 건 아니야. 그런 척을 했던 것뿐이지. 솔직히 말해서 별로 내키지 않는 얘기라서 말이지."

그동안 쿠요우는 등신대 피겨처럼 조용히 서 있기만 했다. 역시 언어에 익숙하지 않은 건가?

그리고 타치바나 쿄코가

"어서 가자. 미래에서 온 사자가 자리를 못 지키고 있을 것 같다는 예감이 드는데. 슬슬 그런 시간이야."라며 걸어가자, 쿠요우는 고개도 끄덕이지 않고 움직이더니 쌀가마니를 지고 눈길을 걸어가는 우산지장(주17)보다 조금 빠른 속도로 마지막에 서서 따라왔다. 혈색이 없는 새하얀 얼굴이고 눈은 반쯤 자고 있는 게 아닐까 싶을 정도로 졸려 보였다. 이 우주인은 저혈압이거나 습기에 약하거나 아니면 그날에 따라 기분이 변하나보다. 나가토가 다이아몬드 가루라면 쿠요우는 함박눈이라는 이미지이다.

사사키도 타치바나 쿄코도 쿠요우가 존재하지 않는 것처럼 행동하고 있었지만, 방치해둬도 자동적으로 따라온다는 사실을 알고 있어서 그럴 것이다. 이 점에 있어서는 하루히의 나가토에 대한 인식과 비슷했다.

쿠요우는 상상했던 대로의 행동 양식을 보여주었고 보폭에 비해 조금도 뒤처지지 않고 균일한 거리를 유지하고 있었다. 그리고 나는 걸어가는 사이에 깨달았다.

우리가 가고 있는 곳은 언제부터인가 SOS단의 아침 단골가게이자 확률 99퍼센트로 특정 단원 한 명—바로 나—에게 지불 의무가 가해져 있는 단골 커피숍이다.

예상을 깨지 않고 두 여자는 투명 유리 자동 문 앞에서 걸음을 멈췄고 그 너머로 뚱한 표정으로 컵을 기울이고

주17) 우산지장 : 일본의 옛이야기. 우산을 팔던 할아버지가 집에 오는 산길에 눈을 맞고 있는 지장보살 조각을 팔다 남은 우산을 씌어주자 그 지장보살들이 할아버지와 할머니에게 음식과 보화로 보답을 했다는 이야기.

있는 남자가 보였다.

그 녀석은 고개를 들어 우리를 보고는 재미없다는 듯이 입술을 일그러뜨렸다.

그때 화단 부근에서 만났을 때처럼 다크 사이드에 빠진 코이즈미와 같은 미소였다.

이렇게까지 SOS단 흉내를 내지 않아도 될 텐데, 덕분에 자리가 너무 불편하잖아.

게다가 지금 내가 앉아 있는 의자는 어제와 같은 것이었고 옆에는 사사키, 맞은편에 이능력자 세 명이 앉아 있었다.

종업원이 물 네 잔을 놓고 간 뒤로도 나를 포함해 다섯 명의 입은 좀처럼 열리지 않았다.

나는 아직까지 이름을 모르는 미래에서 온 녀석을 노려보느라 바빴고, 사사키와 타치바나 쿄코는 흐뭇한 표정을 짓고 있었고, 쿠요우는 비스크 인형처럼 딱딱하게 굳어 있어 기침 소리 하나 들리지 않았다. 마치 대군에 포위되어 함락을 앞둔 영지에서 열리는 마지막 군사회의 같은 분위기다….

사회를 맡은 건 타치바나 쿄코였다.

"여러 가지가 있겠지만."

그렇게 입을 열었고,

"흔희작약(주18)하고 싶은 마음이야. 이때가 오길 내가 얼마나 기다렸는지 알아? 드디어 출발지점에 섰습니다.

주18) 흔희작약 : 欣喜雀躍. 너무 좋아 기뻐 날뜀.

기회를 만들어줘서 고마워요."

내게 고개를 숙인다.

"사사키 씨도요. 갑자기 힘든 부탁을 해서 미안해요."

"응."

사사키는 짧게 말한 뒤 나를 올려다보았다.

"콘, 그렇게 무서운 얼굴 하지 말고 얘기라도 들어줄 수 없을까? 나는 네 판단을 듣고 싶어. 이런 일에는 네가 더 경험이 풍부할 테니까. 나는 그렇게 직감과 해석력이 뛰어나지 못해서 판례와 경험치를 중요하게 여기는 사람이야. 그렇게 때문에 더욱 네가 있어줘서 든든해. 아무래도 나한테는 기준으로 삼을 만한 게 아무것도 없거든."

나는 아사히나 선배와는 정반대의 미래에서 온 사람, 봐봤자 눈에 보양이 될 리가 없는 얼굴에서 눈을 떼었다.

"짧게 해다오."

가능한 한 무겁게 들리도록 목소리를 꾸며보았지만 반응한 것은 미래에서 온 녀석의 소리 없는 실소뿐이었다. 화나는군.

"일단 이름을 밝혀주실까?"

언제까지 이름도 없는 미래에서 온 사람 녀석이라니 내 심기만 더 나빠질 뿐이다.

나의 열시선 공격을 받자 비아냥거리는 얼굴을 가진 녀석은 2개월 만에 목소리를 들려주었다.

"이름 따윈 단순한 식별 기호일 뿐이야."

조롱하는 듯한 목소리는 기억에 있는 그대로다. 답답하

다는 듯이 몸을 꿈틀댄다.

"뭐라 부르든 나는 상관 안 해. 의미가 없으니까. 그건 네가 아사히나 미쿠루를 아사히나 미쿠루라 부르는 것같이 무의미한 일이다. 한심해."

참 부정어가 많은 녀석일세. 역시 동생에게 위임장을 들려 보낼 걸 그랬다. 두세 마디만으로도 이 녀석과 대화를 하고 있자니 짜증이 난다. 그리고 아사히나 선배의 어디가 무의미하다는 거냐.

"그렇지만 말이야." 사사키가 그 녀석에게, "이 시대에서는 본명이 아니라 해도 호칭이 있어야 편리하게 일이 풀리거든. 관직이나 지위라도 좋은데. 히고노카미(주19)라든가 국가대책위원장이나 뭐 그런 거라도 좋으니까 콘에게 가르쳐줄 수 없을까?"

"후지와라."

의외로 순순히 미래에서 온 녀석이 대답했다.

"그렇게 부르지그래."

"그렇다네."

가짜 이름이 아닌 편이 더 신기할 그 녀석의 자칭을 듣고 사사키는 나를 향해 어깨를 움츠렸다.

"이걸로 모두 자기소개가 끝난 거지?"

일단 이름만은. 하지만 난 그런 걸 알기 위해 여기에 온 게 아니라고.

나한테는 미래에서 온 남자, 아사히나 유괴범, 천개 영역 우주인이라 해도 호칭에 전혀 불편함이 없으니까.

주19) 히고노카미 : 肥後守. 히고 지방(현재의 후마모토 현)의 영주.

"응, 이제부터가 진짜야."

"에헴."

과장되게 헛기침을 한 뒤 우주인과 미래에서 온 사람을 양옆에 낀, 아마도 초능력자일 소녀는 방문 판매 영업사원 같은 미소를 지었다.

"우리는 스즈미야 하루히 씨가 아니라 이 사사키 씨야말로 진정한 신적 존재라고 생각하고 있습니다."

갑자기 폭탄을 떨어뜨렸다.

나는 순간 냉수를 천천히 입으로 가져가 뿜어줄까 생각했다 바로 포기했고, 잔을 탁자에 돌려놓으며 삼킨 뒤 말했다.

"뭐라고?"

"아니, 그 말 그대로의 의미인데요. 이해 안 되는 부분이 있었나요?"

타치바나 쿄코는 여전히 상쾌하게 안도에 찬 한숨을 내쉬었다.

"후우, 겨우 말했다. 계속 이 말을 전하고 싶었거든요. 좀처럼 기회가 없어 오랫동안 답답해했죠. 코이즈미 씨만 없으면 좋았을 텐데요. 아예 이번 봄에 전학을 할까 하는 계획도 세웠었어요. 하지만 그 사람들이 무서워서 말이에요. 요전 일로 다시 확인을 했어요. 모리 씨와는 두 번 다시 만나고 싶지 않더라."

키득거리며 웃는 만족스러워하는 얼굴은 평범한 여고생의 그것이었다.

"그래요. 코이즈미 씨가 스즈미야 씨를 신경 쓰도록 운명지어진 것처럼 우리는 사사키 씨를 떠받들지 않을 수 없죠. 하지만 우주인도, 미래에서 온 사람도 모두 스즈미야 씨 쪽으로 가버려서 너무 불안하더라고요. 정말 참을 수가 없었어요."

양옆을 교대로 쳐다본 뒤,

"아이덴티티의 붕괴를 막기 위해서는 이렇게 하는 수밖에 없었어요. 코이즈미 씨에게는 아사히나 미쿠루 씨와 나가토 유키 씨가 있지만 우리에게는 없어서 다른 사람들이 필요했죠. 이제야 다 갖춰진 겁니다."

무턱대고 믿을 수 있는 말이 아니다. 하루히가 코이즈미가 말하는 신 비스무리가 아니라면 내가 이 1년 동안 해온 일은 대체 뭐냐. 아사쿠라한테 찔릴 뻔하기도 하고, 실제로도 찔렸고, 여름방학에 루프를 하기도 하고 시간 역행을 하기도 하고. 그 뒤에는 미래 통신의 지령에 따라 행동하기도 하고, 무엇보다 하루히의 충동에 휘둘려온데다 나가토가 폭주하기도 하고………. 하루히가 미스터리어스 존 프레스의 사자가 아니라면 일어날 수 없는 일들뿐이잖아.

"그건 하나의 견해죠. 하나의 현실이고. 하지만 현실은 하나만 존재하는 건 아니에요. 표면상에 거짓이 있고 뒤에 진상이 숨어 있다는 건 추리소설의 상투 수단이잖아요?"

추리소설 담론이라면 코이즈미와, 소설론에 관해서라

면 나가토와 해다오.

"사사키, 너 이런 얘기를 믿은 거냐?"

메뉴 앞뒤를 번갈아 보던 사사키는 힘차게 고개를 들었다.

"응, 솔직히 말해 당황스럽기만 해. 나는 내 자신에 별로 관심이 없고 원래 거의 바라는 것이 없는 성격인데다 가마를 타고 이동하는 건 사양하고 싶거든. 기마전도 뒤에 서는 걸 더 좋아하고. 남한테 폐를 안 끼치는 인생을 살 수 있다면 그게 제일이라고 생각하고 있어. 내가 가장 싫어하는 건 자기 과시욕이 강한 사람과 그런 사람을 보고 싫어하는 내 마음이야."

사사키는 종업원의 주의를 끌려는 듯 손을 흔들었다.

"그런데 주문을 아직 안 했는데 다 결정했나?"

장난기 어린 미소는 중학교 교실에서 짓던 그것과 완벽하게 똑같았다.

자리로 온 사복에 앞치마 차림의 간소한 종업원이 주문을 받는 사이에 일동이 한 말은 사사키의 '커피 네 잔'이 전부였다.

미래에서 온 사람 후지와라와 우주인 쿠요우는 별반 행동을 보이지 않았고, 그저 "흥" 하고 코웃음을 치고, 영구히 계속될 것 같은 침묵 속에 침체되어 있는 극단적인 태도가 전부였다. 우리를 주위에서 어떤 눈으로 보고 있을지 조금 신경이 쓰였다. 아무리 좋게 봐도 평범한 고교생 더하기 1 집단으로 보지는 않을 거다. 정말이지 이거에 비하면 SOS단은 정말 제대로 된 무리다.

솔선해서 입을 연 타치바나 쿄코가 다시 침묵을 깼다.

"그런 겁니다. 코이즈미 씨한테서 얘기를 들었겠죠? 4년 전에 스즈미야 씨가 세계를 창조했을지도 모른다는 말이요. 그녀에게는 이상한 힘이 있지만 전혀 자각하지 못하고 있고 자기도 모르는 사이에 폐쇄 공간을 만들고 있다고 말입니다. 코이즈미 씨네가 각성해 '기관'이 생겼고, 그것이 지금까지 계속되고 있고요. 스즈미야 씨는 점점 바람을 이뤄갔고 우주인과 미래에서 사람을 불러왔어요. 하지만 저와 동료들은 그 능력의 원래 주인은 사사키 씨였을 거라 생각하고 있어요."

생각하는 것만이라면 자유지. 사고에 족쇄를 채울 수는 없으니까. 하지만 실행에 옮긴다면 얘기는 달라진다. 여기는 법치국가고 유괴는 큰 범죄야.

내가 그렇게 말하자 타치바나 쿄코는 바로 고개를 숙였다.

"그건 사과할게요. 하지만 처음부터 잘 되지 않을 거라는 건 명백했어요. 미래에서 강력하게 간섭을 받았었으니까요. 시험해봤을 뿐이에요. 저로서는 성공시킬 생각도 없었는걸요. 그래도 헛된 일은 아니었다고 생각해요. 왜냐하면 당신에게 우리들의 존재를 알릴 수가 있었으니까요. 엄청난 진일보였죠."

내가 달이라면 괴상한 발자국을 냈다고 생각했을지도 모를거다.

"4년 전."

타치바나 쿄코는 어제 본 드라마의 줄거리를 친구에게 얘기하듯,

"저는 갑자기 제게 어떤 능력이 있다는 걸 깨달았습니다. 아무 전조도 없어요. 그냥 갑자기 깨달았어요. 이유도 몰랐고 왜 나인지도 알 수 없었어요. 내가 알게 된 건 이렇게 된 건 나 혼자만이 아니라 달리 동료가 있다는 것과 원인이 한 인간이라는 사실이었죠."

환하게 빛나는 눈이 내 옆으로 향했다.

"그 사람이 바로 사사키 씨예요. 당신이 우리들에게 준 거라고 생각하기도 전에 알았죠. 나는 바로 사사키 씨를 찾아 헤맸고, 그 과정에서 동료들과 만나게 되었습니다. 모두 나와 같은 인식을 갖고 있는 사람들이었어요."

나는 승합차에서 내렸던 유괴범 무리를 떠올렸다.

"사사키 씨와 접촉하느냐 마느냐, 한다면 어떻게 하느냐로 이야기를 하는 사이, 우리는 어라, 이상하네? —그렇게 생각하게 되었죠. 왠지 우리와 다른 조직이 결성되어 있었고 그 사람들이 우리와 매우 비슷하다는 걸 알았거든요. 그리고 그들은 사사키 씨가 아닌 다른 사람을 무척 신경을 쓰고 있는 것 같더라고요."

그게 '기관'이냐.

"그래요. 스즈미야 씨를 신성시하는 사람들이 있었어요. 우리는 혼란에 빠졌죠. 그들이 틀렸다고 생각했어요. 잘못된 것은 고쳐야 한다는 생각에서 몇 번 회합을 열었

습니다. 그랬더니 그들은 우리가 잘못되었다며 얘기를 들으려 하지 않았어요. 그런 건 도저히 받아들일 수가 없었습니다. 물론 그들도 받아들이지 않았죠. 우리는 찢어졌고….”

문득 허공으로 시선을 들었던 타치바나 쿄코는 다시 시선을 돌렸다.

“지금까지 그 상태예요.”

“그래서?”

나는 말했다. 달리 할 말이 뭐 있나?

“그래서 어떻게 하고 싶은데?”

‘기관’의 적대 조직 대표자는 크게 한 번 숨을 쉰 뒤 말했다.

“우리는 스즈미야 씨가 현재 소유하고 있던 힘은 원래 사사키 씨에게 있어야 했던 것이라 확신하고 있습니다. 어떤 사정으로 잘못된 사람이 갖게 된 거죠. 그러니까 그걸 원래대로 고치고 싶어요. 그 편이 훨씬 세계가 좋은 방향으로 움직일 겁니다.”

그리고 내 눈을 직시했다.

“당신이 협력해줬으면 해요.”

“사사키.”

나는 그 시선에서 도망치듯 말했다.

“이 녀석, 이렇게 말하는데 너는 어떻게 생각하냐?”

“그런 괴상한 힘은 필요 없어.”

사사키는 단호한 목소리로 말했다.

"이런 말 하긴 뭐하지만 나는 내성적인 성격에다가 평균에도 못 미치는 범인이니까. 그런 상상을 초월한 거대하고 이해도 안 되는 힘을 갖고 있어봤자 위축만 될 거야. 틀림없이 내 정신은 병들겠지. 음, 전력으로 사양하고 싶어."

"그렇다는데. 본인이 이렇게까지 말하는데 포기하지그래?"

"당신은 그래도 좋은가요?"

타치바나 쿄코는 물러서지 않았다.

"당신은 스즈미야 하루히 씨에게 그런 힘을 주고 싶은가요? 언제까지나? 그리고 당신은 언제까지나 스즈미야 씨에게 휘둘리고 싶은 거예요? 아시겠습니까? 당신뿐만이 아니에요. 휘둘리는 건 이 세상 전부라고요."

필사적이라는 느낌으로 설득하는 시선은 사사키에게도 향했다.

"사사키 씨에게도 말하고 싶어요. 스즈미야 씨보다 당신이 훨씬 더 적임자예요. 이것도 틀림없어요. 당신이 특별히 고민할 필요는 없어요. 당신은 그대로 아무것도 의식하지 않고 살아가기만 하면 돼요. 나는 알 수 있어요. 사사키 씨는 세계를 일그러뜨리지 않아요. 그럴 수 있는 사람이라는 걸 나는 알고 있어요."

사사키의 시선은 내게 고정되어 있었다.

"그런가?"

그렇게 묻는 미묘한 미소는 내가 중학교 때 실컷 봐왔

던 표정과 같았다.

머리가 아파졌다. 타치바나 쿄코가 진지하고도 진지하게 말하고 있다는 건 알겠다. 무슨 말을 하려는 건지도 지나칠 정도로 잘 이해가 간다고, 젠장.

비유를 하자면 하루히는 카운트다운 시스템이 없는 시한폭탄이고 무작위 설정이라 아무도 언제 폭발할지 예측할 수가 없다. 폭발 순간의 위력도 마찬가지고. 그런 녀석이 세상을 자기 뜻대로 조작 가능한 매지컬 파워를 갖고 있다는 말을 석가나 예수 수준의 포용력이 없으면 허용하기 힘들 거다.

다만 하루히라는 녀석을 잘 모른다면 말이다.

나는 알고 있고 코이즈미와 나가토와 아사히나 선배도 알고 있다. 그리고 이 녀석들은 모른다. 그 차이일 뿐이다. 겨우 그것뿐인 단순 명쾌한 이야기이다.

나는 타치바나 쿄코를 다시 쳐다보았다.

"네 말은 이해는 가지만 이제 와서 뭘 어쩌라는 거지? 아무리 생각해도 하루히는 확률을 무시하고—그래, 귀찮기는 하지만 어느 정도의 바람을 현실화하는 힘을 갖고 있는 건 사실이야. 가을에는 벚꽃을 만개시키기도 했지. 하지만 사사키한테는 그런 힘이 없잖아? 그거야말로 막다른 길 아닌가? 네가 아무리 사사키가 신이니 뭐니 떠들어봤자 현실은 바뀌지 않아."

하루히는 그만큼 정신을 경계선 너머로 끌고 가지 않았다고. 어떤 의미에서 상식적이라고도 할 수 있을 정도다.

나를 사다리 타기에서 4번 세컨드로 삼는 게 고작이다. 그 녀석은 그 녀석 나름대로 이 세상을 마음에 들어하고 있는 것 같으니 시답잖은 이유로 무너뜨리지는 않을 거다. 폐쇄 공간과 '신인'이라면 코이즈미의 용돈 벌이에 도움이 되는 정도의 위험밖에 없어.

"그래요."

타치바나 쿄코는 슬픈 표정을 지었다.

"그렇기는 하지만 역시 나는 사사키 씨가 어울린다는 생각을 버릴 수가 없어요. 당신은 스즈미야 씨를 잘 알고 있을지 몰라도 사사키 씨도 비슷하게 알고 있잖아요? 함께 지낸 시간도 비슷할 정도잖아요."

중학교 3학년 시절의 1년과 고교 1학년 시대의 1년은 시간으로 치면 비슷하기야 하겠지. 하지만 밀도가 다르거든. 나와 사사키는 웃기지도 않는 단체를 만들어 학교 밖에서 시간을 때우려 돌아다니지도 않았고, 대화를 나눈 양으로 따지면 하루히의 효과 하나, 유효 두 개로 1판승이다. 교실에서는 항상 뒷자리에 앉고 방과 후에는 문예부실에서 내게 이런저런 명령을 내리는 건 단 창설 이래로 불변의 사실이니까. 게다가 하루히와 SOS단은 현재진행형이고 사사키와는 1년이라는 공백이 있다. 아무리 내가 과거의 교우록을 소중히 보관하는 성격이라 해도 지금의 아지트를 쉽게 내버리는 짓은 못 한다.

하루히뿐만 아니라 나가토와 아사히나 선배와 코이즈미에게는 큰 신세를 졌고 반대로 내가 편의를 도모해준 적도 있다. 그 세 단원을 위해서도 나는 하루히에게서 다른 누군가로 갈아타는 짓은 할 수도 없고 하고 싶지도 않다.

생각이 반이라 일단 떠오르면 자기 발로 달려나가는 하루히를 불가사의한 폭탄이라고 내버릴 수는 없지. 나는 아직 그 녀석에게 비장의 카드를 보여주지 않았다. 때가 왔을 때 너무나도 멋져 보이는 상황이잖아.

"그리고 사사키도 귀찮아하잖아. 물러나는 게 좋을 거야. 코이즈미는 몰라도 나가토를 화나게 하는 사태를 일으킨다면 연쇄반응으로 하루히도 폭발할걸. 어떻게 돼도 나는 모른다."

"그러니까요, 나는 스즈미야 씨가 변화 능력을 발휘하지 못하게 하고 싶어요. 그렇게 하면 당신도 두려움에 떨 필요도 없을 겁니다."

타치바나 쿄코는 기도하듯 손을 모았다.

"우리는 자신의 이익을 생각하는 게 아니에요. 코이즈미 씨를 보면 알겠지만 스즈미야 씨를 계속 돌보는 건 무척 힘이 듭니다. 하지만 사사키 씨라면 그렇지도 않을 거예요. 전 진심으로 세계의 안정을 바라고 있어요."

"그렇지만 말이야."

사사키는 가늘게 한숨을 쉰 뒤 카운터를 쳐다보았다.

"커피가 늦네."

잔에 든 얼음을 손가락으로 찌르며 농담하듯 말을 꺼냈다.

"콘, 문득 의문이 든 건데, 초등학생, 중학생, 고등학생, 대학생이라고 하는데 왜 고등학생은 고학생이 아닌 걸까? 이건 생각해봐야 할 문제가 아닐까."

"사사키 씨!"

타치바나 쿄코는 짜증을 내듯 언성을 높인 뒤 이내 부끄럽다는 듯이 고개를 숙였다. 진심으로 반성하는 모습을 보니 조금 동정이 간다. 상대가 안 좋았어. 내가 이런 말 하긴 뭐하지만 사사키는 내 친구치고는 참 대단한 인격자거든. 신이 되지 않겠냐는 말에 덥석 달려들 정보로 바보가 아니라고.

오, 여유가 생기는데.

사사키가 사사키 본연의 모습으로 있는 한 누가 적이 된다 해도 이 녀석은 거기에 넘어가지 않을 거다. 타치바나 쿄코는 인선을 잘못했어. 이 녀석은 그런 녀석이 아니다.

나는 청자의 역할을 관철하고 있는 다른 두 사람인 후지와라와 쿠요우를 가리키며 말했다.

"이 녀석들은 어떻게 생각하는데? 네가 사사키를 신으로 세우고 싶어하는 건 알겠는데 동료들은 어떠냐? 합의는 한 거야?"

물론 이렇게 묻는 건 두 명의 표정으로 보아 타치바나 쿄코의 의견에는 귀도 안 기울이는 게 아닐까 하는 추측이 들었기 때문이었다. 후지와라는 성가시다는 듯이 다식은 잔만 바라보고만 있었고, 쿠요우는 어디도 보지 않는 듯한 얼굴로 허공을 응시하고 있었다.

고개를 떨구고 있던 타치바나 쿄코는 드리워진 머리카락 사이로 보이는 눈을 굴려 아무 반응도 없는 미래에서 온 사람과 우주인을 보고 더욱 깊이 고개를 떨궜다.

"그래요. 이것도 약점 중 하나죠. 전혀 협력적이지가 않아요."

울먹거리는 타치바나 쿄코의 목소리에 후지와라가 갑자기 기분 나쁘게 웃었다.

"당연하지. 협력이라고? 과거의 현지민과 맞서 싸울 만큼 난 낙오자가 아니야. 이용가치가 있다는 가능성을 고려해 여기까지 와줬더니 아무래도 기대할 가치도 없었던 것 같군."

타치바나 쿄코가 화를 낸다면 나도 동조하고 싶은 말투다.

"아무래도 상관 없어. 스즈미야든 사사키든 자연 현상이라 생각하면 다 그게 그거지. 개개의 인간에 그런 가치는 없어. 시간을 비트는 힘, 시공을 바꾸는 능력, 봐야할 건 그거다. 힘이 존재한다면 그게 누구든 아무 상관도 없는 거라고."

후지와라의 시선은 타치바나 쿄코를 넘어 쿠요우에게로 향했다.

"너도 그렇게 생각하고 있지?"

미래에서 온 사람에게 쿠요우는 아무 반응도 없었다. 덥수룩한 머리를 에어컨의 미풍에 나풀거리지도 않은 채

지나칠 정도로 아무 움직임도 없이 멍하니 있다. 자신이 어디에 있는지도 이해하지 못하는 게 아닌가 하는 분위기다. 아니, 이 녀석 정말 내 앞에 있기는 한 거냐? 이렇게 눈앞에 있어도 존재감이 희박한 정도를 초월해 제로에 가깝다. 두께가 없달까. 공사 현장 입간판이라도 이 녀석보다는 생기가 있을걸.

다시 침묵의 장이 드리워질 것 같은 분위기 속에서,

"으음…! 에잇!"

힘차게 고개를 들고 타치바나 쿄코는 느닷없이,

"손을 줘봐요."

나를 진지하게 쳐다보았다.

"설명하는 것보다 체험을 시켜주는 게 빠르겠지. 그러면 내가 하는 말도 이해할 수 있을 거예요. 잠깐이면 되니까 손을 줘봐요."

갈라진 곳 하나 없는 두 손을 마치 내 손금이라도 보여달라는 듯이 뻗는다.

물에 빠지지도 않았는데 그 손을 잡아야 하나 어쩌나 고민하고 있는데 사사키가 어깨로 나를 툭 쳤다.

"콘, 타치바나 씨가 말하는 대로 해주지 않겠어?"

나는 오른손을 내밀었다. 타치바나 쿄코의 축축한 손가락이 내 손바닥을 쥐고 다시 주문을 했다.

"눈을 감아요. 금방 끝나니까요."

기시감을 느끼며 그 말에 따랐다. 살짝 감은 눈꺼풀 너머로 간접 조명이 느껴지는 가운데 시야가 차단된 덕분에 더욱 예민해진 귀에 들리는 건 가게 안의 잔잔한 소음과 이지 리스닝 클래식 음악. 이건 브람스였던가?

하지만—.

"이제 떠도 돼요."

타치바나 쿄코의 신호와 동시에 현악기 소리가 갑자기 사라졌다.

나는 눈을 떴다.

타치바나 쿄코가 내 손을 쥐고 미소를 짓고 있었다. 타치바나 쿄코만이.

압도적인 정적이 내 주위에 있는 전부였다. 사사키도, 쿠요우도, 후지와라도 없었다. 다른 손님도, 점원도 어딘가로 사라졌다. 집단으로 행방불명된 듯, 마리 셀레스트호처럼 길게 눈을 깜박이는 사이에 모든 사람이 사라진 것이다.

나와 타치바나 쿄코는 조금 전과 똑같은 탁자에 앉아 손을 마주 잡고 있었다.

"뭐…."

눈이 멋대로 돌아간다. 부드러운 실내조명의 커피숍은 우리들만을 남긴 채 껍질만 남아 있었다. 여긴 뭐냐고 말하기 전에 나는 어디선가 느꼈던 감촉을 느끼고 그것이 무엇이었는지 기억해냈다. 비슷하지만 다른 장소. 무인 상태.

"폐쇄 공간…."

"코이즈미 씨는 그렇게 부르는 것 같더군요."

타치바나 쿄코는 손을 놓고 자리에서 일어났다.

"안내할 건 없지만 잠깐 밖에 나가보겠어요?"

물을 만난 물고기처럼 타치바나 쿄코는 춤을 추듯 걸어가며 나를 불렀다.

앉아 있어봤자 달리 답이 나오는 것도 아니라 나도 그 말에 따랐다. 폐쇄 공간에 침입하는 건 오랜만이었는데 생각해보면 과거에도 두 번밖에 경험이 없었다. 처음에는 코이즈미와, 두 번째는 하루히하고였나. 세 번째인 지금은 아무래도 코이즈미에게 이끌려 택시를 탔던 때의 분위기와 비슷했다.

나는 타치바나 쿄코의 옆에 서서 자동문이 자연스레 열리는 것을 지켜보았다. 이것도 똑같다. 어떤 이치에서인지 이 세계에는 전기가 들어온다.

밖으로 나가 제일 먼저 한 행위는 하늘을 올려다보는 것이었다.

비가 그쳤다. 아니, 구름도 없다. 하늘은 세피아 계열의 모노톤으로 통일되어 있었다. 아무래도 태양도 없는 것 같다. 광원은 하늘 자체다. 세계 전체가 흐릿한 빛에 감싸여 있었다.

"조금 걷죠."

타치바나 쿄코가 걸음을 옮겼고 나도 실에 이끌리듯 그 뒤를 따랐다.

거리가 완전히 사람없는 공간이 되어 고스트타운 같은 모습을 보이고 있었지만 나는 별로 충격을 받지 않았다.

옛날에 코이즈미가 설명했던 그대로다.

다른 것은—.

내가 두 번쯤 끌려갔던 그 공간은 모든 곳이 회색으로 칠해져 있었다. 밤이었는지는 몰라도 나는 어두컴컴하고 기분 나쁜 광경을 선명히 기억하고 있다.

하지만 이곳은 색깔이 달랐다. 옥스퍼드 화이트—크림 색을 한껏 희석한 듯한 빛에 가득 찬 세계로 내 기억 속에 있는 폐쇄 공간보다 더 밝아 보인다.

그보다 더 큰 차이. 머리를 360도 돌려보아도 보이지 않는 것이 있다. 그렇게 거대하고 이질적인 모습을 놓칠 리가 없는데.

"후훗."

타치바나 쿄코가 돌아보며 말했다.

"네, 그래요. 여기에는 그것이 출몰하지 않고 처음부터 없었어요. 그게 가장 큰 추천 포인트죠. 좋지요?"

창백한 거인, 파괴 충동 덩어리, 하루히의 무의식이 구현화한 존재.

'신인'이 없었다. 나올 기미도 없었다. 오감이 내게 전하고 있었다. 이 폐쇄 공간에는 세계를 위협하는 것은 아무것도 없었다.

"폐쇄 공간이 아닌 거냐?"

"당신이 알고 있는 것과 같은 종류의 폐쇄 공간이에요."

내게 가르쳐주는 것이 기쁘다는 얼굴로 타치바나 쿄코

가 말했다.

"만든 사람이 다를 뿐이죠. 여긴 스즈미야 씨가 구축한 세계가 아니에요."

그 녀석말고 이런 걸 발생시킬 수 있는 녀석….

"그래요, 사사키 씨. 여긴 사사키 씨의 폐쇄 공간이에요. 우리들에게는 폐쇄되었다는 느낌은 없지만, 글쎄요, 다른 사람이 만든 같은 요리와 비슷하달까요? 맛에 개성이 나타나잖아요.

추천품을 소개하는 부동산 영업사원처럼 말을 한다.

"전 여기에 있으면 안정이 돼요. 아주 평화롭고 부드러운 분위기가 느껴지죠? 당신은 어때요? 그곳과 여기 중 어디가 더 편한가요?"

"잠깐만."

마지막으로 정착할 곳을 고르라면 둘 다 거절인데.

"사사키가 만들어냈다고? 무슨 이유로? 언제? '신인'이 없는 이유는 뭐지? 무엇 때문에 이런 세계가 있는 거냐?"

"이유는 없어요."

미소를 그리는 입가가 말을 한다.

"이 세계는 기간이 한정된 상자 정원이 아니에요. 계속 이대로 처음부터 이렇게 존재했답니다. 그래요, 4년 전부터. '신인'이 보이지 않는 건 그런 건 필요 없기 때문이에요. 부술 필요가 없으니까요."

아무리 찾아도 새 한 마리 날아다니지 않는다. 정적이 아플 만큼 귀로 스며든다.

"그게 큰 차이죠. 사사키 씨는 세계를 바꾸거나 파괴하려는 생각은 전혀 않아요. 사사키 씨의 의식은 앞과 뒤 모두 흔들리지 않고 확고히 고정되어 있죠. 이상적입니다. 현실이 마음에 들지 않는다고 뒤집지는 않아요. 모든 것이 있는 그대로예요."

들리는 것은 소녀의 솔직한 목소리뿐이었다.

"다시 물어보겠습니다. 어디가 좋은가요? 자칫 잘못하면 세계를 엉망으로 만드는 사람과 아무 짓도 안 하지만 폭주도 하지 않는 상식적인 사람 중에서요."

맹렬히 변호하고 싶어졌다. 하루히에게도 상식은 있다. 가끔 나사가 풀리기는 하지만 따지고 보면 평범한 여자애다. 옛날에는 어땠는지 몰라도 현재의 하루히는 현실에 다가가려 하고 있다고. 가끔 사태를 복잡하게 만들기는 하지만 UFO의 비를 퍼붓지는 않는다고.

확실히 말할 수 있는 건 그 녀석은 두 번 다시 세계를 재창조하려 하지 않을 거라는 사실이다.

"자신이 있으시네요. 스즈미야 씨가 무의식중에 하는 일은 아무도 모를 텐데요. 코이즈미 씨도, 미래에서 온 사람도요."

타치바나 쿄코는 손을 뒤로 꼬고 몸을 돌려 내 얼굴을 쳐다보았다.

"당신도 모르기 때문에 불안한 거예요. 하지만 사사키 씨라면 걱정 없습니다. 여길 보면 아시겠죠? 불안정 요소가 없어요."

방긋 웃는 미소에는 귀여운 성분이 가득 뿌려져 있었다.

"그러니까 난 사사키 씨야말로 진정한 힘의 소유자라고 생각해요. 그렇게 돼야 한다고 생각해요. 스즈미야 씨가 그렇게 된 건 뭔가 잘못된 거고 누군가가 실수한 거예요."

아직 원인을 알 수 없는 하루히의 변태 파워. 코이즈미에게 빨간 구슬 변신 능력을 주고 우주 의식의 흥미를 끌고, 아사히나 선배의 말에 따르면 시간 단열의 중심에 있었다고 하는 그 무언가.

그것이 사사키에게 발현된다면? 현재의 SOS단의 세력은 어떻게 됐을까?

상상이 안 간다. 나는 생각해봤자 답도 안 나오는 발상을 쫓아내려고 고개를 흔들었다.

"그래서."

겨우 목소리가 회복이 됐다.

"나보고 어쩌라는 거냐? 하루히의 힘을 사사키한테 이식이라도 하라고? 그건 불가능하잖아."

타치바나 쿄코는 잠시 나를 뚫어져라 쳐다본 뒤 후훗 미소를 지었다.

"그렇지도 않아요. 당신이 협력해준다면 가능하죠. 당신과 사사키 씨가 허락만 한다면요. 우리가 바라는 건 그것뿐이에요. 간단하죠?"

뒤로 펄쩍 물러나며 말을 이었다.

"가게로 돌아가죠. 오늘 제 볼일은 끝났어요. 당신도 생각할 시간이 필요하겠죠."

그러고 보니 우리는 어떻게 됐을까? 커피숍 의자에 앉아 있다 갑자기 여기로 와 밖으로 나왔는데 남겨진 사람들에게는 어떻게 보일까.

물어보려는데 타치바나 쿄코는 이미 왔던 길을 돌아가고 있었다. 생각해보면 아무도 없는 세계에 남녀가 단둘이 있는 건 조금 문제로군. 그런 걸 신경 쓰고 있을 때는 아니지만 나도 오래 있고 싶지는 않았다. 여기는 너무 조용하다. '신인' 어쩌고가 있는 편이 그나마 움직임이 있어 좀 나을 거다. 이럴 수가. 그런 게 그립게 느껴지다니 내 머리는 괜찮은 걸까?

소녀의 모습이 커피숍 자동문으로 빨려 들어간 몇 초 뒤, 나도 가게 안으로 돌아왔다. 커피 향기도 나지 않는다.

"어서 앉아요."

세 사람이 앉는 의자 중앙, 아까 앉아 있던 자리에 앉은 타치바나 쿄코가 탁자에 손을 올려놓고 있었다. 내가 아직 체온이 남아 있는 내 의자에 앉자,

"눈을 감고 손을 내미세요."

눈을 뜨고 있으면 뭐가 보였을까 생각을 하며 나는 그 손에 내 손을 겹치고 눈을 감았다. 귀를 기울인다.

타치바나 쿄코의 손가락에 살짝 힘이 들어가고—.

이내 손이 떨어졌다. 순식간에 청각이 돌아왔다. 아니,

돌아온 건 세계였다.

BGM인 브람스, 작은 빗소리, 커피콩이 타는 향기, 그리고 사람들의 기척이 내 오감에 단숨에 물밀 듯 밀려 들어왔다. 눈을 떴다.

사사키가 한쪽 눈썹을 치켜올리며 말했다.

"여어. 어서 와… 라고 하면 되나?"

보아하니 후지와라는 태연한 얼굴로 팔짱을 끼고 있었고 쿠요우는 졸린 얼굴로 반응이 없었으며 두 사람 사이에 끼어 있던 타치바나 쿄코는 얼음물로 몸을 축이고 있었다. 나는 의문시되던 점을 사사키에게 물었다.

"나는 어땠냐?"

"별로."

사사키는 손목을 돌려 가느다란 손목시계를 보았다.

"10초 정도 눈을 감고 타치바나 씨랑 손을 맞잡고 있었어."

그 손으로 입술을 한 번 쓰다듬는다.

"그래, 봤어? 내 내면 세계란 곳을."

"응."

나는 내키지 않는 심정으로 고개를 끄덕였다. 환각이 아니라면 갔다왔다고 해도 되겠지. 사사키에게 10초 정도쯤 나와 타치바나 쿄코가 사라지지 않았다는 것은 풀 수 없는 문제겠지만.

"감상 있어?"

"없어."

"그렇겠지."

사사키는 쿡쿡 웃었다.

"너무 부끄러워. 마음을 들여다본 것이나 마찬가지잖아."

"사사키 씨."

타치바나 쿄코가 잔을 놓았다.

"역시 아무리 생각해도 당신이 걸맞아요. 긍정적으로 생각해주지 않겠어요?"

"으음, 글쎄."

살짝 고개를 갸웃거린 사사키는 나를 곁눈으로 쳐다보았다.

"콘은 어떻게 생각해? 내가 가져도 되는 걸까? 그 이상한 힘인지 뭔지 말이야."

좋고 나쁜 걸로 재는 게 아니라고 생각하는데 무엇보다 왜 나한테 묻는 거냐.

감각적으로 깨달은 거라면 사사키가 기묘하고 엉뚱한 가짜신 파워를 갖고 있다 하더라도 아마추어 야구시합의 점수에 불만을 느껴 힘을 발동하거나 영화 시나리오를 현실로 만들거나 8월을 연속해서 반복하거나 오파츠를 파내게 만들거나 하지는 않으리라는 것 정도다. 그 대신 부상을 입은 상급생을 대신해 바니 걸 복장으로 무대에 오르거나 학생회장에게 맞서지도 않았겠지.

아니, 그런 건 아무래도 좋다 결정적인 건 사사키가 어쩌고 하는 게 아니다.

나는 자연스럽게 시선을 맞은편으로 던졌다.

미래에서 온 후지와라. 기타 두 명.

이 녀석들과 한 편이 되는 건 절대로 있을 수 없는 일이다. 아사히나 선배를 함부로 부르는 밥맛 녀석과 아사히나 선배 유괴범, 다른 한 명은 우리를 겨울산에서 조난시킨 데다 나가토를 쓰러뜨렸던 녀석이다.

생각할 것도 없잖아.

사사키와는 앞으로도 친구로 지내고 싶지만, 이 녀석들과 친해봤자 내 심신이 편해질 일은 엠프티를 지나 마이너스 존에 침입할 뿐일 거다.

내가 단호히 그 뜻을 전하기 위한 전 단계로 깊이 숨을 들이마셨을 때,

"오래 기다리셨습니다."

맥을 끊듯 종업원이 쟁반에 네 개의 잔을 담아 탁자로 다가왔다.

나는 말을 잠시 중단하고 나란히 입을 다문 사람들에 동참했다. 단순한 잡담이라도 그렇지만, 전파계로 보이는 말을 관계자도 아닌 사람의 귀에 들려주고 싶지는 않으니까 말이다.

어색한 침묵이 깔린 가운데 잔과 찻잔이 달그락거리는 소리가 묘하게 선명히 들려왔다. 하나는 사사키 앞에, 다음으로 나, 타치바나 쿄코의 순으로 커피가 놓였고, 마지막으로 쿠요우의 앞에—.

쨍그랑.

놀라운 전개가 눈앞에서 일어나고 있었다.

그때까지 꿈쩍도 안 하던 쿠요우가 종업원의 손목을 한 손으로 잡고 있었다.

언제 팔을 움직였는지 전혀 보이지도 않았다. 움직인 기척조차 느껴지지 않는데 쿠요우는 단단히 여종업원의 팔, 그것도 탁자에 잔을 놓으려고 접시를 든 손을 쥐고 있었다.

완전한 무표정으로 전방에 시선을 고정시킨 채로 한 손 외에는 미동도 하지 않고 말이다.

"…아?"

나는 바보처럼 입을 벌렸다.

더 놀란 것은 종업원이 든 잔이 접시에서 상당히 멀리 튀었을 텐데 안에 든 커피가 한 방울도 흐르지 않았다는 사실이었다. 효과음이 제법 큰 걸로 봐서 그에 상응하는 충격이 있었다는 건 분명했다.

왜지―?

그 답은 이내 알 수 있었다.

"무슨 일이십니까?"

부드럽게 미소를 짓는 종업원은 불쾌해하는 기색도, 당황한 기색도, 보이지 않았다. 남들이 보면 아무렇지도 않은 미소일거다. 하지만 내 등으로 고드름 같은 오한이 타고 흐른 것에는 다 이유가 있었다. 그 사람의 얼굴을 나는 잘 알고 있었다.

"키미도리 선배…."

내가 들어도 참 신음하는 것 같은 목소리네.

"…이런 곳에서 뭘 하시는 겁니까?"

"안녕하세요."

앞치마를 두른 키미도리 에미리 선배는 마치 학교 상급생이 우연히 아는 후배와 마주치기라도 한 듯—그러니까 바로 지금의 상황 그 자체다—자연스런 표정으로 인사를 했다. 조금도 주저하지 않는 목소리는 도저히 수수께끼의 우주인에게 손목을 잡힌 유기 안드로이드는 보이지 않았다.

쿠요우의 악력이 어느 정도인지 나도 실제로 체험해보고 싶지는 않았지만 단순한 힘 이상의 작업량이 작용한 듯 보였고, 쿠요우는 무슨 일인가 싶어 몸을 앞으로 내밀고 있는 사사키와 타치바나의 동그래진 눈을 무시한 채 그저 비상식적이고 비인간적인 모습으로 한 손 외의 다른 몸은—여학교 교복을 포함해—털끝만큼도 움직이지 않고 있었다.

키미도리 선배도 비현실적일 정도로 차분한 모습으로.

"실례지만 손님."

말없는 물체가 된 쿠요우에게,

"놔주시지 않겠어요? 이대로는 주문하신 음료를 내려놓을 수가 없습니다."

"—."

금붕어처럼 깜빡이지 않은 눈은 확실히 말해 그 어떤 곳도 보고 있지 않았다.

"손님."

키미도리 씨의 목소리는 한없이 목가적이었다

"좀 부탁드리겠습니다. 제가 무슨 말을 하는지 아시겠지요…?"

양자 간에서 모닥불 속의 장작이 폭발하는 듯한 효과음을 들은 건 나 혼자뿐이었을까.

"—."

쿠요우는 천천히 손가락을 풀었다. 새끼에서 엄지까지 자벌레처럼 움직여 키미도리 선배의 손에 놔준 뒤 더욱 천천히 손을 무릎 위로 되돌렸다.

"감사합니다."

키미도리 씨는 정중하게 인사를 한 뒤 다시 쿠요우의 앞에 잔을 놓았다. 쿠요우가 다시 양철 인형 상태를 유지하기 시작한 덕분에 나는 크게 숨을 내쉰 뒤 다시 한 번 물었다.

"뭘 하고 있는 겁니까, 키미도리 선배?"

"아르바이트요."

그건 보면 안다. 점원도 아닌 사람이 앞치마를 두르고 커피를 나를 리가 없으니까. 왜 갑자기 아르바이트 따위를 시작했는가, 그 이유가 로마노프 왕조의 숨은 금괴가 있는 곳보다도 더 궁금하니 지금 바로 듣고 싶다.

하지만 키미도리 선배는 태연한 얼굴로 전표를 탁자 위에 올려놓으며 내게 속삭였다.

"회장에게는 비밀로 해주세요. 학생회 임원은 원칙적으로 아르바이트가 금지되어 있으니까요."

나가토한테는 괜찮고? 아니, 그게 아니라.

"편히 쉬세요."

핀트가 어긋난 이야기를 건넨 채 키미도리 선배는 쟁반을 들고 물러났다. 3년 전부터 이 가게에서 아르바이트를 하고 있었던 듯한 익숙한 동작인데 찬물을 내오고 주문을 받으러 왔던 것도 그녀였나. 지금까지 알아차리지 못한 것은 대중 심리에 숨은, 보이지 않은 사람 이론이 작용한 탓인가, 아니면 우주적인 힘이 작용을 해서 그런 걸까…. 만약 뭔가 작용을 했다면 후자겠지. 쿠요우가 할 수 있는 일이라면 키미도리 선배도 가능할 거다.

"누구였어?"

사사키의 질문에는,

"학교 선배."

라고 대답할 수밖에 없었다. 내가 너무 눈에 띄면서도 사람의 시선을 끌지 않는 쿠요우의 용모와 새로 들어온 손님에게 재빨리 찬물을 전하러 가는 키미도리 선배를 비교하듯 바라보고 있는데,

"쿡쿡."

참다못했는지 기이한 웃음소리를 터트린 건 후지와라였다. 냉소로 입술을 일그러뜨리며 말한다.

"하핫. 이거 참 멋진 구경을 했는데. 이건 정말 개그 중의 개그야. 푸훗훗, 좀처럼 볼 수 없는 제로 차 접대잖아.

정말 재미있는 인형극이야. 핫."

커피를 머리 위에 쏟아주고 싶었지만 미래에서 온 사람은 의외로 정말 재미있어 하는 것 같았다. 내 앞이 아니었다면 폭소를 터트리지 않았을까 싶은 기세였는데 실제로 몸을 가늘게 떨고 있었다.

경악한 얼굴로 굳어 있던 타치바나 쿄코는 마침내 포기한 표정을 짓고 사태에 따라가지 못한다는 것을 보여주듯 어깨를 치켜올렸고, 나는 사사키와 서로 안색을 살피며 후지와라의 반응이 뭘 의미하는지 말없이 물어보았지만, 알지도 못하는 대답을 구한다는 건 당연히 불가능한 일이었고, 쿠요우의 하얀 얼굴은 잔에서 이는 옅은 김에 가려 있었다.

생각지도 못한 아르바이트 키미도리 선배의 침입으로 후지와라와 쿠요우 이외의 평범한 고등학생 트리오(나를 포함해서)는 완전히 맥이 풀렸고, 기분 나쁘게 웃고 있는 미래에서 온 녀석과 블렌드 커피를 쳐다보지도 않은 채 고장난 광석 라디오처럼 꼼짝도 않고 있는 우주인제 안드로이드를 상대하는 것도 피곤하다는 생각을 하는데,

"─."

쿠요우는 문득 소리 없이 일어나 실력자인 닌자 마스터보다 더 소리 없이 매끄럽게 걸어가 자동문으로 향했다. 역시 문명의 이기다. 인간은 알지 못해도 기계 센서는 아는지 재빨리 열린 문을 지나간 쿠요우는 우산꽂이에 꽂힌 비닐우산을 잊지 않고 회수한 뒤 정처 없이 사라졌다. 우

리들 사이에 감도는 분위기를 감지해준 건가. 그런데 저 녀석은 대체 뭘 하러 온 거야?

"나도."

타치바나 쿄코가 힘없지만 굳세게 미소를 지었다.

"오늘은 피곤하네요. 이만 가볼게요. 하지만 조금 더 얘기를 하고 싶었어요. 사사키 씨, 다음에 또 부탁할게요. 아, 여기는 제가 낼게요. 괜찮아요. 오늘은 고마웠어요."

당차게 말한 뒤 자리에서 일어나 계산대로 나아가 점원에게

"영수증 주세요. 이름은 빈칸으로 놔두시고요" 라는 대화를 나누며 계산을 마친 뒤 가볍게 손을 흔들고 가랑비 속으로 우산을 들고 사라졌다.

나도 미래에서 온 녀석의 조롱의 대상이 되는 건 적잖이 기분이 나빠지는 일이기 때문에 자리를 뜨기로 했다. 방에 가서 샤미센과 낮잠을 자야 하니까.

"또 보자, 사사키."

"응."

사사키는 가만히 날 올려다봤다.

"가까운 시일에 연락하게 될 것 같아. 귀찮은 일이란 건 잘 알고 있어. 하지만 콘, 나는 이 일을 오래 끌고 싶지 않아. 다음 전국 모의고사가 다가오고 있거든. 빨리 결판을 내자."

"그러게."

진심으로 동의한다. 너라 다행이었어. 내가 알고 있는

중학 시절의 사사키 모습 그대로라 말이다.

후지와라는 최초의 무뚝뚝한 상판으로 돌아가 우리의 대화를 듣고 있었지만 결국 아무 말도 안 했고 괜한 심술로 내 기분을 나쁘게 만들지도 않았다. 나를 깜짝 놀라게 하려고 나타난 듯한 키미도리 선배의 존재가 마음에 걸렸지만, 아마 쿠요우를 관찰하기 위한 것이라 생각하면 이해가 갔다. 이것이 나가토였다면 쿠요우를 상대로 융통성을 발휘하지 못했을 거고, 아사쿠라가 부활하지 않아서 천만 다행이다. 칼의 먹이가 되는 건 내 바보 같은 인생 속에서도 앞으로 절대 사양하고 싶은 경험 중 하나다.

이렇게 나는 커피숍을 나왔기 때문에 뒤에 남은 사사키와 후지와라가 무슨 이야기를 나눴는지는 모른다.

이때까지는 알고 싶다고도 생각하지 않았다.

제 3 장

α-5

월요일. 아침.

일요일을 통째로 쉰 덕분에 이날의 발걸음은 가벼웠다.

4월 중순에 접어들려는 이 시기쯤이 되니 무의식중에 잘못해서 1학년 건물로 향할 일도 없이 재빨리 2학년 5반 교실에 있는 내 자리에 앉은 나는 뒤를 돌아보고 검은 머리에게 말을 걸었다.

"왜 그래? 한 달 먼저 5월병이 발병한 거냐?"

나보다 먼저 왔던 하루히는 왠지 맥이 풀린 모습으로 책상에 털썩 엎어져 있었다.

"아니야."

하루히는 고개를 들자마자 "끄응—"하고 기지개를 켜고 하품까지 했다.

"조금 잠이 부족해서 그래. 늦게 자서. 어제는 여러 가지로 바빴거든."

그러고 보니 넌 쉬는 날에는 뭐 하냐? 심야 라디오라도 듣는 거냐?

"왜 내 개인 생활을 너한테 가르쳐 줘야 하는데?"

입술을 악어처럼 삐죽 내민다.

"동네 꼬마한테 공부를 가르쳐주기도 하고 방 청소도 하고 매주 인테리어도 바꾸고 할 일이야 많지. 라디오는 가끔 듣지만 그리고 자료 작성도 해야 했거든."

나는 안경을 쓴 박사를 떠올렸다.

"자료? 무슨 자료?"

"흥, 너도 애구나. 그렇게 그게 뭐냐고 묻기만 하잖아. 왜 남자애들은 아무리 커도 정신 연령이 자라질 못하는 걸까. 어린애의 지적 호기심은 순수해서 기분 좋지만, 그렇게 탐색하는 표정을 보니 말하기 싫어지네. 이제 나이도 있는데 내가 무슨 일을 할지는 직접 생각해봐."

네가 할 법한 일을 생각하면 할수록 학교에 내가 있을 곳이 없어질 것 같은 건 내 착각일까.

"쿈, 알겠니? 너도 단원이 된 지 1년이 지났다고. 단장의 의향을 파악하고 먼저 행동할 때도 있어야지. 그러니까 아무리 시간이 지나도 말단 단원인 거라고. 내 근무 평가표에서 넌 가장 최하위를 달리고 있단 말이야."

거만하게 웃은 하루히는 1교시 국어에서 쓸 공책을 펴고 샤프를 흔들며 아무렇게나 움직이는 것으로밖에 보이지 않는 손놀림으로 선을 쓱쓱 그었다.

"막대그래프로 하면 이래."

제일 긴 선이 코이즈미, 미쿠루와 유키라 이름이 붙은 선이 비슷한 길이다. 그리고 나는 단 내부에서 5밀리미터 정도의 공적밖에 올리지 못하고 있는 듯하다. 별로 슬프지는 않지만.

"그리고 컴퓨터 연구부가 이 정도고. 츠루야 선배가 봐. 이렇게나 된다고. 보라니까, 너는 외부인한테도 지고 있어. 지난 회지 원고도 변변찮았잖아."

단원 1로 최고참인데 한심하다 생각하고 있는 걸까. 컴퓨터 연구부는 합계 다섯 대의 컴퓨터를 제공해준 고마운 사람들이고 츠루야 선배보다 상위에 위치한다는 건 띠가 한 바퀴 돈다 해도 절대 무리다. 컴퓨터 연구부에는 내가 동정표를 던졌으니까 선을 조금 더 올려줘도 좋다. 그 정도야 뭐.

하루히는 홈그라운드의 서포터가 상대 팀의 지연 행위에 짜증이 나 야유를 던지는 듯한 표정을 지었다.

"바보야. 기개를 더 높이 가져. 다행히 SOS단 1주년 기념일까지 한 달 정도 남았으니까 그동안 한두 개의 공적을 연달아 세우도록 해. 1학년 단원이 들어오면 너는 뭘 가지고 선배 행세를 할 생각이니? 미리 말해두겠는데 나는 연공서열 제도는 절대로 채택하지 않을 거다!"

오다 노부나가 방식이냐. 전국시대라면 전쟁에서 유명한 무장을 베어버리면 그만이겠지만 이 고등학교에서 도외시되고 있는 SOS단에 맞설 세력이란 학생회 정도뿐이다. 그리고 현 학생회장은 코이즈미의 세력이고, 츠루야 선배는 모르고 있는 것 같지만 뒤에는 '기관'이라는 후원자의 이름이 보이고 있다. 그 회장의 오직 사건이라도 찾아내면 말단에서 수행원 정도로 승격할 수 있을까. 뭐, 그 것을 바라는 건 아니다만.

하루히는 계속 설교 모드를 발동하고 싶은 듯 보였지만 예비 종소리와 동시에 담임 오카베가 들어와 중단되었다.

그런데 하루히 녀석, 아직 신입 부원을 모을 작정인 걸까. 계획은 둘째치고 어떻게?

하지만 신경 써봤자 답이 나오는 것도 아닌 일이다. 나는 나대로 토요일 아침에 해후한 사사키와 타치바나 쿄코, 쿠요우인가 하는 외계인이 마음에 걸렸고, 그때에는 없었지만 다시 나타날 것 같은 미래에서 온 녀석도 현안이라 하면 현안이었지만 녀석들이 싸움을 걸러 오지 않는다면 한동안 내버려둬도 되지 않겠냐는 속내를 미리 말해 두겠다.

올 거면 와보라는 기개 정도는 하늘가재 애벌레가 번데기가 될 수준으로 내 마음속에서 자라고 있었다. 걸어오는 거야 전혀 문제없다. 하지만 보복의 대가는 비쌀 거다. 권투에서도 카운터의 위력은 단순한 스트레이트보다 강렬한 법이다. 내가 읽고 있던 권투 만화에서는 늘 그랬다. 그리고 하루히는 은혜도, 원수도 평등하게 두 배로 갚는 녀석이다.

세계사 연표는 웅변적이다. 뭘 하면 안 되는지 기원전부터 똑똑히 기록되어 있으니까.

아니, 괜히 말을 낭비해봤자 무의미하지.

내가 간결하게 하고 싶은 말은 단 하나—.

SOS단을 적으로 돌리면 무사하지 못할 줄 알라고.

점심시간, 나는 타니구치와 쿠니키다에게 양해를 구한 뒤 도시락을 들고 문예부실로 향했다.

학교를 돌아다녀봐도 이 시간에 가장 정체된 공기를 가습기처럼 뿜어대고 있는 곳이어서 나가토 유키는 예상할 것도 없이 예정한 행동 패턴을 그대로 준수하고 있었다.

"들어가도 되냐?"

자기 의자에서 외국 오컬트 책을 읽고 있는 나가토는 고개도 들지 않았다.

"……"

"여기에서 밥 좀 먹자. 교실은 좀 소란해서. 가끔은 차분하게 도시락을 먹는 것도 괜찮은 것 같아서."

"그래."

나가토는 오뚝이를 슬로 모션으로 찍은 필름처럼 고개를 들어 내게 스치듯 시선을 던진 뒤 다시 독서를 하기 시작했다.

"넌 벌써 다 먹었냐?"

"……"

끄덕, 가는 목이 희미하게 앞으로 기운다.

영 미심쩍지만 나가토에게 캐물어야 하는 건 점심에 관해서가 아니었다.

"쿠요우인가 하는 우주인 말인데."

나는 철제 의자에 앉아 도시락을 싼 천을 풀며 말했다.

"그 녀석은 우리들을 동사시키려던 녀석들의 부하지?"

나가토는 자신의 손바닥으로 책갈피를 대신하며 다시 나를 쳐다봤다.

"그래."

"이전에 네가 말한……, 으음, 너하고 비슷한 휴머노이드 어쩌고 하는 거냐?"

"아마도."

"그 녀석도 그거야? 하루히를 감시하러 온 거냐?"

나가토는 눈을 한 번 깜박일 정도의 시간을 소요한 뒤 말했다.

"모른다."

상호 이해는 불완전하다였던가.

"그렇다. 하지만 스즈미야 하루히의 정보 개변 능력에 관심을 갖고 있다는 건 분명하다. 이 행성에 휴머노이드 인터페이스를 파견한 의도 중 하나다."

나가토는 사무적으로 말했다.

"그들, 천개영역은—."

익숙하지 않은 단어라 나는 잠시 스톱을 걸었다.

"천개…뭐라고?"

"천개영역."

조용히 그렇게 발음한 나가토는,

"정보 통합 사념체가 잠정적으로 결정한 그들의 호칭이다. 커다란 전진. 지금까지 이름을 짓는다는 개념조차 없었다."

내가 젓가락을 든 채 나가토 유키라는 이름의 의미에 대해 생각하고 있는데,

"그건 우리가 봤을 때 꼭대기에서 왔다."

밋밋한 목소리가 부가 설명을 했다.

"꼭대기라는 건."

나는 천장으로 젓가락을 쳐들었다.

"저기냐?"

"……."

나가토는 7자리의 곱셈을 암산하는 정도의 시간을 보낸 뒤,

"저쪽."

동아리방 창 밖, 산 쪽을 가리켰다. 북쪽이라는 것밖에는 알 수 없었지만 어차피 전파 망원경으로 봐도 보이지 않을 존재다. 다가온 방향이란 아무래도 좋았다. 입지 방향을 따지는 건 음양사 정도다. 그보다는—.

"나가토, 그 바보 녀석들은 또 우리를 조난시켜놓고 같은 이공간에 던져넣을까?"

"현재까지는 그 징후는 보이지 않는다."

뒤쪽으로 팔을 들고 있던 나가토는 그 손으로 다시 페이지를 잡는 작업에 들어갔다.

"우리와 언어적 접촉이 가능한 인터페이스가 모습을 드러냈다. 한동안은 그녀에 의한 물리적 접촉이 주가 될 것이라 예상된다."

"그 녀석이…."

스오우 쿠요우라는 기분 나쁜 여자를 되새겨 보았다. 통합 사념체에게는 따지고 싶은 게 많이 있지만 인터페이스의 작성 센스만큼은 인정해주겠다. 나가토, 키미도리 선배, 그리고 아사쿠라도 넣어주지. 쿠요우에 비하면 그나마 나은 편이니까. 나가토는 담담히 말했다.

"스오우 쿠요우라 호칭되는 개체에 의한 단독 공격은 내가 방어한다. 너와 스즈미야 하루히에게 해를 끼치게 두지 않을 거다."

누구의 어떤 말보다 훨씬 믿음직스럽다. 하지만 나가토—.

내가 입을 열기보다 먼저 나가토가 반응했다.

"아사히나 미쿠루와 코이즈미 이츠키도."

그리고 나가토에게도.

"……."

나가토의 고정된 눈에 나는 눈에 힘을 주어 대답했다.

너는 자신을 넣지 않은 것 같은데 나는 다르고 하루히도 달라. 쿠요우든 천개영역이든 다른 그 누구든 너를 어떻게 하려들면 절대로 용서하지 않을 거다. 보호만 받는 건 재미가 없잖아. 내가 할 수 있는 일은 우주 먼지만큼 작을지 몰라도 그래도 뭔가 할 수는 있을 거야.

"……."

나가토는 말없이 페이지로 시선을 떨구었고 계기를 얻은 나는 점심을 먹기 시작했다.

처음에 맨션 708호실에 초대를 받은 그날과는 비교도

안 된다. 아무 말도 없는 침묵이 이렇게 안심이 되다니 말이다.

오후 수업이 모두 끝나고 종례도 마쳐 인사 신호를 받은 뒤 담임 오카베가 단상에서 내려오자마자 반 아이들도 웅성대며 자리에서 일어섰다. 청소 당번을 제외한 학생들은 오늘 이 교실에는 더 이상 볼일이 없었고, 나는 가방을 들고 일어나 귀가조인 타니구치, 쿠니키다 콤비와 작별 인사를 한 뒤 동아리 방으로 향하려는데 별것도 들어 있지 않은 가방이 갑자기 무거워졌다. 뒤를 돌아보니 하루히가 손을 뻗어 가방을 잡고 있었다. 대단한 손가락 힘이다.

"잠깐 기다려."

앉아 있는 하루히는 내 귀 옆을 바라보며 말했다.

"내일 수학 쪽지 시험있는 거 알아?"

"아…, 그랬지."

그러고 보니 지난주였나 수학 선생님이 미리 얘기를 했던 것 같기도 한데, 그런 사소한 일을 계속 기억하기에는 당시 선생님의 박력이 조금 부족했던 것 같다.

"역시 잊고 있었군. 그럴 줄 알았어."

하루히는 거칠게 콧방귀를 뀌었다.

"그러니까 너 혼자 SOS단의 단내 평균점을 깎아 먹는 거라고. 시험은 요령만 잘 익히면 얼마든지 점수를 딸 수 있으니까 그걸 확실하게 파악하라고."

네가 우리 엄마냐. 그보다 자리를 비키는 게 좋을 거다. 청소 당번이 귀찮아하잖아.

"무슨 태평한 소리를 하고 있는 거야? 너 수학 교과서 갖고 이리와."

하루히는 재빨리 일어나 나를 끌고 교탁으로 갔다. 몇 명의 청소 당번은 이미 익숙한 광경인지라 나와 하루히에게는 눈길도 주지 않는다. 묘한 웃음을 짓고 있는 게 마음에 걸린다만. 내 교과서를 빼앗아 든 하루히는 교탁에 거칠게 책을 펼쳤다.

"이 9페이지, 예제2는 반드시 나올 거니까 기억해둬. 이 계산식도. 전형적인 문제니까 요시자키라면 틀림없이 낼 거야. 필기는? 공책 줘봐."

연이은 주문에 어쩔 수 없이 따랐다.

"이게 뭐니? 중간까지밖에 안 썼잖아. 너 뒤에 졸았지."

뭐 어때. 너도 오늘 고문 시간에 잤잖아.

"자도 된다고 판단했으니까 잤지. 안 들어도 아는걸. 너는 모르잖아. 알겠어? 너는 특히 이과가 끝장이니까 주력해야 할 부분은 그렇게 해야 해."

하루히는 내 샤프로 교과서 문제에 밑줄을 그었다.

"최소한 해야 할 걸 가르쳐줄 테니까 머리에 넣어둬. 답만 외우면 안 돼. 시험에서는 숫자를 꼬아서 내니까. 일단 여기랑 여기."

이렇게 나는 한동안 선 채로 교탁을 사이에 두고 하루히의 임시 강의를 듣게 되었다. 이해심 많은 청소 당번들

은 흔쾌히 우리를 무시해주었고 우리도 그렇게 했다. 어째 쪽 팔린다. 동아리방에서 해도 됐잖아.

"바보구나. 동아리방은 동아리 활동을 하는 곳이지 공부를 하는 곳이 아니야. 확실히 구별을 해야지. 재미있는 일을 하는 시간에 재미있지도 않은 일을 하면 흥이 깨지잖아."

하루히는 시시하다는 듯이 출제 예상문제를 지적하고 세세한 풀이 방법을 말하고 마지막으로 내가 모든 문제에 정답을 낼 때까지 나와 교탁을 놓아주지 않았다.

"뭐, 이 정도면 되겠지."

샤프를 굴리며 교과서를 닫은 것은 내 뇌가 시간 외 노동에 대해 불만을 터트리기 5분 전이었고 청소를 마친 반 친구들이 이미 사라진 뒤였다.

"이런데 내일 시험에서도 평균 이하라면 방법이 없어. 외과 수술이 필요할 거다. 가능하면 중간고사 때까지 기억해봐."

보장은 못 하겠다. 그런 미래의 일까지 신경을 쓸 수 없는걸. 나는 빼곡히 필기가 된 가엾은 교과서를 가방에 던져넣고 도전하듯 기운 넘치는 하루히의 눈동자를 내려다보았다. 뭐라고 말이라도 해줄까 싶었지만 아무 말도 나오지 않아 대신 고개를 위아래로 움직였다.

"아무튼 이걸로 내일은 넘어갈 수 있을 거야. 만약 반도 못 풀면 단장으로서 훈시 처분을 내릴 거다. 그렇게 되면 내가 네 전용 문제를 만들어야 하는 거야. 날 번거롭게 만들지 마."

하루히는 자기 책상으로 걸어가 가방을 들었다.

"멍하니 있지 말고 어서 가자. 애들이 기다리다 목이 빠지겠다."

그 세 사람만큼 느긋하게 기다려줄 존재도 없겠지만 나도 처음부터 그럴 생각이었다.

재빨리 걸어가는 하루히의 어깨 근처에서 흔들리는 머리카락을 쫓아갔다. 솔직히 말하자면, 나는 내일 쪽지 시험을 망각의 저편으로 던져버렸던 건 아니었다. 수학 수업 전의 쉬는 시간에라도 쿠니키다한테 가르침을 구하려 생각하고 있었을 뿐이었다.

그랬던 예정이 오늘, 하루히로 시간과 인물이 바뀌었을 뿐이지만. 으음, 뭐랄까, 이런 것이야말로 아무래도 좋은 일로 분류되는 거겠지. 복도를 앞서가는 하루히를 따라잡기 위해서는 큰 걸음으로 열 걸음이 넘게 필요했다.

바람을 가르듯 걸어가는 하루히의 발걸음은 평소처럼 괜히 기세만 좋은 것이 마치 고양이 캔 따는 소리를 들은 샤미센과 같아 그 신장의 반은 될 법한 보폭에 맞추기 위해서는 나도 다리 근육에 풀가동을 명령해야 했다.

덕분에 순식간에 동아리방 앞에 도착했고, 하루히는 노크도 없이 문을 밀고 들어가 한 걸음 들어선 시점에서 겨우 걸음을 멈추었다.

"아, 스즈미야 씨, 콘."

도도도 달려나온 아사히나 선배는 어찌 된 영문인지 메

이드 복장이 아니라 평범한 교복 차림이었다.

약간 난처한 표정을 짓고 있는 미래 소녀는 어딘지 모르게 힘없고 불안한 목소리로 말했다.

"기다리고 있었어요. 부르러 가려던 참이었는데. 아, 저, 기다리고 있던 건 제가 아니라, 저."

하루히가 움직이지 않아 나는 고개를 뻗어 세일러 교복 너머로 내부를 살폈고,

"윽."

그만 괴상한 소리를 내고 말았다.

나가토가 한쪽 구석에서 책을 읽고 있고 코이즈미가 탁자에서 미소를 짓고 있는 건 일상 자체이니 가볍게 무시하더라도, 예상치 못한 일이 일어나 있었다.

아사히나 선배는 동아리방을 돌아보며 말했다.

"다들 기다리고 있었어요. 찻잔이 부족해서 차도 못 내고, 아, 30분 전쯤부터 차례로…. 저는 어떻게 해야 좋을지 몰라서…."

난처해하는 표정도 잘 이해가 간다.

동아리 방은 완전히 정원 초과 상태였다.

실내화 색깔을 확인할 필요도 없었다. 아마 1년 전의 우리들과 같은 분위기를 띄고 있을 거다. 뭐랄까, 신선하다는 표현은 너무 상투적이지만.

1학년 남녀 학생들이 문예부실 내부를 빼곡히 메웠다.

그 수는 약 열 명.

모두 나와 하루히를 보며 묘한 미소를 짓고 있었다.

긴장된 분위기 속에서 하루히가 마침내,

"…혹시 입부 희망자야?"

아사히나 선배와 코이즈미의 대답보다 먼저 터져나온 것은,

"네!"

남녀 혼합 약 열 명의 합창 소리였다.

근거를 알 수 없는 희망으로 가득 찬 신선한 합창 소리를 듣고 나의 입은 누구와도 합창할 일이 없는 대사를 토해냈다.

"이런, 이런."

β-5

월요일. 아침.

어제 그런 일이 있었던 탓에 오늘 내 가슴속은 복잡했지만 표정까지 복잡하게 지을 수는 없는 노릇이었다. 만능 칼처럼 날카로운 감을 자랑하는 하루히니 괜히 내 생각을 곡해해서 360도를 돌아 정답을 맞힐지도 모른다.

최소한 산뜻한 가면을 쓰고 있어야지.

다행인지 불행인지 나보다 먼저 왔던 하루히는 왠지 맥이 풀린 모습으로 책상에 털퍽 엎어져 있었다.

이제 와서 통학고의 평일 강제 하이킹에 지쳤을 리도 없고 심야 영화라도 보다 수면 부족이 됐거나 그런 거겠지.

마침 잘 됐다. 나는 힘을 잃고 있는 단장이 편히 쉬길

바라는 마음으로 가능한 한 조용히 자리에 앉아 조심스레 가방을 옆에 놓았다.

등 뒤에서 하루히가 살짝 고개를 드는 듯한, 머리카락과 옷이 스치는 소리를 들으며 분필로 더럽혀지지 않은 칠판을 바라보았다.

예비종이 울리고 담임 오카베가 힘차게 들어올 때까지 나는 그렇게 가만히 있었다.

수면 부족이라면 사실 나도 그랬다. 어제 오랜만에 요상한 프로필을 가진 사람에게서 비현실적인 장소 이동을 강요당한 덕분에 머리가 맑아져 잠이 잘 오지 않았다.

밤중에 전화가 울리진 않을까 긴장한 탓도 있었다.

그래서일 거다.

2교시 수업, 고문 수업 때 나는 고개를 끄덕거리기 시작했다. 회피할 수 없을 정도로 강렬한 수마는 교실을 비추는 봄 햇살의 사주를 받은 것이리라. 뒤에서는 이미 하루히가 숨소리를 내며 자고 있으니 수면 학습 임상자가 한 명 더 는다 해도 아무 문제도 없겠지…….

…안 되겠다. 정말 수마 중에서도 최상급의 녀석이 왔어….

이내 나는 단시간 수면의 마의 손길에 빠졌고 하필이면 꿈까지 꿨다.

실제로 있었던 사건의 추체험(주20)이다….

중학교 3학년…의 어느 날의 기억.

주20) 추체험 : 다른 사람의 체험을 마치 스스로가 체험한 듯이 느끼는 일.

....

....

...

아무래도 평화롭고 따분하기 그지없는 일상을 10년이 넘게 보내는 사이에 문득 정신을 차리고 보니 불온한 생각을 하고 있는 자신을 발견하고 깜짝 놀라는 경우가 있다.

예를 들어 어떤 군대가 오발사한 미사일이 잘못해서 떨어지지는 않을까 하는 거라든가, 낙하한 인공위성이 다 타지 못한 채 일본 어딘가에 직격하지 않을까 하는 생각. 엄청나게 커다란 운석이 떨어져 세계가 미증유의 대혼란에 빠지지 않을까 하는 생각—지금의 생활에 절망을 느끼다 못해 대재앙을 바라는 건 아니지만 자꾸 그런 생각을 하게 되는 것이다.

그런 걸 반 친구인 사사키에게 말하자,

"콘, 그건 엔터테인먼트 증후군이라는 거야, 만화나 소설을 너무 본 거다."

평소처럼 예의바른 미소를 지으며 해설을 해주었다. 못 들어본 말이다. 당연히 나는 물었다. 그게 대체 뭐냐고.

"못 들어본 것도 무리는 아니지. 내가 방금 만든 말이니까."

라고 말한 뒤,

"현실은 네가 좋아하는 영화나 드라마, 소설이나 만화와 같지 않아. 그게 네게는 불만이겠지. 엔터테인먼트의 세계에 있는 주인공들은 어느 날 갑자기 비현실적인 현상에 직면하고 불합리함을 느끼며 쾌적하다 말하기 힘든 상황에 놓이게 돼. 대개의 경우 그런 이야기의 주인공은 지혜와 용기, 숨겨진 능력, 혹은 의도하지 않은 능력을 꽃피워 현재 상황을 타파하려하지. 하지만 그건 어디까지나 픽션의 세계에서만 일어날 수 있는 이야기야. 왜냐하면 픽션이기 때문에 그런 이야기는 엔터테인먼트로 성립하는 거니까. 영화나 드라마나 소설이나 만화 같은 세계가 일상에서 보편적으로 볼 수 있는 것이라면 그건 엔터테인먼트가 아니라 다큐멘터리지."

이해가 갈 듯 말 듯한 이론이었기에 나는 솔직히 그렇게 말했다. 사사키는 목 안쪽에서 쿡쿡 웃었다.

"그러니까 현실이란 이렇게 확고한 법칙에 의해 지탱되고 있다는 소리야. 아무리 기다려봤자 우주인은 공격해오지 않고 고대의 사신이 바다 속에서 되살아나지도 않아."

그걸 어떻게 아냐? 절대로 있을 수 없는 일이 이 세상에 있다는 말이냐. 적어도 거대 운석이 지구에 부딪힐 확률은 제로가 아닐 거라고.

"확률이라고 했어? 야, 콘. 확률이라는 말을 꺼내면 확실히 불가능한 일은 아무것도 없어져. 예를 들어—."

사사키는 교실의 벽을 가리켰다.

"네가 저 벽에 있는 힘껏 돌진해 옆 교실로 빠져나가게 되는 일도 확률상으로는 제로가 아니야. 아, 벽을 빠져나간다는 건 불가능하다고 말하고 싶은 표정인데. 하지만 그렇지 않아. 양자역학적 미크로의 세계에서는 절대로 전자를 통과하지 않는 절연체로 차단되어 있음에도 전자가 그 물체를 통과해 다른 장소에 나타나는 일이 자주 있거든. 터널 효과라는 건데. 그걸 근거로 생각하면 네 몸을 구성하고 있는 원소도 근원을 따지고 보면 전자와 같은 입자에 불과하니까 마찬가지로 저 벽에 부딪치지 않고 빠져나가는 것도 불가능하지는 않은 거지. 단 1초에 한 번 몸을 부딪쳐서 151억 년이 걸려도 성공하지 못할 정도의 확률이긴 하지만, 그건 바로 불가능이라 해도 되지 않을까?"

대체 우리는 무슨 대화를 하고 있는 걸까. 사사키의 이야기를 듣고 있다 보니 내가 하고 있던 생각이 점점 불명료해지고 속은 기분으로 대화가 끝나버리는 것은 늘 있는 일이었다.

사사키는 단정한 얼굴에 부드러운 미소를 지으며 정면으로 나를 쳐다보았다.

"그리고 콘, 만약 비현실적인 이야기 세계의 공간에 던져진다 해도 네가 픽션의 주인공들처럼 타이밍 좋게 활약을 할 수 있는가는 의문이라 할 수밖에 없어. 그들이 왜 지혜와 용기와 숨겨진 힘과 능력을 구사해 역경을 타파할 수 있는가 하면 그건 그렇게 제작되었기 때문이야. 그럼 네 제작자는 대체 어디에 있는 거니?"

아무 말도 못 했던 기억이 난다.

이상은 지금으로부터 2년 전의 6월의 어느 날, 중학교

3학년 때 교실에서 사사키와 내가 나눈 대화다. 사사키와 는 그 봄에 처음 같은 반이 되어 알게 됐는데 묘하게 말이 통해 자주 잡담을 나누는 사이가 되었다. 엘러리 퀸의 국 명 시리즈를 전부 읽은 학생은 내가 아는 한 사사키 한 명 밖에 없었다. 참고로 나도 안 읽었다. 어떤 이야기인가는 사사키가 재미있게 얘기해준 줄거리를 통해 알았다.

사사키와는 올해 들어 내가 억지로 다니게 된 학원에 서도 같은 코스를 듣는다는 인연도 있어 점심시간에 같이 급식을 먹을 정도로 친했다고 하면 대충 상상이 갈 것이 다. 나는 기본적으로 밥은 만화 잡지라도 보며 혼자 먹는 것을 좋아하는 타입이었지만 이 녀석하고는 태연히 식사 를 할 수 있었다. 단 학교와 학원 이외의 접점은 전혀 없 었다. 친한 친구냐고 묻는다면 아니라고 대답할 것이다.

사사키는 옆자리에서 몸을 내밀어 내 책상에 팔꿈치를 괴고 있었다. 반짝반짝 빛나는 두 개의 검은 눈동자가 단 정한 눈코입 속에서 유난히 두드러져 보였다. 빙빙 돌려 복잡하게 말하는 말투를 고친다면 아마 인기가 있을 거 다.

시험삼아 그 생각을 말해보았다.

"재미있는 말을 하는구나."

사사키는 터지려는 폭소를 참는 듯한 얼굴로 말했다.

"인기가 있느냐 없느냐가 인생에서 문제시되는 이유를 모르겠어. 나는 언제 어디 어떤 때에도 이성적이며 논리 적이고 싶어. 현실을 있는 그대로 받아들이려면 정서적이고 감정적인 사고 활동은 방해가 되는 잡음에 불과해. 감정이란 건 인류의 자율 진화의 길을 저해하는 조악한 차폐물에 불과하다고 느껴지는걸. 특히 연애감정이란 정신병의 일종이야."

그러냐?

"옛날에 그런 말을 했던 사람이 있었어. 풍부한 시사 지식을 갖춘 말이라 지금도 기억하는 부분이야. 어쩌면 애정이 없으면 결혼할 수 없다. 아이를 가질 수 없다는 미친 소리를 하고 싶은 건 아니겠지."

나는 침묵했다. 나는 무슨 말을 하고 싶은 걸까.

"야생동물을 보면 알 거야. 그들 중에는 분명히 자식을 아끼고 지키고 잘 키우는 것처럼 보이는 종류도 있어. 하지만 그건 애정에 의한 게 아니야."

사사키는 입꼬리만을 일그러뜨렸다. 짐짓 사악해 보이는 미소다. 질문을 해주길 바라는 것 같아서 나는 그렇게 했다.

"그럼 뭐에 의한 건데?"

사사키는 말했다.

"본능이지."

여기에서부터 본능과 감정은 다른 것인가, 일체화한 것인가, 일체화했다면 분리가 가능한가 등등의 일방적인 설명을 한참동안 들었고, 어느 사이엔가 성선설과 성악설의 상이점에 대해 수사적인 관점에서 분석하는 문제로 전환될 즈음해서 내 책상 위에 제3자의 그림자가 드리워졌다.

우리와 같은 반이었던 미화위원 오카모토가 진로 희망용 지를 갖고 나타난 것이다….

…….

……….

…………….

경쾌한 종소리가 울리자 내가 들은 것은 그 마지막 후렴구뿐이었다.

오카모토의 얼굴을 떠올리기 전에 나는 눈을 떴다. 그러고는 순간적으로 현재 위치를 확인했다. 키타고의 2학년 5반 교실. 어느 틈에 쉬는 시간이 되었다. 하루히는 아직 꿈을 꾸고 있나보다. 조용하고 규칙적인 숨소리가 들렸다.

나란히 조는데 용케 지적을 안 당했다. 기적에 가깝다. 깨달음을 얻은 교사가 포기를 했다면 하루히는 기뻐하겠지만 학업실력이 뛰어나지 못한 나는 대놓고 기뻐할 일은 아니다. 이래봬도 진학이 목표이고, 적어도 부모님은 그런 생각이시지.

펼쳐놓은 교과서를 베개로 삼았던 탓에 얼굴에 자국이 남아 있지 않나 문질러 보는 사이, 나는 방금 꾼 꿈의 내용을 거의 기억에서 놓쳐버렸다. 어라? 뭔가 중요한 말을 들었던 것 같은데. 사사키가 나왔던 건 기억이 나는데 무슨 대화를 나눴는지는 잘 기억이 안 난다.

나는 내 관자놀이에 알밤을 먹였다. 아얏.

이게 현실이고 방금 그게 꿈이다. 당연하다는 말은 하

기 쉽다. 하지만 나는 가끔 지금 여기에 있는 세계가 분명한 현실임을 굳건히 확인할 필요가 있었다. 소극적인 추억에 계속 집착하는 무의식에 활기를 불어넣어줘야 한다.

사사키와 쿠요우와 타치바나 쿄코 일행도 현실이라 하면 좀 그렇지만, 내 위치는 그쪽이 아니라 어디까지나 이쪽이다. 현재 내 바로 뒤에서 잠을 탐하고 있을 단장님이 있는 쪽이다.

절대로 잊어서는 안 되고 잊을 리도 없는 현실이다.

만에 하나 파괴된다면 무슨 짓을 해서라도 복구시킬 거다. 그게 내가 가진 모든 결의다.

누가 시킨 것도, 누구를 위해서도 아니다. 나는 분에 맞지 않게도 정의의 기사나 박애주의자라 자칭할 생각은 없으니까. 그러니까 그건 궁극적으로 나 자신을 위해서인 것이다. 그렇게 정했다. 작년 산타스틱 무렵에 말이다.

점심시간이 되어 하루히가 교실을 비우자 나는 타니구치와 쿠니키다와 책상을 끼고 점심시간을 한껏 만끽했다.

옛 친구들과 어울리는 건 딱히 내 교우록 명부에 새 이름을 기재하기가 귀찮아서가 아니라 말하자면 이 둘은 나름대로 괜찮은 친구였기에 이제 와서 거리를 두고 싶다는 생각이 들지 않아서였고, 이 또한 제대로 된 반 편성을 하지 않은 학교 당국에 책임을 묻고 싶다. 그래서 나는 앞으로 1년간 이 녀석들과 교우관계를 유지하며 지내기로 했다.

"콘, 이거 물어봐도 될까?"

쿠니키다가 연어 구이에서 꼼꼼히 껍질을 벗기며 맹한 얼굴을 들었다. 너무나도 자연스러운 말에 나는 곧바로 대답했다.

"뭔데?"

"최근에 사사키랑 만났어?"

입에 넣은 매실절임을 통째로 삼킬 뻔했다.

"…왜?"

설마 스도우의 동창회 연락망이 쿠니키다한테까지 도달한 건 아니겠지.

"요전에, 그래봤자 4월 초인데."

쿠니키다는 젓가락질을 잠시 쉬었다.

"학원에서 한 전국 모의고사를 보러 갔거든. 거기에서 봤어. 대화도 안 했고 그쪽은 날 봤는지도 모르겠더라만."

왜 이제 와서 그런 걸 떠올리는 거냐. 새 학기가 시작된 지 제법 시간도 흘렀는데.

"모의고사 결과가 어제 왔거든. 순위가 적힌 거 말이야. 내가 몇 위에 있는지 이름을 찾아보고 있는데 나보다 위에 걔 이름이 있잖아. 역시 대단하더라. 종합점수에서 나보다 훨씬 높은 점수를 받았더라고."

쿠니키다는 다시 젓가락을 움직였다.

"그래서 나는 생각했지. 다음에는 개보다 위에 올라가겠다고. 목표선이야. 가상의 라이벌이지. 아마 사사키의 순위는 크게 변하지 않을 테니까 그 이름보다 위에 올라

가면 내 실력을 판단할 수 있을 거야. 콘 너라면 알지 않을까 싶었거든. 사사키가 지망하는 대학은 어딜까?"

"몰라."

재빨리 이 대화를 끝내야 한다. 안 그러면,

"오, 그거 귓가를 팍 때리는 말인데."

타니구치가 능글맞게 웃으며 말했다.

"사사키라고? 그거 걔냐? 콘이 중학교 때 친하게 지냈던 그 여자애?"

거봐, 물고 늘어지기 좋아하는 녀석이 미끼를 바늘째로 삼켰잖아.

내가 거부권을 발동해 무언교의 신도가 되어 도시락을 먹는 것을 무시한 채 타니구치는 호기심을 훤히 드러낸 고양이처럼 몸을 앞으로 쭉 내밀었다.

"걔 어떤 여자냐?"

"귀여운 애야. 머리도 좋고, 이상하다면 이상하긴 하지만. 글쎄. 걔는 의식적으로 묘한 부분을 연기하고 있는 게 아닐까 싶어. 음, 괴짜였지."

사사키도 너를 괴짜라고 했었는데. 잘 어울리네.

"그래? 하지만 의미가 다르지 않을까? 사사키는 자각하고 행동하는 거지만 나는 그렇게 지적을 받아도 이해를 못 하니까. 하지만 걔는 자기를 잘 알고 있더라. 알면서 자기를 틀에 집어넣으려고 그러는 것 같았어. 그 틀 안에서 절대로 빠져나오려 하지 않는 것 같달까."

확실히 말투부터 네모반듯한 틀에 박혀 있기는 했다만.

"지금도 그런지 조금 궁금하더라. 왜 사사키는 유명한 진학교로 갔잖아? 거긴 남자애들이 많을 텐데 자기를 틀에 넣은 채로는 너무 피곤하지 않을까 걱정이다."

쿠니키다가 딱히 걱정하는 것 같지도 않은 말투로 말하자 타니구치는 브로컬리를 입에 넣으며 말했다.

"걘 내 영업 범위 밖이군. 괴짜라면 지긋지긋하다. 스즈미야도 그렇고, 아니, 스즈미야는 처음부터 관계없지만, 왜 어째서 나는 평범하고 귀여운 여자애랑은 인연이 없는 걸까. 2학년도 되었으니 후배들을 노려보는 게 좋을 것 같은데 도통 접점이 없단 말이지. 올 여름까지는 어떻게든 해야 하는데."

중간에서부터 말이 빨라진 타니구치는 마음대로 하라는 말밖에 하지 않았지만, 사사키와는 어제 만났었고, 기이한 세 마리 까마귀를 동반한 기괴한 회합을 가졌던 나는 식욕이 떨어졌다. 쿠니키다와 사사키가 의외의 접점을 갖고 있었던 건 우연에 불과하겠지만 이렇게 타이밍 좋게 사사키의 이름을 들으니 예감과도 같은 비과학적인 징조를 느끼지 않을 수가 없었다. 마치 줄거리를 쓴 누군가가 잊지 말라고 가르쳐주는 것 같은 너무나도 부자연스러운 위화감이 느껴졌다.

경고인가? 어제 받은 느낌으로는 사사키는 물론이고 후지와라나 타치바나 쿄코에게도 위압감이나 협박하는 느낌은 없었는데. 쿠요우도 그렇고. 그 녀석은 괜히 기분이 나쁘긴 했지만 우리한테는 나가토가 있고 키미도리 씨까지 나타나셨다. 덕분에 나는 느긋하게 여유를 가질 수 있었다.

생각해봐라, 우리 SOS단은 뭐니 뭐니 해도 하나로 뭉쳐져 있다. 하지만 녀석들은 그렇지 않은 것 같았다. 코이즈미만큼 구심력이 없어 보이는 초능력자에 아사히나 선배(대)보다 자기중심적으로 보이는 미래에서 온 녀석, 지구의 예의를 하나도 모르는 것 같은 신참 우주인, 이 세 명의 결속력은 보는 그대로 약해 보였다. 게다가 무엇보다도 떠받들려는 사사키가 협력적이지 않았다.

맞설 적이 없는 상태인 하루히에 대항하기에는 좀 부족해 보인다. 좀 더 작업을 한 뒤에 올 것이지 지금은 영 어중간하다. 무슨 생각인 걸까? 타치바나 쿄코의 그런 설득으로 내가 지반도 약한 정치가처럼 흔들릴 거라고 생각했다면 사람 잘못 봤다고.

푹 잤는데 너무 자서 오히려 무거워진 아침처럼 답답한 기분을 느끼며 나는 점심을 삼키는 작업을 재개했다.

타니구치의 화제는 1학년 중에 누가 AAA급인지로 옮겨갔지만 내 관심 밖의 얘기였다. 어차피 SOS단에 희망자가 올 일은 없을 테니까. 사사키의 말에 따르면 스즈미야 하루히와 SOS단의 용감무쌍한 모습은 이미 근처 지역의 외부인에게까지 널리 알려져 있을 테니까 말이다.

그날 방과 후 나와 하루히는 종례를 마친 담임 오카베가 교탁에서 내려온 것과 동시에 자리에서 일어나 재빨리 교실에서 나왔다.

평소처럼 동아리방으로 갈 줄 알았는데,

"콘, 먼저 가 있을래? 나는 잠시 들릴 데가 있어."

하루히는 가방을 어깨에 걸치고 내던진 컬링(주21) 돌보다 매끄러운 발걸음으로 달려나갔다.

설마 타니구치보다 예리하게 AAA급 플러스의 1학년을 발견해 또다시 납치하러 간 건 아니겠지 생각했지만. 그래도 별수 없지, 하루히 좋을 대로 하게 놔두자고 달관한 지 벌써 몇 년인데, 느긋하게 동아리 방 건물로 향하기로 했다.

운동부에 들어간 1학년은 벌써부터 동아리 활동을 시작했는지 작년까지 3학년의 학년 컬러였던 색의 운동복이 운동장에 보이고 복도에서 스쳐 지나가기도 하는 모습이 신선했다. 신선하다는 건 너무 흔한 표현이지만 달리 표현할 말이 없잖아.

문예부에도 와주면 나가토도 조금은 선배처럼 행동할 수 있어 좋을 텐데. 연간 3백 권은 읽고 있을 지구산 서적 광 우주인 인터페이스가 아닌가. 후배가 생겼다 해도 일상에 투명 보호막을 치고 있는 나가토가 기뻐할 것이라 생각되지는 않았지만 혼자 묵묵히 읽을 책을 찾는 것보다 독서 감상 동료가 늘어나면 구입한 책을 대여할 수 있어 편리할 거다. 나한테는 다 읽은 책에 관해 의견 교환을 하는 기술이 없었고, 그리고보니 책을 빌리기는 해도 빌려준 적은 없었다. 기념일에 도서상품권이라도 보내는 게

주21) 컬링 : curling. 얼음 위에서 돌을 미끄러뜨려 표적에 맞히는 경기.

좋으려나.

나는 매번 노크와 실내에서 들려오는 대답의 유무 확인을 게을리 하지 않는다. 아무 소리도 없는 반응. 동아리방 문을 연 나는 그곳에 아무도 없는 것은 확인했다. 첫 타자라니 드문 일이다.

가방을 탁자에 던져놓고 철제 의자에 앉았다. 일말의 쓸쓸함을 느끼며 왜 그런 느낌인 걸까 생각하다 문득 깨달았다.

그래. 거의 상주하는 게 아닐까 싶을 정도로 언제나 여기에 있던 나가토가 안 보여서 그렇다.

뭐, 그 녀석도 청소 당번이나 종례가 길어질 수도 있을 테니까. 아니면 컴퓨터 연구부에 출장을 갔나.

다른 네 명을 기다리는 동안, 나는 나가토가 읽고 있던 것으로 보이는 하드커버 책을 탁자에 들어 적당히 열려 있던 페이지의 문장을 눈으로 좇았다. 돌아갈 곳을 영원히 찾고 있는 장치가 어쩌고 하는 이야기인 것 같았다.

α-6

몇 초를 딱딱하게 굳은 뒤 하루히가 내린 명령은 실내에 있던 아사히나 선배와 나가토를 제외한 모두를 복도로 내쫓는 것이었다. 이유는 간단했다.

"미쿠루, 일단 옷부터 갈아입어. 물론 메이드복이야. 차이나 드레스는… 아마 좀 분하지만 사이즈가 안 맞을 거야. 아쉽지만 말이지. 좋아, 나중에 준비해줄 테니까 지금은 참도록 해."

"네, 지금요?"

아사히나 선배는 세일러 교복의 어깨를 끌어안고 부들부들 떨었지만, 남녀가 뒤섞인 1학년들 무리가 지나칠 정도로 순순히 동아리방을 나가는 것을 보고,

"하아…."

파랑새처럼 고개를 갸웃거렸다. 하루히가 재빨리 손가락을 흔들었다.

"미쿠루, 너는 SOS단의 뭐지? 이젠 다 알고 있을 줄 알았는데. 혹시 모르니까 말해봐."

"으음, 저기요, 저는…? 어? 뭐였더라…?"

선배가 자신 없는 표정으로 하루히를 올려다보자 자신을 믿는 데에 있어서는 미친 신흥 종교 교주보다 더할 오만불손하며 천벌을 받을 단장은 작은 동물 같은 3학년생의 코 끝에 손가락을 대고 낭랑한 목소리로 말했다.

"마스코트야, 마스코트. 미쿠루는 파이어 캐릭터가 아니면 말이 안 되지. 물론 그게 다는 아니지만. 하지만 바탕에 깔린 건 그런 요소야. 이런 건 확실하게 정해두지 않으면 기둥이 흔들리는 법이거든. 그러니까 임시 가입 접수를 받을 때도 그랬잖아? 이해하기 쉬운 상징으로 너는 여기에서는 메이드여야 해. 안 그러면 신입 부원 후보들도 당황할 테니까. 첫인상이 중요하다고. 우훗, 내가 보장한 거니까 미쿠루한테는 천성적인 재능이 있어. 너는 자신을 갖고 메이드 캐릭터를 표현하도록 해. 알았지?"

하루히는 무슨 꿍꿍이를 갖고 있는 것이 명백한 미소를 지으며,

"잠깐만 기다리고 있어. 저 애들 돌려보내면 안 된다. 이제 SOS단 설명회를 할 거니까. 도망치려는 녀석은 서슴지 말고 마취총을 쏴서 포획해놔." 라고 말한 뒤 문을 닫았다.

차폐벽이 된 문 너머에서 옷자락이 스치는 생생한 소리와 "우와앗, 아흑? 스즈미야씨…, 간지러…, 꺄하하" 등등의 아사히나 선배가 울고 웃는 자극적인 소리가 새어 나올 뿐, 나와 코이즈미는 딱히 할 일도 없이 복도에 오도카니 서 있는 1학년들을 바라보는 작업에 종사했다.

이참에 도망치면 될 것을 열 명 남짓한 1학년들은 호기심과 기대감으로 눈을 빛내며 하루히의 말을 따라 해산하지 않았다. 세어보니 모두 열한 명이었다. 남자가 일곱 명에 여자가 네 명으로, 녹색선이 들어간 새 실내화가 그들이 고등학생이 된 지 불과 한 달도 안 됐다는 사실을 증명해주고 있다.

뭐라도 말해두는 게 좋을까. 이렇게 먼저 인생을 살아온 사람으로 충고라도 말이다.

코이즈미를 보니, 부단장인 완전 명예직에 앉아 있는 잘생긴 소년은 일상적인 미소를 가장한 채 태연히 서 있었다. 여유 있어 보이는 눈빛과 느긋한 표정을 볼 때 이 안에 코이즈미의 수하가 숨어든것 같지는 않아 보인다.

어느 학교의 동아리 활동에서나 흔히 볼 수 있는 광경,

가입 희망자의 동아리방 견학이라는 행사의 일환인가. SOS단은 제대로 인허가를 받은 단체도, 동아리도 아닌데, 이 녀석들 그걸 확실히 알고 있는 걸까?

"그 이외에는 없을 겁니다."

코이즈미는 내 귓가에 속삭였다.

"제가 아는 한에서는 여기에 계신 젊은이들에게 다른 흑심은 없습니다. 모두 순수하게 단원으로 SOS단에 참가하고 싶다는 생각을 갖고 있다는 건 명백합니다. 적어도 초능력자나 우주인이나 시간여행자는 섞여 있지 않아요."

그렇게 단언하는 걸 보니 근거가 있겠지. 타치바나 쿄코와 미래에서 온 녀석이랑 스오우 쿠요우가 나타났는데 그 녀석들의 동료가 키타고에 잠입해 SOS단에 파고들려 한다 해도 전혀 이상할 일이 아니라고.

"모든 신입생의 신원 조사를 했거든요."

코이즈미는 태연히 말했다.

"그리고 타치바나 쿄코 일파가 오지는 않을 겁니다. 우리 '기관'이 눈을 빛내고 있으니까요. 그리고 쿠요우 씨 측의 인터페이스가 있다면 나가토 씨가 아무 반응도 보이지 않을 리가 없어요. 미래에서 온 사람이 섞여 있다면 오히려 잘 된거죠. 잡아서 진의를 알아내는 겁니다. 하지만 안타깝게도 여기에 모여 있는 분들 중에 미래에서 온 사람으로 의심되는 인물은 없어요."

유쾌해 보이는 미소를 그대로 유지한 채 코이즈미는 열 명 남짓한 착생을 재빨리 살폈다.

"현재 문제가 될 사람은 없습니다. 뭔가 문제가 있다면 —."

더욱 목소리를 낮춘 코이즈미의 속삭임은 나밖에 못 들었을 거다.

"스즈미야 씨가 단원으로 인정한 사람에게만 발생합니다. 단원을 아무 근거도 없이 우리들의 동료에 끼워주려 할 리가 없으니 누구를 선택할지, 어떻게 선택할지가 문제예요. 한 명이라도 남는다면 감지덕지죠. 순수하게 우리들과 놀고 싶다는 뜻을 가진 싹수 있는 1학년들, 일반적인 인간인 그들에게는 가엾은 일이지만요."

자진해서 사자 우리로 뛰어들려는 초보자가 있다면 일단 막아보겠지만, 그게 너무 늦었다 해도 나는 모르는 일이다.

시선을 살짝 움직여 관찰하니 한 다스가 채 안 되는 1학년들은 겉보기에는 어떤 특별한 점 없어 보였다. 지극히 평범하고 어려 보이는 건 지난달까지 중학생이었다는 편견이 들어간 탓일까. 쑥스러움을 숨기려는 듯 웃고 있는 녀석도 있었고, 속닥거리며 귓속말을 하고 있는 여자애 둘도 있었고, 특히 여자들의 시선이 나와 코이즈미를 품평하는 듯한 기분이 드는 건 내가 의식하지 않을 수 없는 콤플렉스 때문인 거냐?

내가 가만히 서 있는데,

"자, 기다렸지!"

열풍으로 착각할 정도의 기세로 문이 열리고 하루히가

다들 들어오라고 손을 흔들었다.

"다들 들어와도 돼. 그리고 쿈, 의자가 부족하니까 사람 수대로 어디 가서 빌려와라. 컴퓨터 연구부나 다른 동아리방을 돌아보면 그 정도는 있을 거야."

정말 나를 잡일꾼으로 부려먹고 싶은가보다.

"뭐야, 투덜대지 말고 어서 가! 거기 1학년들은 안으로 들어와! 어서, 어서. 자, 빨리!"

척척 추상적인 지시를 내리는 하루히였다.

"저도 돕죠. 열 명 몫의 의자를 가져오는 건 한 번 왕복하는 걸로는 부족할 겁니다."

코이즈미가 벽에서 몸을 뗐고 나는 할 수 없이 하루히에게 고개를 끄덕이고는 재빨리 실내로 시선을 던졌다.

아사히나 선배가 탁자 옆에 메이드 차림으로 서 있었다. 방에 있는 사람들이 남녀 비율이 일시적으로 역전한 사태 때문인지 낯을 가리는 양가집 규수처럼 부끄럽다는 표정으로 몸을 웅크리고 계시다. 한편 나가토는 자신의 위치 정보와 운동 에너지를 무엇 하나 바꾸지 않고 있었다.

동아리 건물의 모든 문을 두드리고 다녀 겨우 사람 수대로 철제 의자를 확보한 나와 코이즈미가 돌아왔을 때 1학년들은 무슨 검문이라도 받는 것처럼 한 줄로 나란히 서 있었다.

하루히는 단장석에 거만하게 앉아 있었고, 나가토는 정

위치, 아사히나 선배는 자리를 못 잡고 멀뚱히 서 있다 나를 보자마자 확실히 안도하는 표정을 지었다. 평소에 인구 밀도가 낮은 문예부실에 통상 세 배가 넘은 인원이 들어차 있는 바람에 그냥 딱 보기에도 부자연스러웠다. 아사히나 선배가 아니라도 불안해지는게 당연하지.

내가 코이즈미와 함께 철제 의자를 탁자 주위에 배치하고 서 있는 1학년들에게 뭐라고 말이라도 해줄까 하는데,

"다들 착석. 앉도록 해."

단장이 선수를 쳤다.

열 명 남짓한 1학년들이 서로 첫 타석을 양보하다 결국 누가 먼저랄 것도 없이 대충 아무 데나 앉는 것을 본 뒤 코이즈미는 벽으로 의자를 가져가 시험 감독관 보조 같은 얼굴로 앉았다. 그럼 나도 그렇게 할까 했지만 근처에 철제 의자가 없다는 걸 깨달았다.

"어라?"

원래 동아리방에 있던 철제 의자는 단원 몫 더하기 손님용 의자 하나. 이번에 빌려온 여자가 열 개니까 입단을 지망하는 1학년들의 수를 더하면 딱 맞을 텐데. 왜 부족한 거지?

나는 다시 한번 머릿수를 눈으로 세어보았다.

1학년은 다 해서… 응? 열두 명? 잘못 셌나? 복도에 있을 때는 열한 명인 줄 알았는데 남자가 일곱 명이고, 여자가… 다섯 명. 가만히 살펴봤지만 누구를 놓친 건지 판단이 안 섰다. 모두 다 있었던 것 같기도 하고 반면 누가 없

어졌다 해도 알아차리지 못할 것 같기도 하다. 확실한 것은 내게 순간 영상 기억 능력이 없다는 것이다.

내가 멀뚱히 서 있는데 아사히나 선배가 당황했다.

"앗, 앗. 찻잔이 부족해요. 저…, 차…, 타려고 하는데 … 어떡하죠…."

학생 식당까지 가서 플라스틱 잔을 슬쩍해올 수도 있지만 동아리 견학을 온 신입생들에게 차를 대접하는 게 맞는 건지 고민하고 있는데,

"찬장 안에 종이컵이 있으니까 그걸로 때워."

하루히가 결론을 내렸고 아사히나 선배는 서둘러 포장된 종이컵 다발을 꺼내고 다시 당황했다.

"아앗, 죄송해요. 물이 부족하네요. 길어와야…."

"쿈, 물. 초특급으로."

하루히 님의 감사가 담긴 말을 받고 한껏 떨떠름한 표정을 지으며 수돗가를 향해 주전자를 양손으로 들고 달려가는 나였다.

헐떡거리며 귀환한 내게 돌아온 건 아사히나 선배의 미안해하면서도 기뻐하는 게 느껴지는 "고마워요, 쿈"이라는 위로의 말이 전부였지만 그걸로 충분했다.

바로 주전자를 난로에 올리는 아사히나 선배의 메이드 모습을 언제부턴가 다스 단위의 1학년의 눈이 뚫어져라 따르고 있었다.

하루히가 의기양양하게 말했다.

"보다시피 우리 단에는 우수한 하인과 메이드가 있습니

다. 전국을 둘러보라고. 귀여운 메이드가 무료로 차를 타 주는 동아리는 세계에 한곳, 여기밖에 없지."

"어, 아, 네…" 하며 부끄러워 하는 아사히나 선배.

"오오—"라고 말하는 1학년들.

너희는 바보냐. 그건 감탄할 부분이 아니야. 무엇보다 여긴 자진해서 올 만한 곳이 아니라고.

"그리고 말이지." 하루히는 거만한 군주와 같은 미소를 지었다. "미쿠루의 차 타는 기술을 일취월장하고 있어. 요전에 마신 단차라는 게 묘한 맛이 나서 재미있더라. 이름도 마음에 들고."

"아, 그건…그래요. 야심작이었어요. 다행이다."

칭찬을 받은 충견처럼 기뻐하는 아사히나 선배.

"오오—"라고 말하는 1학년들.

아니, 그러니까 오오—가 아니라니까. 곧바로 우향우를 하고 싶었다. 왜냐면 그 어쩌고 뭔가 하는 차는 약 같은 맛이 나는 뭐랄까, 아사히나 선배가 보정을 해주었는데도 도저히 고득점을 줄 수 없는 물건으로, 단숨에 들이켜는 하루히말고는 도저히 권하기 힘든 물건이었다. 벌칙에 써야지.

아사히나 선배가 신이 나서 차를 탈 준비를 하는 동안, 나가토는 자기가 상관할 일이 아니라는 듯 구석에서 독서를 하고, 코이즈미는 완전히 관찰자로 일관하고 있었다. 나는 문지기처럼 동아리방 문에 기대서 하루히의 연설을 듣게 되었다.

"자, 여러분. 우리 SOS단에 입단을 지망하다니 멋진 근성이다. 학생회에 성가신 녀석이 있어서 제대로 선전을 못 했지만 알고 있었어. 근성을 갖춘 1학년이 꼭 있을 거라고. 음, 그래. 자발적으로 왔다는 게 중요하지. 솔직히 말해서 둘러보기는 했는데 1학년은 다 비슷해 보이더라고. 하지만! 너희는 지금 여기에 없는 1학년들보다 우수하다. 그 점은 자신을 가져도 좋아. 내가 보장해주지. 단, 그것만으로는 부족하다. 나의 단은 평범한 동아리 활동과는 선을 달리하는 존재니까 단원도 그에 걸맞아야 해. 그런데! 너희 SOS단이 뭘 하는 곳인지 잘 이해하고 여기에 온 거겠지?"

그런 의문형으로 말을 해도 곤란할 텐데. 나도 아직까지 이해를 못 하고 있거든.

"뭐 질문 있나?"

다그쳐 말하는 하루히.

우려했던 대로라고 해야 하나, 1학년 가운데 키가 큰 단발 사내가 손을 들었다.

"질문이 있는데요."

"말해봐라."

"뭘 하는 곳인지 모릅니다. 재미있을 것 같아서 왔어요. 이상한 부가 있다고 중학교에 소문이 났었는데 키타고에 와봤더니 정말로 있더라고요. 그래서 온 건데 동기라 하기도 좀 그렇지만 이런 거라도 되나요?"

하루히는 벌떡 자리에서 일어나 그 학생에게 자애로운

미소를 던진 뒤 걸어갔다.

"자, 넌 여기까지."

"네?"

멍하니 서 있는 소년의 목덜미를 소형 크레인 같은 괴력으로 잡아끌어 문을 열고 복도에 방출했다.

"아쉽지만 입단시험 첫 단계에서 불합격이다. 수고했어. 실력을 갈고 닦은 뒤에 다시 오도록."

가엾은 1학년 남학생의 코앞에서 문을 닫고 뒤를 돌아본 하루히가 말했다.

"쯧쯧. 나를 우습게 보면 못쓰지. 나는 말이야! SOS단 단장으로 세계를 들썩이게 만들 의무를 지고 있다. 그 외의 것은 전혀 생각하지 않는다 해도 지극히 당연해. 그러니까 신입단원들도 타협은 용서하지 않겠다 이거다. 이런 건 해마다 진화하지 않으면 바로 부패하니까."

멀뚱히 있는 건 아사히나 선배뿐만 아니라 나와 1학년 모두다. 대체 언제부터 입단시험이 시작된 건데? 운도 없는 1학년 꼬마네. 종이컵이긴 해도 아사히나 선배의 차를 마실 틈도 없이 내쫓기다니 말이다.

"미리 말해두겠는데 난 웃음에는 엄격하다. 먼저 음담패설과 성대모사는 즉시 기각이다. 극단적인 행동으로 웃음을 유발하려는 건 전부 꽝이야. 대화로 승부를 해라, 프리토크로. 내 생각인데 사람이 웃는 구조라는 건 말이다—."

왜 이런 곳에서 하루히의 웃음론을 들어야 하는 거냐.

"하루히."

부단장 이하 단원은 이럴 때에 아무 도움도 안 되기 때문에 소거법으로 내가 말을 하게 된다.

"지금 그건 뭐냐? 아까 그 녀석이 좀 가엾잖아. 입단시험이라는 게 대체 어떤 구조인데? 네 마음에 안 드는 말을 하면 그 자리에서 탈락인 거냐?"

"그렇게까지 이기적이진 않아. 나는 열의를 듣고 싶었다고. 질문에 답하는 건 간단해. 난이도에 맞춰 머리를 굴리기만 하면 되니까. 수준이 문제가 되는 건 질문을 만드는 것이야."

"그럼 아까 걔는 뭐냐?"

나는 엄지로 문을 가리켰다.

"그런 질문은 수준이 낮다는 말이야?"

"솔직히 말하면 그래."

하루히는 태연한 얼굴로 단장석으로 돌아가 자애로운 상급생 누나 같은 미소를 지으며 한 명 줄어든 1학년들을 쳐다보고 말했다.

"그래, 무슨 질문 있니?

아무도 입을 열지 않았다는 건 말할 필요도 없었다.

아사히나 선배가 타준 차가 모두에게 돌아가고 난 뒤에도 1학년들은 완전히 위축되어 벌써부터 불편하게 입을 다물고 앉아 있었다.

말을 하는 건 하루히뿐이었는데, SOS단 결성 이후의

역사를 마치 사나다 십용사(주22)의 싸우는 모습을 전하는 이야기꾼처럼 말하고 있다. 상당히 그냥 흘려듣도록 해라.

나는 결원이 생긴 덕분에 빈 철제 의자를 끌고와 코이즈미 옆에 자리를 잡았다. 말이 없는 부단장은 슬쩍 쓴웃음을 지은 채 총 열한 명—역시 열한 명인가—의 1학년들을 품평하고 있는 듯 보였다. 나도 그렇게 해보자. 하루히는 자기소개를 할 필요는 없다고 생각하고 있는지 이름과 반, 출신 중학교 물어보려 하지 않았다. 최소한 외모를 통해 별명이라도 지어줄까 싶어 바라보고 있는데 그중 한 명이 눈에 들어왔다.

괜한 사심은 하나도 없었다고 미리 변명해두겠는데 그건 여학생이었다 .

하루히의 강연에 귀를 기울이고 있는 1학년 가운데 그 아이만이 여유가 느껴지는 표정을 짓고 있었다.

야구 대회 연속 홈런 얘기에 작은 환성을 지르고 외딴 섬의 살인극에서 얼굴을 가렸다가 해결편에서 미소를 짓고, 컴퓨터 연구부와의 과장된 게임 대결 얘기에서 몇 번이나 고개를 끄덕이고, 자기 일처럼 칭찬하는 사카나카가의 애완동물 이야기에 다시 미소를 짓는다.

참 솔직한 반응을 보이는 1학년이다.

머리 위치에서 계산해볼 때 키는 나가토 정도, 체중은 나가토보다 가벼울 거다. 머리는 파마한 뒤에 손질은 안 한 것 같은 곱슬머리, 스마일 마크 같은 머리핀을 비스듬

주22) 사나다(眞田) 십용사 : 무장 사나다 유키무라를 모신 열 명의 용사.

히 꽂고 있었는데 특징이라고 하면 특징적인 기호였고, 교복 치수가 안 맞는지 잘 보면 옷이 좀 크다는 걸 알 수 있었다. 전혀 세련되지 않았지만.

그리고 보면 볼수록 어디선가 이 소녀를 본 적이 있는 것 같다는 기분이 들었다. 하지만 동시에 절대로 만난 적이 없다는 확신도 갖고 있었다. 내 1년 아래 학년에 이 여학생은 커녕 비슷한 인간이 존재한 역사는 없다. 머릿속으로 몽타주를 고쳐 저 아이의 머리를 스트레이트로 했다 길게 길렀다 짧게 잘랐다 해보았지만 역시 짐작이 안 갔다. 다른 누구의 동생이라 오빠 얼굴이랑 닮은 건가. 그런 것치고는 그 오빠로도 짐작이 가는 사람이 없어 마치 뜨거운 어묵이 목에 걸린 듯한 답답한 심정이었다.

내 시선은 상당히 무례했을 텐데 그 아이는 알아차리지도 못한 채 열심히 하루히의 이야기를 청취하고 있었다. 계속해서 바뀌는 표정을 보고 있자니 재미있었다. 어떤 거짓말이라도 믿겠구나. 이야기를 하는 사람에게 좋은 청취자의 견본과 같은 소녀였다.

"—그런 거야. 이렇게 해서 SOS단은 학생회장의 악랄한 계획을 깨부수고 문예부 존속의 길을 지켜냈다. 아마 그 녀석들은 또 특촬 히어로의 악당같이 질리지도 않고 그 더러운 손을 뻗겠지만 먼저 최종회를 맞이하는 건 그 녀석들이야. SOS단과 내가 도중에 쓰러진다는 건 있을 수 없는 일이니까. 지금까지도, 그리고, 그래! 앞으로도!"

그게 맺음말이었는지 하루히는 한 손을 쳐든 채 잠시

가만히 있었다.

　내가 완전히 미지근해진 찻잔을 어디에 둘까 자리를 찾고 있는데 하루히가 기괴한 시선을 보내기 시작하더니 연신 눈을 깜박여댔다. 그 턱을 까닥거리는 건 무슨 블록 사인이냐?

　나와 하루히가 불가사의한 눈빛 응수를 펼치고 있는데 작은 박수 소리가 들려왔다. 소형이라 할 손바닥이 치는 음량은 조심스러웠고 그 손의 주인은 내가 보던 1학년 여자애였다.

　짝짝 손뼉을 치는 소녀에게 이끌렸는지 다른 1학년들도 정신을 차린 듯이 앉은 채 박수를 보냈고, 좌우를 둘러보던 아사히나 선배도 황급히 그 뒤를 따랐다.

　하루히는 만족스럽게 고개를 끄덕이고 내게 비난하는 눈빛을 보냈다. 미리 언질을 안 준 네가 잘못한 거지. 그런 건 사전에 말을 해두라고.

　하루히는 재빨리 손을 흔들어 박수를 막은 뒤,

　"뭐, 그런 거다. 이제 SOS단에 관한 총론은 머릿속에 들어갔겠지. 사실 입단시험 제2탄으로 들어가고 싶지만 너희들도 준비가 필요할 테니 오늘은 여기까지! 할 마음이 있는 사람만 내일도 오도록. 이상!"

　그렇게 말하는 하루히의 완장이 '단장'이 아니라 '시험관'으로 바뀌어 있는 것을 비로소 깨달았다.

　"그럼 해산!"

1학년들이 재빨리 떠난 뒤 하루히는 콧노래를 부르며 컴퓨터를 켜고 기분 좋다는 분위기로 마우스를 달각거렸다.

나는 코이즈미와 분담해 빌려온 의자를 돌려주러 갔고, 그래서 하루히한테 말을 건 것은 하루히의 컴퓨터 조작이 궤도에 올랐을 무렵이었다.

"무슨 생각인 거냐?"

익숙한 내 의자를 펼치며 리드미컬하게 흔들리는 하루히의 단발에 대고 질문을 던졌다.

흘낏 내 쪽을 올려다본 하루히가 의기양양한 표정을 짓고 있는 게 영 마음에 안 든다.

"가입을 희망하는 1학년이 한마음으로 우르르 몰려왔잖아. 그런데 네 태도는 입단을 촉진할 효과를 아무것도 일으키지 못했어. 그 녀석들은 두 번 다시 안 올지도 몰라."

"그럴지도 모르지."

하루히는 경쾌하게 자판을 두드리며 말했다.

"그렇게 돼도 상관 없어. 이 정도로 포기할 단원을 바라지는 않으니까. 기합이 있는 녀석만 모으면 돼. 자포자기의 기합만으로도 안 되지만. 내가 내는 입단시험에 확실하게 합격할 1학년말고는 사절이야. 허들 경주의 길은 길고 장애물은 높다고. 놀러오는 평범한 인간을 원할 만큼 SOS단은 인재가 부족하지 않으니까."

학교 내의 존재 의의가 제로인 점에서부터 처음부터 인

재가 부족하다는 사실은 발견되지 않겠지만, 학생회로서도 1학년 가운데 새로운 공물과 같은 제물을 바치고 싶지는 않을 거다. 이 방이 사람들로 넘쳐나는 건 나도 흔쾌히 사양하고 싶은 상황이다. 아사히나 선배의 차는 무한하게 나오는 게 아니니까. 주전자와 포트를 총동원하는 건 상당히 번거로운 일이라고.

"야, 정말로 신입부원을 받아들일 생각이냐?"

나는 아사히나 선배가 새로 타준 차를 단숨에 들이켜는 하루히에게 말했다.

"나가토랑 아사히나 선배, 그리고 코이즈미는 네가 억지로 끌어들인 거나 마찬가지잖아. 이 학교에 갓 들어온 1학년 중에 네가 옛날에 했던 것 같은 행동을 하고 싶은 학생이 있었어?"

쉬는 시간 중의 교내 대책은 지금도 실시 중일 거다. 교실에 있는 적이 거의 없으니까.

"하나도 없더라."

하루히는 단정적으로 대답했다.

"적어도 마스코트 캐릭터에 상응하는 건 보이지 않았어. 하지만 좀 다른 속성을 가진 애가 있을지 모르잖아. 그것도 내가 전혀 생각지 못한 아주 새로운 녀석이 말이야. 어딘가에 있을 법한 게 아니라 완전히 새로운 개성을 가진 녀석이. 그런 애가 사방에 굴러다닌다면 재미없잖아? 정해진 방향성만 추구하다 보면 자꾸 겹치니까. 안경 소녀 도서위원은 얌전하고 머리 짧은 남자 같은 애는 운동부, 그런 거는 좀 그렇지."

뭐, 어때. 괜한 성질을 가진 인격 파탄자보다는 낫지. 나는 뭐든 환영이다.

"그런 건 나한테는 영 꽝이야. 다양성의 조합은 무한에 가깝지만 그런 조합 이전에 조금은 고려해야 할 게 있잖니. 이건 인간의 상상력이 역사와 함께 점점 퇴화되고 있다는 증거나 마찬가지라고."

그런 걸 네가 걱정할 의무는 없잖아. 아사히나 선배를 처음 끌고 온 네 입이 던진 말이라고는 생각하기 힘들다.

"미쿠루는 유일한 인재였잖아. 그러니까 괜찮아."

그리고 말은 그렇게 해도 인류는 지금까지 잘 버텨왔어. 앞으로도 알아서 나아갈 거다. 괜히 상상력을 비약시켜 지구를 날려버리는 것보다는 훨씬 낫지.

하루히는 찻잔 끝을 깨물 듯 이를 세웠다.

"보다 참신하고 기발한 사람들을 찾고 싶어! 나와 생각이 정반대인 새로운 숨을 불어넣을 수 있는 1학년이 좋겠다. 그걸 제대로 조사하고자 입단시험을 실시하는 거야. 아마 소거법이 되겠지. 아니라면 만난 순간에 나는 그 녀석이 특수한 정신 구조를 갖고 있는 사람이란 걸 알 테니까."

찻잔을 내려놓은 하루히는 다시 마우스를 잡았다.

"지금 만드는 건 입단 필기시험이야. 어젯밤에도 집에서 이걸 했거든. 단장의 업무는 매우 바쁘다고. 네가 쪽지 시험공부도 안 하고 빈둥대는 사이에 나는 반드시 올 미래를 향해 매진했다 이거야. 콘, 옛날 사람이 참 좋은 말을 했어. 남의 행동을 보고 자신의 모습을 돌아봐야 하는 법이지. 밑을 보는 게 아니라 손이 닿지 않을 정도로 높은 곳을 올려다보는 거야. 나도 거기까지 가자는 마음가짐을 갖지 않으면 인간은 타락을 할 테니까!"

뻔한 설교라면 말 귀에나 대고 해라. 그리고 태양에 너무 가까이 간 이카루스는 그 때문에 추락사를 했어.

모든 일은 적당히 하는 게 제일이라고 나는 생각하는데. 과식은 좋지 않아. 내 잔이 빈 것을 아사히나 선배가 재빨리 알아보고 주전자를 들고 달려와주었다. 이 타이밍도 완벽하게 메이드 활동을 하는 아사히나 선배는 커피숍에서 아르바이트를 하면 즉시 시급이 천정부지로 오를 거라는 생각을 안 할 수가 없다. 그러고 보니 이 사람은 현대의 활동 자금을 어떻게 얻는 걸까. 역시 미래에서 온 사람 수당이 나오는 걸까.

인구가 준 덕분에 동아리방은 원래의 모습을 되찾았고 겨우 안정이 되었다. 무슨 일이 있어도 자신의 독서 위치를 잃지 않는 나가토와 한바탕 소동을 마친 하루히 이외의 멤버들은 나른한 분위기 속에 평소의 위치에 앉아 있었다.

맞은편에 앉은 코이즈미가 새 게임을 탁자에 올려놓았다.

"한판 어때요?"

렌주(주23)인가 하는 고전 게임 같았다. 어차피 여기에

주23) 렌주: 連珠. 오목 바둑.

있어 봤자 한가하기나 한데. 머리 체조를 대신해 상대해 주도록 하지. 그 전에 규칙이나 가르쳐다오.

"오목하고 비슷해요. 익히고 나면 간단합니다."

나는 코이즈미가 시키는 대로 판 위에 돌을 올려놓으며 실전으로 대개의 규칙을 배웠다. 그대로 하교시간이 될 때까지 게임을 계속했는데 이내 나는 코이즈미에게 연전 연승을 거두게 되었다. 내 기억력과 요령을 파악하는 센스가 좋은 건지, 코이즈미가 못 하는 건지 알 수 없는, 면학에는 아무 영향도 주지 않는 시간 때우기 놀이를 하다가 해가 지고 나가토가 책을 덮었다. 그것을 모든 작업을 마치는 신호로 받아들이는 습관을 가진 SOS단은 이것으로 업무를 종료했고, 우리는 삼삼오오 자리에서 일어나 아사히나 선배가 옷을 갈아입기를 기다렸다가 학교를 나왔다.

내일은 몇 명의 1학년이 두 번째 노크를 하고 이 방문을 열게 될까.

β-6

동아리 방에는 좀처럼 사람들이 오지 않았다. 하루히가 어디에 갔는지는 관심 밖이라 치고, 나가토가 이렇게까지 늦는 일은 좀처럼 없는 일이었다.

컴퓨터 연구부에 간 걸까. 코이즈미는 그래봬도 특별진학 코스라 2학년이 되어 해야 할 일도 많아졌을 거다. 귀찮은 반에 들어갔어. 9반 담임은 교육보다 학생의 학력 향상에 열의를 쏟는 타입이라는 소문이 내 귀에도 들려왔 다. 코이즈미도 제대로 진학을 고려하고 있나보다. 그렇 지 않다면 그런 숨막히는 반에 들어갈 리가 없지. '기관'의 재량으로 아무 데나 마음에 드는 대학에 들어갈 수 있을 텐데. 하루히의 앞날이 그 녀석의 진로이기도 하겠지. 나 는 그런 앞날은 말 그대로 뒤로 젖혀놓고 있었다. 1년 뒤 의 나라면 자신의 한계를 알고 있을 거다. 제대로 시험을 치른다면 내가 코이즈미와 같은 최고 학부를 다니게 될 확률은 개미구멍보다 작고 낮을 거다. 하루히는─글쎄, 내가 알 바 아니다. 어딘든 자기 능력을 살릴 수 있는 곳 으로 가다오.

내가 나가토의 책을 무심하게 읽고 있는데 마침내 살풍 경한 방을 단숨에 파스텔 톤으로 물들이는 분이 나타나셨 다.

"아, 콘."

걸어다니는 음이온 발생기인 아사히나 선배는 조신하 게 문을 닫고 둥지에 돌아온 다람쥐가 주워온 호두를 내 려놓듯 가방을 놓았다.

"조금 늦었다고 생각했는데 아무도 없다니 신기하네요. 스즈미야 씨는요?"

"수업이 끝나자마자 어딘가로 가버렸어요. 초봄이니 마 구 달리고 싶은가보죠."

겨울 동안 에너지를 비축했던 꽃처럼 말이다. 혹은 산다화 씨앗처럼. 뛰어다니고 싶은 기분도 이해는 간다. 올겨울은 체감상 조금 길었다.

나는 아사히나 선배가 빨리 옷을 갈아입을 수 있도록 동아리방에서 나가려고 걸어가다 뒤를 돌아보았다.

"아사히나 선배."

"네?"

옷걸이에 걸어둔 메이드복을 들고 의아한 표정으로 바라보는 아사히나 선배의 눈동자는 너무나도 맑았다. 그 눈동자의 투명도가 흐려지는 짓은 하고 싶지 않았지만, 마음에 걸리는 건 걸리는 거고, 단둘뿐인 상황은 좀처럼 없는 일이었기에 나는 질문을 던졌다.

"2월에 만난 그 미래에서 온 녀석 말인데요."

내 목소리에서 뭔가를 느꼈는지 아사히나 선배는 옷에서 손을 떼고,

"네, 기억하고 있어요."

진지한 표정을 지었다. 나는 말을 골라가며 입을 열었다.

"그 녀석이 계획하고 있는 게 뭡니까? 과거에 와 있는 목적 같은 거요. 하루히를 관찰하는 건 아닌 것 같던데 저는 도저히 모르겠더라고요."

말을 하며 고민이 시작됐다. 이 자리에서 후지와라라는 미래에서 온 사람이 다시 왔다는 걸 가르쳐줘도 될까. 후지와라라고 이름을 밝힌 것과 사사키에 대해서도 말이다.

뭐가 기정 사항인거지? 말을 해야 하나, 안 해야 하나.

"으음—."

아사히나 선배는 입술에 손가락을 대고 말했다.

"그 사람의 목적은…, 저어, 저는 가르쳐줄 수 없어요. 으음, 하지만 나쁜 짓을 하려고 온 건 아닐 거예요. 이건 제 생각이지만 아무 지령도 오지 않은 건 그 때문인 것 같아요."

정말 말하기 껄끄러워 보인다. 아마 금지 사항에 저촉되지 않으려고 그러는 거겠지."

나는 아사히나 선배(대)의 옆얼굴을 떠올리며 말했다.

"그 녀석은 여기……, 우리 시대와 이어진 미래에서 온 겁니까?"

내가 가장 궁금한 점은 그거였다.

"이어졌다는 건 틀림없어요."

아사히나 선배는 생각을 정리하며 말하듯 느리게 말했다.

"그 사람도 저와 같은…, 그, 구조로 이 시대에 와 있어요. TPDD에 의한 시간 이동은…, 그래요, 시간 평면에 흔적을 남기기 때문에…."

그리고 퍼뜩 고개를 들었다.

"어라…? 이건 금지 사항인데… 말을 할 수 있었어요. 어째서일까요?"

내가 묻고 싶었지만 왠지 알 것 같았다.

"아사히나 선배, TPDD가 뭐의 약칭인지 말할 수 있나요?"

"타임 플레인 디스트로이드 디바이스⋯, 어?"

벌어졌던 입을 막고 아사히나 선배는 눈을 동그랗게 떴다.

"어머나⋯. 금지 사항인데⋯."

내가 이미 알고 있는 말이었다. 4년 전의 칠석날 아사히나 선배(대)에게 물어봤으니까. 아마 그 시점에서 NG 워드 상태에서 풀려났을 것이다.

"참 무시무시한 단어가 섞여 있는데 무슨 뜻인가요?"

"그건⋯. 우리가 시간 평면을 초월해 시간을 건너는 건."

아사히나 선배가 입을 뻐끔거리기에 무슨 물고기 흉내를 내는 걸까 생각하며 보고 있는데,

"⋯안 돼요. 말을 할 수가 없어요. 금지 사항이 모두 풀린 건 아닌가봐요."

오히려 안심한 목소리였다. 나도 동감이다. 인간의 지성을 초월한 지식을 너무 많이 갖고 있다간 좋은 꼴을 못 볼 것 같다. 실수로 듣게 된 얘기가 국가를 뒤흔드는 중요한 기밀이라면, 그런 녀석은 입막음을 당하거나 쫓겨나는 게 일반적인 법칙이니까. 어깨를 치켜올리는 나를 보고 아사히나 선배는 살짝 미소를 지었다.

"미안해요, 콘. 지금의 내가 할 수 있는 말은 이게 전부예요. 하지만 언젠가는 말할 수 있도록 노력하겠어요. 금지 사항이 조금이라도 풀렸다는 건 지금까지 저도 뭔가를

했다는 증거니까요."

곱게 핀 민들레 같은 미소를 지으며 아사히나 선배가 다시 말했다.

"언젠가 꼭."

안으로 열쇠를 걸어 잠가 독점해버리고 싶어지는 미소다. 누가 사진으로 찍어주지 않을까. 이 시간만 잘라서 영원히 남겨두고 싶다.

하지만 나는 카메라를 꺼내거나 열쇠를 채우거나 문을 막대로 막는 대신 말없이 미소만을 지었다.

믿고 있습니다, 아사히나 선배. 당신의 노력이 보답을 받게 될 것을 나는 알고 있습니다. 어떤 노력을 하면 그렇게 성장하는 건지 궁금할 정도로 자랄 거라는 것도. 지금 눈앞에 있는 아사히나 선배가 아사히나 선배(대)로 개화할 때까지 몇 년이 걸릴지는 모른다. 개인적으로는 너무 성장을 서두르지 않았으면 하는 바람이지만.

이 연하로 보이는 선배가 아사히나 선배(대)의 모습에 다가가면 갈수록 작별의 시간 또한 다가온다는 것을 의미한다.

그렇다면 가능한 한 이대로 있어줬으면 좋겠다고 생각하는 건 내가 너무 이기적이라 그런 건 아닐 거다. 누구나 아쉬워할 거다. 특히 하루히. 추울 때 안을 상대가 없어지는 걸 그녀석이 아쉬워하지 않을 리가 없다.

내가 복도에 서서 문지기를 서며 나가토의 책을 읽고

있는데 힘찬 기세를 발끝으로도 느낄 수 있는 여단장과 무보수로 SP처럼 옆에 붙어 있는 별종의 장신 부단장이 걸어왔다.

코이즈미의 본의로 보이는 청량한 미소를 보면 떠오르는 건 딱 하나다. 참 타이밍도 못 맞추는 녀석이네. 혼자 왔으면 잠시 동안 이야기를 할 수 있었을 텐데 하루히와 나란히 붙어 있으니 그럴 수도 없잖아. 어제의 타치바나 쿄코에 관한 내 의견을 들려줄 수도 있다는 마음이었는데 이 녀석의 성격으로 보아 이미 정보를 입수했을지도 모를 일이고, 키미도리 씨가 아르바이트를 하고 있었다고 전해도 놀라지도 않을 것 같았다. 깜짝 장치를 준비하는 보람이 이렇게까지 없는 녀석도 없을 거다.

"미쿠루가 옷 갈아입고 있어?"

어디를 달려다녔는지는 몰라도 숨 하나 흐트러지지 않은 하루히는 기분 좋게 걸어와 나를 뒤로 쫓아내 문을 벌컥 열어.

"왓, 앗, 저, 아직, 우와앗."

아사히나 선배에게서 귀여운 비명을 뽑아냈고,

"지퍼만 올리면 되잖아 그런 건 신경 안 써도 돼."

내 옷자락을 잡고 강제로 방으로 밀어넣었다. 아사히나 선배에게는 다행인 것이 하루히의 말은 거의 진실이라 앞치마 원피스를 입은 아사히나 선배가 창 앞에 서서 팔을 뒤로 돌린 채 굳어 있는 자세만이 내 눈에 들어온 전부였다.

하루히는 수비 라인 뒤로 차 넣은 축구공처럼 아사히나 선배의 뒤로 돌아가 마지막에 접어든 옷의 마지막을 장식했다. 그래봤자 등의 지퍼를 올리는 걸 도와주고 머리에 카추샤를 씌워주는 것뿐이었지만.

나는 나가토의 책을 탁자의 원래 위치에 돌려놓고 목욕탕 계산대 옆으로 여탕을 훔쳐보는 듯한 위치에서 고개를 내밀고 있는 코이즈미에게 물었다.

"하루히랑 뭘 했냐?"

"아무것도요."

물개가 바다 속을 헤엄치듯 부드럽게 방에 들어온 코이즈미는 뒤로 문을 닫고 유연한 스타일을 유지한 채,

"1층 통로에서 우연히 마주친 겁니다. 당신을 빼고 스즈미야 씨와 특별 임무를 했던 건 아닙니다."

"그러냐."

그거 다행이군. 허브로 삼아도 내 심증이 나빠질 일은 없지만 너는 하루히가 부비를 내놓으라고 학생회실에 쳐들어가도 태연히 그 뒤를 따라갈 것 같아서 말이지. 그렇게 되면 내 심적 피로가 늘어날 거다. 학원 음모담은 당분간 필요 없어.

"말해봤자 학생회장은 무모하지 않으니 손을 댄다 해도 좀 더 분위기를 파악한 뒤에 할 겁니다."

코이즈미는 자신의 위치에 놓은 철제 의자에 앉으며 하루히에게 미소를 지었다.

"만약 대대적으로 단원 모집 선전에 돌입한다면 바로

―."

"대대적으로 할 생각은 없어."

하루히는 단장석에 앉아 손가락을 휘둘렀다.

"하지만 전혀 안 하는 것도 이상하잖아. 임시 가입 접수 대회에 난입해 들어간 건 최소한 해야 할 일이라 생각해서 그런 거야. 세력 정착이랄까? 생각했던 대로 학생회장이 심술을 부리러 왔으니 역시 적지 시찰은 성공이라 할 수 있어."

학생회가 어떻게 나올지를 보기 위해 한 거라면 나쁘지 않은 책략이지만 사실 너 지금 생각한 거지. 뒤늦은 핑계잖아.

"뭐든 무슨 상관이니. 결과가 같으면 경과는 고려할 여지가 없는 거야. 열심히 아르바이트를 해서 10만엔을 벌든 100만엔을 주워서 파출소에 갖다줘서 돈 주인한테서 10퍼센트를 받든 다를 거 없지."

완전 달라. 아르바이트를 하면 거기에서 어떤 만남이 있는 데다(타니구치의 말에 따르면) 무엇보다 길바닥에만 엔 다발이 떨어져 있지는 않다고. 하지만 단장님은 의자가 삐걱거릴 정도로 등받이에 체중을 건 채 화제를 바꿨다.

"임시 가입 접수는 영 꽝이었어. 하지만 그때는 재미있어 보이는 1학년이 없었지만 어딘가에 숨어 있을지도 모르지. 결단을 못 내리고 고민하고 있는 애도 있을 거고. 하지만 주말 내내 생각하면 아무리 어려운 문제라도 답이

나오는 법이지."

하루히는 진주 같은 하얀 이를 드러내며 한 장의 종잇
조각을 꺼내 들었다.

"이걸 교내 게시판이란 곳에다 붙이러 갔었다."

하루히에게서 받아든 A4 복사용지에는 하루히의 필적
으로 이렇게 쓰여 있었다.

"입단시험 개최 안내. 1학년 한정."

그렇게 읽는 내 옆에서 아사히나 선배가 차를 탈 준비
를 하는 손놀림을 쉬더니 고개를 들이밀고 눈을 깜빡였
다.

"1학년만요?"

"미쿠루도 신선하고 활기찬 애가 좋지? 회도 갓 낚은
천연 활어가 더 맛있잖아. 고등학교에 갓 올라온 팔팔한
학생을 노리는 거야."

여기는 대체 어느 어항이냐?

"하지만 SOS단이라고는 아무데도 쓰여 있지 않은데요
…."

아사히나 선배치고는 날카로운 관찰력인데도 하루히는
거만하게 말했다.

"당당히 SOS단이라 쓰면 회장네가 뭐라 잔소리하러 올
거 아냐. 양보야, 양보. 내키지는 않지만 적에게 이기려면
물러날 때도 필요한 법이지. 입단이라고 쓰면 충분해. 왜
냐면 키타고에는 다른 단이 없으니까."

이 학교에 응원단이 없어 덕분에 단이라는 이름이 붙은

조직은 유일했다. 다른 곳이 있다면 오히려 놀랍다.

"아니, 하루히."

나는 보다 근본적인 문제를 제기했다.

"시험이라니 무슨 소리야? 입단에 시험을 봐야 하는 거
냐?"

"그래."

그렇게 당연하다는 표정 짓지 마라.

"어떤 시험인데."

"그건 비밀이야."

"언제 보게?"

"지망자가 오면 바로."

나는 종이를 다시 읽어보았다. 커다랗게 써놓은 '입단
시험 개최 안내'라는 글자 이외의 문자 정보는 아래쪽에
작게 써놓은 '문예부실에서'라는 말이 다였다.

하루히는 의자를 돌려 창 밖을 보며 말했다.

"입단, 문예부, 이 키워드로 알아내는 1학년이 아니면
처음부터 안 와도 돼. 현명한 사람들 사이에서 이미 SOS
단은 메이저가 되었을 테니까 그렇지 않다면 이쪽에서 사
양하겠어. 와서 뭐 하는 곳이냐고 묻는 바보 천치도 마찬
가지고."

나도 그 바보 천치 중 한 명인데.

아사히나 선배가 주전자를 난로에 올리며 멍하니 말했
다.

"1학년…, 신입 단원이라…."

옛날을 그리워하는 듯한 말투는 자신이 3학년이라 졸업까지 1년이 남아 있다는 사실을 떠올려서일까.

나는 모르는 사람이 보면 수수께끼로만 여길 종이를 하루히에게 돌려줬다.

"SOS단에 입단하길 희망하는 맛이 간 녀석이 오면야 좋겠다만."

"맛이 간 녀석은 필요 없지만, 그래, 몇 명은 왔으면 좋겠다. 그렇지 않으면 애써 만든 입단시험 문제가 헛수고가 되잖아."

지난주부터 꽤나 컴퓨터를 만져댄다 싶었는데, 그런 걸 만들고 있었던 거냐. 한번 보자.

"싫어."

하루히는 혀를 날름 내밀었다.

"이건 단 기밀에 관련된 거야. 너 같은 말단 단원한테 쉽게 보여줄 수 있는 게 아니라고. 보고 싶으면 위로 올라와라."

별로 올라가고 싶은 생각은 없었기에 나는 입신출세의 길을 바로 포기하기로 결심했다.

컴퓨터를 켠 하루히는 손가락으로 마우스를 만지작거렸다.

"하지만 사실은 시험 문제도 아직 완성됐다고는 할 수 없어. 어제도 전단지를 만들면서 계속 생각하다 잠을 잘 못 잤을 정도로 정성을 들였거든. 이것도 단장의 임무니까. 방금 붙였으니 그리 바로 오지는 않겠지만 그때는 면

저 실기시험을 보기로 하겠어."

대체 그 시험이란 건 총 몇 단계나 되는 거냐?

"그것도 비밀."

아직 보지도 못한 입단 희망자를 위해 하루히의 준비가 헛되이 돌아가길 기도하며 나는 코이즈미 맞은편에 앉았다. 보아하니 바둑판과 바둑알이 준비되어 있었다.

"한판 어떻습니까?

또 바둑인 줄 알았는데 렌주라는 고전 게임 같았다. 어차피 여기 있어봤자 한가하기나 한데. 머리 체조를 대신해 상대해주도록 하지. 그 전에 규칙이나 가르쳐줘라.

"오목하고 비슷해요. 익히고 나면 간단합니다."

나는 코이즈미가 시키는 대로 판 위에 돌을 올려놓으며 실전으로 대개의 규칙을 배웠다.

아사히나 선배가 타준 차를 한 손에 들고 두세 시합을 했는데, 이내 나는 코이즈미에게 연전연승을 거두게 되었다. 내 기억력과 요령을 파악하는 센스가 좋은 건지, 코이즈미가 못 하는 건지 알 수 없는, 면학에는 아무 영향도 주지 않는 시간 때우기 놀이를 하는 상태가 계속됐다.

하루히는 컴퓨터에 뭔가를 입력하고 있었고 아사히나 선배는 일본차에 대해 기록된 컬러 책을 읽고 있었고 나와 코이즈미가 게임 삼매경. 태평하다.

"......?"

잠깐만, 뭔가 이상하다. 묘해.

내가 고개를 돌려 방을 둘러보고 이변이 깨달은 것과

하루히가 소리를 낸 것은 동시에 일어난 일이었다.

"어라?"

"응?"

나와 하루히의 물음표가 멋지게 화음을 이루었다.

계속된 말도 겹쳐졌다.

"나가토는?"

"유키는?"

"어."

아사히나 선배가 몸을 일으켰다.

"그, 그러고 보니 없네요. 평소 하던 대로 차만 탔는데요."

내가 놔둔 책 옆에 나가토의 찻잔이 놓여 있었다. 한 모금도 입에 안 댄 채 식어버린 녹차.

달각대는 소리가 나서 돌아보자 코이즈미가 바둑알을 그릇에 담고 있었다. 수려한 얼굴에서 눈썹이 희미하게 치켜 올라가 있었다. 그것이 반응이었다. 부단장은 침묵하고 있었다.

"컴퓨터 연구부에 출장을 갔나?"

내가 자리에서 일어서기 전에 하루히가 토끼도 놀랄 만한 속도로 달려나가 동아리방을 나갔다.

이 초조감은 뭐지? 나가토가 동아리방에 없다―단지 그것뿐인데….

어떤 선수가 던지는 부메랑보다도 빨리 하루히가 돌아왔다.

"안 왔대."

"아, 저, 저기, 위원회나 반 일로 남았다거나…."

아사히나 선배가 힘없이 낙관론을 말했지만, 나가토가 미화나 선도나 도서 등의 임원을 맡았다는 소리는 전혀 들어본 바가 없다.

일이란 생각보다 행동이 먼저라는 말은 이런 경우에는 어울리지 않는 거였나? 하지만 하루히는 누구보다 재빨리 휴대전화를 꺼내 전화를 걸었다.

파닥파닥대는 경쾌한 소리는 하루히의 실내화가 바닥을 때리는 음향 효과다. 몇 초 동안 기다린 뒤.

"―아, 유키?"

받았나보다. 약간 마음이 놓인다.

"오늘 어떻게 된 거야?"

침묵에 가까운 시간이 10초 정도 흘렀다. 휴대전화를 귀에 갖다대고 있던 하루히의 표정이 서서히 변했고,

"뭐? 집? …어머나."

하루히의 입이 밑으로 꺾였다.

"열? 감기야? 병원은? …그래, 안 갔다고. 약은?"

나와 코이즈미와 아사히나 선배의 머리가 일제히 하루히에게 향했다.

나가토가 열이 났다고?

하루히는 심각하게 눈살을 찌푸렸다.

"유키, 그럴 때는 우리한테 연락을 해야지. 얼마나 걱정했는데. 푹 쉬고 있었겠지……. 아, 미안. 내가 깨운 거

야? …그래? 미안해. 하지만… 바보야, 별일 아니긴 뭐가
별일이 아니야. 목소리만 들어도 알겠다. 괜찮아?"

빠르게 대화를 하며 하루히는 자신의 가방을 끌어당겼
다.

"유키, 됐어. 침대로 돌아가서 누워."

그리고 하루히는 나가토에게 몇 가지 지시를 내린 뒤
통화를 마치고 전화기를 귀에서 뗐다.

그대로 선 채 엄지손톱을 으드득 깨물었다.

"이건 실수 정도가 아니야. 좀 더 일찍 깨달아야 했는
데. 콘, 유키 오늘 학교를 쉬었대. 알고 있었어?"

알았다면 지금쯤 여기에서 느긋하게 네가 만든 웃기지
도 않은 게시물을 보고 렌주나 하며 시간을 때우지는 않
았을 거다.

"정말 유키 담임도 머리가 어떻게 됐나봐. 나한테 말해
줬으면 됐을걸. 연락을 안 하다니. 교사로서 실격이잖아!"

그건 괜한 화풀이라는 것이겠지만 이번만큼은 하루히
의 분노에 찬성했다. 왜 나한테 말을 안 한 거냐. 교사가
아니라도 누군가가 나나 하루히에게 전해야 했다.

나가토, 너 왜 나한테 말을 안 한 거냐. 네가 학교에 오
지 않았다는 도저히 예측도 할 수 없는 사태를 말이야.

"미쿠루, 어서 옷 갈아입어."

"아, 네!"

"서둘러."

"네."

아사히나 선배는 나와 코이즈미가 나가기를 기다리지도 않고 메이드 복장을 풀기 시작했다. 하루히는 이미 하교할 것처럼 기세가 등등했다. 컴퓨터 전원을 끄는 시간도 아까워할 정도였다. 그리고 나와 코이즈미도 마찬가지였다. 바로 가방을 들고 동아리방을 뛰쳐나갔다.

닫힌 문 너머에서 하루히가 아사히나 선배의 옷을 갈아입히는 소리가 났지만 두 사람은 지금까지 한 번도 들어보지 못했을 만큼 조용했다. 이참에 말을 해야겠다.

"코이즈미."

"왜요?"

"너 나가토가 학교 쉰 거 알고 있었냐?"

"그렇다면요?"

"말을 안 한 걸 추궁할 거다. 따질 거다. 경우에 따라서는 매달아버리겠어."

"신에 맹세코 몰랐습니다."

코이즈미는 딱딱한 미소를 지었다. 마치 유리로 만든 투명한 가면 같다.

"나가토 씨가 지구상의 병원체를 원인으로 발열에 사로잡힌다는 건 있을 수 없는 일입니다. 먼 옛날의 화성인도 아니고 아마 그때와 같은 병일 겁니다."

한기를 동반한 영상이 뇌리에 되살아났다. 눈보라가 치던 스키장. 어두운 겨울산에 우뚝 선 환상의 저택. 갇힌 공간. 그것은 겨울이 싫어질 것 같은 에피소드였다.

그리고 쿠요우. 폭풍우 치는 바다의 파도 같은 머리카

락을 가진 인형 같은 소녀. 천개지역의 인간형 단말.

뭘 하러 나타난 걸까 생각했었다. 어제도 아무 짓도 안 했다. 그건 키미도리 씨가 있어서 그런 건가 생각했었다.

"그들의 침공이 재개된 겁니다. 정보 통합 사념체가 아닌 지구 밖 지성의 침공이죠. 당연히 1차적인 공격 목표는 SOS단 최대의 방어벽인 나가토씨고요."

코이즈미의 해설은 이례적으로 진지했다.

"나가토 씨를 가동 불능 상태로 몰고 가면 뒤에 남는 건 우리들. 지구를 모태로 하는 인간들뿐이죠. 안타깝게도 '기관'에는 정체를 알 수 없는 개념 생명체에 대항할 수 있는 힘이 없습니다. 뛰어난 미래에서 온 사람은 어떨지 몰라도 지금 현재의 아사히나 선배로서는 힘들 겁니다. 하지만…."

남겨진 건 나와 하루히냐. 내가 제일 무력하다는 건 내가 잘 알고 있다.

하지만 하루히라면. 나가토가 누군가 때문에 쓰러졌다는 걸 알면 하루히는 그 누군가를 철저히 패 쓰러질 때까지 주먹질을 멈추지 않을 거다. 천지를 뒤집어서라도 나가토 한 명을 구해내려 할 거다.

어떻게 하지. 지금인가. 지금인 건가? 내가 가진 비장의 카드. 조커를 뒤집는 건 지금 이때인 거냐.

"저는 그렇게 생각하지 않습니다."

코이즈미의 목소리가 냉정이 아니라 냉담하게 들리는 건 내 정신 상태의 작용 때문인가.

"그들의 목적은 그걸지도 몰라요. 아시겠습니까, 비장의 카드는 단 한 번밖에 못 써요. 두 번 다시 작용하지 않기 때문에 비장의 카드는 효력을 가지는 겁니다. 경솔히 행동했다가는 적들의 뜻대로 놀아날 수도 있어요. 게다가이건 그나마 나은 사태라 할 수도 있습니다. 실제로 저는 무사하고 아사히나 씨도 무사합니다. 상대가 철저하게, 그리고 진심으로 공격을 가해온다면 저희가 이렇게 자유로이 행동할 수 있을 리가 없습니다. 타치바나 쿄코의 부주의한 움직임도 보고된 바가 없습니다. 미래에서 온 사람 일파도 유추해보건대 마찬가지일 겁니다. 통합 사념체와는 별개의 우주인, 그 자의 단독행동일 겁니다. 그렇다면 반응은 신중하게 보여야 합니다."

내가 대답할 말을 혀끝까지 끌어올린 순간 문이 큰 소리를 내며 열리고 아사히나 선배의 팔을 잡은 하루히가 뛰쳐나왔다. 입을 열자마자 던진 첫 마디는,

"자, 가자! 유키네 집까지 일직선으로 가는 거야!"

거의 분노에 가까운 표정으로 고함을 친 뒤 선두에 서 달려갔다.

물론—.

그 단장의 명령을 거부하는 단원은 그 어디에도 없었다.

—「스즈미야 하루히의 경악」으로 이어집니다.

개정판 **스즈미야 하루히의 분열**

2022년 6월 8일 초판 1쇄 인쇄
2022년 6월 15일 초판 1쇄 발행

저자 · Nagaru Tanigawa
일러스트 · Noizi Ito
역자 · 이덕주
발행인 · 황민호
콘텐츠4사업본부장 · 박정훈
콘텐츠4사업본부 · 김순란 강경양 한지은 김사라
마케팅 · 조안나 이유진 이나경
국제업무 · 이주은 김준혜
제작 · 심상운 최택순 성시원
한국판 디자인 · 디자인 우리
발행처 · 대원씨아이(주)

서울 특별시 용산구 한강로3가 40-456
편집부 : 02-2071-2104 FAX : 02-794-2105
영업부 : 02-2071-2061 FAX : 02-794-7771
1992년 5월 11일 등록 3-563호

http://www.dwci.co.kr/

원제 SUZUMIYA HARUHI NO BUNRETSU
© Nagaru Tanigawa, Noizi Ito 2007
First published in Japan in 2007 by KADOKAWA CORPORATION, Tokyo.
Korean translation rights arranged with KADOKAWA CORPORATION, Tokyo.